OS CONTOS E OS VIGÁRIOS

Uma história da trapaça no Brasil

Os contos e os vigários

Uma história da trapaça no Brasil

José Augusto Dias Júnior

LeYa

Preparação **Marly Peres**
Revisão **Fátima Couto**
Projeto gráfico do miolo e diagramação **Pedro Henrique de Oliveira**
Capa **Kiko Farkas e Thiago Lacaz / Máquina Estúdio**

Dados internacionais de catalogação na publicação (CIP-Brasil)
Ficha catalográfica elaborada por Oficina Miríade, RJ, Brasil.

D541 Dias Júnior, José Augusto, 1961-
Os contos e os vigários : uma história da trapaça no Brasil / José Augusto Dias Júnior. – São Paulo : Leya, 2010.
326 p. : il.
Inclui bibliografia.
ISBN 978-85-62936-61-6
1. História do Brasil. 2. História social – século XX. I. Título.
10-0040 CDD 981

2010

TEXTO EDITORES LTDA.
[Uma editora do grupo Leya]
Av. Angélica, 2163 - Conjunto 175
01227-200 - Santa Cecília - São Paulo - SP - Brasil
www.leya.com

PREFÁCIO

QUEM NÃO CONHECE INTERNAUTAS QUE, ILUDIDOS PELA CURIOSIDADE, abriram mensagens que contaminaram seus equipamentos com alguma espécie de vírus eletrônico? O próprio leitor talvez já tenha sido surpreendido por uma delas e saiba muito bem do que estamos falando... O primeiro e mais famoso desses "presentes de grego", aliás, empresta seu nome a um famoso vírus da atualidade: Cavalo de Troia. O cavalo original foi um animal de madeira gigantesco e oco, recheado de soldados e posto pelos gregos à frente da cidade de Troia. Os troianos entenderam que o cavalo representava um sinal de rendição dos inimigos e, para seu azar, levaram o bicho para dentro das muralhas, comemorando a suposta vitória com muito vinho. À noite, o cavalo despejou seu conteúdo e os guerreiros surpreenderam Troia, matando a guarda e abrindo suas portas para a destruição.

Dois mil anos depois de Virgílio contar essa história em sua imortal *Eneida*, em 1912, um arqueólogo amador chamado Charles Dawson apresentou ao presidente da Associação Geológica e curador do Museu de História Natural de Londres, Arthur Woodward, o *Homem de Piltdown*, ou *Ecanthropus dawsoni*, que ele teria descoberto num sítio arqueológico com idade estimada em 1 milhão de anos. O achado fascinou leigos e especialistas, mas acabou se revelando uma fraude, graças a recursos de investigação criados no segundo pós-guerra. Em 1953, pesquisadores apuraram que o próprio Dawson criara o falso fóssil usando um crânio humano e um maxilar de macaco habilmente envelhecidos.

Entre a lenda e a história há mais coisas em comum do que costumamos imaginar. Em ambas, com finais nem sempre felizes, busca-se a glória, a fama e outras vantagens, enredando-se aí a trama do engano sedutor, que envolve os senhores da ilusão e os servos desejosos da vantagem fácil. E isso talvez ajude a explicar a venda e a compra dos bilhetes premiados, das correntes da fortuna, dos milhões em barras de ouro, dos carnês milagrosos da casa e do carro próprios – tudo com facilidades de fazer inveja aos proprietários sempre redivivos das máquinas de fazer dinheiro *verdadeiro* e das lâmpadas de Aladim, com seus rabugentos gênios todo-poderosos, capazes de criar fortunas a um breve aceno de cabeça.

Em Troia, a realidade amarga veio dos dejetos armados que tomaram a cidade; no alegórico *Ecanthropus dawsoni*, ela desabrochou, gostosamente, da multidão de iludidos que, durante cinquenta anos, desfilaram à frente do famoso antepassado criado pelo grande vigarista. E qual seria a diferença entre os enganados pelas artimanhas da lenda e da história e os otários que carregam para longe de olhares curiosos os lenços recheados com pedaços de jornais velhos ou bilhetes de milionárias loterias de fumaça, entregues, a preço de banana, por estúpidos caipiras que logo desaparecem no meio da multidão da cidade, carregando os valores de suas ambiciosas vítimas?

"A vigarice", escreve José Augusto Dias Júnior, "é um fenômeno essencialmente urbano, diferentemente de outras formas de tramoia existentes no passado, e é por isso que o presente estudo tem como cenário, em seus comentários e exemplos, as metrópoles brasileiras que cresceram de maneira ininterrupta, e algumas vezes vertiginosa, desde as últimas décadas do século XIX." Hoje, cada vez mais, o desejo de conquistar toda espécie de riqueza e até a salvação eterna é animado por recursos de comunicação que favorecem os mais variados tipos de trapaceiros, que usam a internet, o telefone celular, o rádio e a TV para agilizar e simplificar o contato com suas vítimas, fazendo com que o cenário mais concreto da cidade, território em que ainda perambulam os vigaristas folclóricos, amplie seus contornos para infinitos espaços virtuais, onde espertos taumaturgos seduzem legiões de ingênuos, sensibilizando-os com promessas de prêmios milionários, curas milagrosas e vantagens fáceis – que vão da aquisição de um corpo maravilhoso à garantia da salvação eterna da alma, de um rosto sempre jovem a ereções de fazer inveja a Príapo, bastando que os eternos compradores de sonho respeitem o compromisso de alimentar suas ilusões mantendo o dízimo em dia, observando a data de vencimento dos boletos bancários ou enviando milhões de torpedos para números de memorização fácil.

Atualmente, são de outra natureza as ilusões, mas continuam sempre disponíveis os clientes do sonho, e se talvez seja difícil encontrar alguém disposto a pagar por um terreno na Lua ou um prédio cercado por andaimes – isto é, embalado e pronto para ser despachado a um comprador de outro Estado –, agora mesmo, enquanto você se distrai com este livro fascinante, alguém de sua família pode estar no quarto ao lado fornecendo os dados do cartão de crédito para garantir a aquisição de um fabuloso carro por metade do preço de mercado...

Mesmo considerando que "nasce um trouxa a cada minuto", como teria afirmado o "mestre da ilusão" P. T. Barnum, isso apenas garantiria inesgotável suprimento de vítimas para os trapaceiros, mas não responderia à pergunta que o autor parece repetir, insistentemente, a cada página do livro e cuja resposta cabe ao leitor procurar:

– Afinal, por que as pessoas caem nos contos do vigário?

A resposta mais comum consiste em atribuir papel fundamental à credulidade ingênua das vítimas, indispensável para fazer funcionar a "maquinaria da vigarice". José Augusto, contudo, considera que "em si mesma ela não explica tudo. A bem da verdade, explica bem pouco". Mais do que tudo, o desfecho dessas histórias, tantas delas escondidas pela vergonha dos próprios ludibriados, depende de uma espécie de genialidade teatral dos golpistas e de sua capacidade de recriar enredos como aquele com que Jacó iludiu Labão (Gênesis, 30, 31-45), ao fazer com que apenas crias malhadas viessem aumentar o rebanho em seu benefício. Enfim, como nos convence o autor, o conto do vigário acaba projetando mais a vítima do que o golpista, e seriam outros os desfechos das saborosas histórias que compõem este livro, se não persistisse o fascínio pela realidade fabricada. No caso do Brasil, a despeito das reflexões e dos esforços acadêmicos para identificar um suposto "caráter nacional brasileiro", o que parece nos definir de modo marcante é uma vontade atávica de levar vantagem em tudo, o que acaba legitimando qualquer meio que possa nos levar aos fins pré-escolhidos – desde que sejamos os beneficiados, é claro –, abrindo-se imenso terreno para os vendedores de sonhos que, na maioria das vezes, resultam em pesadelos.

Cabe ao leitor, contudo, distribuir sua simpatia ou sua condenação entre os personagens. "Um golpe aplicado com êxito", escreve o autor, "significa a vitória de uma fantasia preparada por especialistas", não sendo "sensato subestimar sua notável capacidade de criação e convencimento", e é em busca desses "peritos do engano" e seus ambiciosos e incautos parceiros de trama que José Augusto Dias Júnior parte para compor esta originalíssima narrativa histórica. Seu livro não ensina a escapar das sedutoras armadilhas da trapaça, nem tampouco fornece roteiros para que possamos melhorar nosso desempenho no jogo eterno de enganar o próximo, mas funciona como espelho para estampar à nossa frente o constrangimento de quem levou a pior, exatamente por aferir com padrões imprecisos a sua própria esperteza e a dos outros: "Aliás, não seria ousadia excessiva afirmar que, nesse terreno, bem pouca gente teria condições de atirar a primeira pedra: em um honesto exame de consciência, quem poderia declarar que jamais descobriu ter sido ludibriado de alguma forma, mesmo que isso tenha acontecido uma única vez, e que a eventual perda tenha sido de pequena monta?"

Enfim, desde que o Anjo decaído levou ao engano nossos pais edênicos, premiando seus compulsórios descendentes com a condenação pelo trabalho, ser enganado por querer enganar passou a fazer parte da condição humana. Em todo caso, nas entrelinhas das histórias que compõem este livro pode ser encontrada a chave para escapar das tramoias que o mundo nos reserva a cada passo, o que não deixa de ser um privilégio reservado apenas aos seus seletos leitores, que podem lançar mão de suas infalíveis receitas, seja para aprimorar sua capacidade de ludibriar o semelhante, seja para manter vigilância perante os acenos da ilusão e conduzir-se mais espertamente no mundo...

Paulo Miceli
Professor livre-docente de História Moderna na
Universidade Estadual de Campinas (Unicamp).

APRESENTAÇÃO

EM JULHO DE 1969, ENQUANTO A APOLLO 11 FAZIA SUA HISTÓRICA viagem destinada a levar os primeiros homens à Lua, havia quem já imaginasse as fantásticas possibilidades comerciais abertas pelo acontecimento. Na cidade de Belo Horizonte, um jovem sergipano que carregava consigo um mapa da superfície lunar passou a procurar possíveis interessados em adquirir terrenos ali localizados. Compensando a pouca escolaridade com uma conversa bastante fluente e demonstrando a integridade característica dos bons profissionais do ramo imobiliário, o rapaz reconhecia que nem todas as partes da Lua podiam oferecer a mesma qualidade de vida – motivo pelo qual cobrava preços mais altos pelos lotes que ficavam no chamado Mar da Tranquilidade, e mais baratos por aqueles situados no Mar das Tormentas. Chegou a fechar negócio com dois fazendeiros antes que o empreendimento fosse abruptamente interrompido pela ação da polícia.

O caso talvez tenha a aparência de mera invenção cômica. Mas não é. Ocorreu de fato e foi objeto de matéria publicada pela revista *Veja* em sua edição de 27 de agosto de 1969 ("Dos bondes ao espaço", p. 22). Por mais incrível que a negociação possa parecer ao observador de hoje, ela foi considerada perfeitamente crível pelos indivíduos que na época compraram os lotes e que talvez planejassem já construções, melhorias e temporadas de férias em seus belos e serenos terrenos lunares. O episódio é dos mais ilustrativos e pode ser considerado um excelente ponto de partida para a apresentação da questão básica, inseparável do tema deste livro: *por que as pessoas caem nos contos do vigário?*

É bem provável que muitos prefiram responder que isso ocorre unicamente por culpa da pouca perspicácia de quem se deixa enganar. Os que partilham de tal opinião possivelmente lembrariam em primeiro lugar a famosa frase atribuída a P. T. Barnum, um mestre da ilusão que, no século XIX, administrava um circo de variedades que circulava pelos Estados Unidos: "Nasce um trouxa a cada minuto". Há certo sentido nessa maneira de ver as coisas. A credulidade, sem dúvida, tem seu papel no funcionamento da maquinaria da vigarice. O problema é que, em si mesma, ela não explica tudo. A bem da verdade, explica bem pouco.

Porque não são apenas os mais simplórios que se tornam vítimas da ação dos vigaristas profissionais. Qualquer policial com certo grau de experiência na área pode atestar que indivíduos educados e refinados também podem se deixar engambelar facilmente, quando a armadilha que os envolve é organizada com propriedade, cuidado e atenção aos detalhes. Aliás, não seria ousadia demasiada afirmar que, nesse terreno, bem pouca gente teria condições de atirar a primeira pedra: em um honesto exame de consciência, quem poderia declarar que jamais se descobriu ludibriado de alguma forma que seja, mesmo que isso tenha se dado uma única vez, ainda que a eventual perda tenha sido de pequena monta? Se estamos todos potencialmente sujeitos ao engano, a questão certamente continua pertinente – *por que, então, as pessoas caem nos contos do vigário?*

Uma alternativa mais razoável para tentar fazer frente ao problema talvez seja a de procurar tecer alguns comentários, ainda que breves, sobre as principais características da prática da vigarice. Para além das interpretações jurídicas, o importante aqui é chamar a atenção para o fato de que os vigaristas de ofício são encenadores engenhosos, que dominam a técnica teatral de conceber e interpretar tramas plausíveis e envolventes: em outras palavras, de criar mentiras com aparência de verdades. E as pessoas que se envolvem em tais arapucas, seja por cobiça ou medo, ambição ou curiosidade, acabam por *acreditar* que aquilo que lhes é apresentado corresponde à realidade. Um golpe aplicado com êxito significa a vitória de uma fantasia preparada por especialistas. Não é sensato subestimar sua notável capacidade de criação e de convencimento.

É claro que isso implica identificar certa predisposição, por parte das vítimas, para deixar-se enredar nas malhas de tais tramas, exatamente porque elas lhes parecem cabíveis e reconhecíveis dentro dos horizontes da vida a que estão habituadas. Reside exatamente aí o fator que permite a redação de uma *história dos contos do vigário*. Poucos aspectos podem ser tão reveladores do universo existencial de uma pessoa – de suas crenças e expectativas, de seus valores e temores – quanto as *ilusões* que ela alimenta. O mesmo pode ser dito a respeito de toda uma coletividade. Ao estudar os golpes que eram aplicados em determinada época e local, estamos ao mesmo tempo mapeando os imaginários e as convicções que ali tomavam lugar. O conto do vigário aparece como um retrato invertido da vida e da cultura de uma comunidade em um período dado de sua história.

Este livro trata das trapaças praticadas pelos peritos do engano no Brasil, sobretudo a partir do século XX. Há um excelente motivo para isso. O conto do vigário típico, aquele que é levado adiante com frequência e profissionalismo, tem como melhor ambiente as grandes e médias cidades, onde se encontra a atmosfera agitada formada por multidões apressadas em meio às quais o vigarista pode rapidamente se fazer perder de vista, depois de efetivado o logro. A vigarice é um fenômeno essencialmente urbano, diferentemente de outras formas de tramoia existentes no passado, e é por isso que o presente estudo tem como cenário, em seus comentários e exemplos, as metrópoles brasileiras que cresciam de maneira incessante, algumas vezes vertiginosa mesmo, desde as últimas décadas do século XIX.

Que não seja relegada a segundo plano a questão essencial – *por que, afinal, as pessoas caem nos contos do vigário?* Pelos motivos expostos acima e por muitos outros ainda; motivos que tomarão a atenção de cada uma das páginas que se seguem. Na melhor das hipóteses, os exemplos do passado ajudarão a esclarecer os mecanismos de funcionamento dos embustes do presente – que, em alguns casos, são os mesmos, como veremos. Por ora, o importante é que fique bem entendida a ideia que sustenta toda a construção em que se baseia este estudo, ou seja, a de que há validade cultural e significado histórico nos esquemas de engano próprios do mundo dos contos do vigário.

Parece adequado apresentar, esquematicamente que seja, a sequência expositiva que o leitor encontrará neste livro. A "Introdução" discute a própria origem da expressão "conto do vigário" para, a partir daí, comentar as características sociais e históricas de tais exercícios de ilusão. O Capítulo 1 ("Cidade que nos Seduz") visa trazer uma visão panorâmica dos imensos teatros nos quais as tramas aqui estudadas eram encenadas, sobretudo nos casos do Rio de Janeiro e de São Paulo. Desse ponto em diante, quatro capítulos visam expor a variedade de elementos culturais a que recorriam os vigaristas na montagem de seus enredos: uma determinada sensação de superioridade com que os moradores das cidades encaravam os interioranos (Capítulo 2 – "Ludibriando um roceiro"), a convicção de que a vida nas metrópoles correspondia à existência própria da modernidade (Capítulo 3 – "Tudo era máquina"), os usos e costumes da política brasileira (Capítulo 4 – "O célebre pistolão") e os temores causados pelos aparatos oficiais de repressão (Capítulo 5 – "Aqui não há direito"). O Capítulo 6 ("Interpretar a fantasia dos outros"), por fim, serve como um texto de conclusão, destinado a retomar, à luz dos exemplos apresentados, as considerações e reflexões desenvolvidas inicialmente na "Introdução".

Agradecimentos

Em sua primeira encarnação, este estudo teve uma versão acadêmica: foi apresentado em 2004 como tese de doutorado em História Cultural junto ao Departamento de História do Instituto de Filosofia e Ciências Humanas da Universidade Estadual de Campinas (Unicamp). Esse simples fato já seria suficiente para que o primeiro nome a ser lembrado nestes agradecimentos fosse o de seu orientador, Paulo Miceli; motivo importante, mas longe de ser o único. Contam também, e fico feliz por poder expressá-lo aqui, a tremenda dívida em termos intelectuais e a enorme alegria pela manutenção de uma amizade que já tem história. Seria igualmente justo destacar o valor das observações, indicações e correções de uma banca examinadora judiciosa e acolhedora ao mesmo tempo, formada pelos professores Adílson José Gonçalves, Eliane Moura da Silva, Leandro Karnal e Luzia Margareth Rago.

Vários foram os amigos que tiveram a paciência de ouvir-me falar incessantemente a respeito de coisas de vigarice ao longo dos últimos anos, particularmente a partir da fase em que se tratava de ampliar e reconstruir um trabalho acadêmico na forma de um projeto editorial bem mais ambicioso. Cabe citar com destaque Rafael e Debby Roubicek, Peter e Marianne Arnsdorff, Diane Cohen, José Salles dos Santos Cruz, Osvaldo Martins, Lucia Dal Medico, Betha Hermano, Vera Tremel, Maria Donizeti de Brito, Ana Paula Tosi, Stefanie Gaspar, Mariana Marcondes, Gentil Andrade Neto, Maria Sílvia Dias e Reginaldo, Tong e Duba Ribeiro.

Em algumas oportunidades, os amigos eram também companheiros de ofício, profissionais da área de História eles mesmos; em se tratando desses casos, não poderia deixar de demonstrar o reconhecimento a Mônica Brincalepe Campo, Flávio Luís Rodrigues, Maria Helena Valente Senise, Mustafa Yazbek, Renato Feliciano Dias, Márcio Augusto Saliba Dias e Gisela Aquino. Um grupo à parte, na categoria dos amigos e companheiros de ofício, se formou na convivência com os colegas a quem conheci nas salas de aula da Unicamp – uma pequena "legião estrangeira" composta por José Alberione dos Reis, Renata Senna Garrafoni, Lucilene Reginaldo, Janaína Camilo, Marili Bassini, Gustavo Tuna, Glaucia Vieira Ramos e Diorge Konrad. Outro grupo a ser lembrado é o dos colegas de docência da Coordenadoria de Cultura Geral da Faculdade Cásper Líbero, em quem sempre encontrei gentil acolhida na discussão sobre os destinos deste livro: Adalton Diniz, Claudio Arantes, Guilherme Grandi, Luis Mauro Sá Martino e Maximino Boschi.

Destaque especial é devido ao professor Elias Thomé Saliba, extremamente atencioso na leitura das novas versões do texto e, não obstante um cotidiano dos mais atarefados, constantemente disposto a abrir espaços na agenda para a troca de ideias.

E, para demonstrar definitivamente que os citados por último possuem, na realidade, posição de inquestionável preeminência, o agradecimento final é reservado àqueles a quem este livro é dedicado: para os pais do autor – José Augusto Dias e Alba França Bérgami Dias –, incentivadores entusiasmados e generosos, em relação aos quais nenhuma palavra de gratidão será jamais excessiva.

José Augusto Dias Júnior

COLEGIO

NOTARIAL DEL TERRITORIO DE PAMPLONA

ESCRITURA

Testamento

OTORGADA

en diez y ocho de Agosto último por Don Eduardo Martinez Castellanos á favor de Doña Luisa Martinez Villalar, Don José Martins Barboza y Don Manuel Suarez López: Hija, Tutor y Testamentario respectivamente.

ANTE

D. José Ruiz de Castro

Notario Publico de Pamplona

En Pamplona á 17 de Octubre de 1901.

INTRODUÇÃO

Aos sapientes e pacientes

A chegada do conto do vigário:
o suposto testamento de
Don Eduardo Martinez Castellanos

Os ladrões no Rio, de Vicente Reis, 1903

Aos sapientes e pacientes recomendo a bela monografia que podem escrever estudando o conto do vigário pelos séculos atrás, as suas modificações segundo o tempo, a raça e o clima. A obra, para ser completa, deve ser imensa.

Machado de Assis, em crônica publicada no periódico carioca *Gazeta de Notícias*, março de 1895

Conto do vigário. S. m. Bras. **1.** *Embuste para apanhar dinheiro, em que o embusteiro, o vigarista, procura aproveitar-se da boa-fé da vítima, contando uma história meio complicada mas com certa verossimilhança, como, por ex., a do paco [q. v.].* **2.** P. ext. *Qualquer embuste para tirar dinheiro ou bem material alheio: "Ninguém já engana ninguém – o que é tristíssimo – na terra natal do* Conto do Vigário*" (Fernando Pessoa,* Páginas íntimas e de auto-interpretação, *p.* 420.) *[Esse exemplo, de autor português, leva a crer que a palavra não é brasileirismo.]*

Aurélio Buarque de Holanda Ferreira,
Novo dicionário Aurélio da língua portuguesa, 2009

I

UM PRIMEIRO ASPECTO QUE CHAMA A ATENÇÃO NO QUE SE REFERE ao conto do vigário é o próprio fato de que ele seja conhecido como *conto do vigário:* a expressão se destaca pela peculiaridade, sem dúvida. É verdade que há outros idiomas em que a modalidade de logro em questão recebe denominações não menos curiosas – *confidence game,* em inglês, *vol à l'américaine,* em francês, *timo,* em espanhol, só para citar alguns exemplos. Aparentemente apenas no caso da língua portuguesa, no entanto, convencionou-se associar práticas tão pouco cristãs quanto o embuste, a trapaça e a mentira à solene figura eclesiástica do vigário. Uma tal singularidade não poderia deixar de ser notada.

Seria ela reflexo de um contexto histórico específico? Em princípio, a hipótese parece razoável; porque se a locução *conto do vigário* se tornou corrente em primeiro lugar em Portugal e no Brasil, pode-se suspeitar que seu surgimento esteja ligado a acontecimentos passados que, de alguma forma, atingiram esses países de maneira particular – eventualmente, a disseminação de um golpe determinado, dentro do qual aqueles que se apresentavam como representantes da Igreja de fato não o fossem (uma vez que a adoção de falsas identidades será sempre um expediente dos mais úteis para enganadores, trapaceiros e charlatães de todos os tipos). Ou talvez o presumível golpe original fosse bem outro; seja como for, seria interessante iniciar este estudo recorrendo aos pontos de vista de alguns dos autores que trataram do assunto: certamente, a partir daí, algo já se poderá saber sobre ele. Assim, tomemos como ponto de partida duas perguntas básicas: supondo que realmente tenha existido um ardil inicial, dentro dele quem era – ou parecia ser – o *vigário*? E qual era o *conto* que este colocava em andamento?

* * *

Aquele que talvez tenha sido o primeiro a dar respostas diretas a tais questões se distinguiu como um atento investigador do submundo da antiga Capital Federal. Em 1903, o delegado de polícia Vicente Reis publicou a obra *Os ladrões no Rio;* nela, procurava fazer uma espécie de inventário tanto dos crimes então mais cometidos na cidade quanto dos marginais responsáveis por eles.[1] Grande parte das informações contidas no livro, admitia o próprio autor, tinha como fonte as revelações de um antigo ladrão que se havia tornado informante da polícia; é de autoria deste, aliás, definição verdadeiramente lapidar de *conto do vigário:* "É um laço armado com habilidade à boa-fé do próximo ambicioso. É o caso em que os espertos se fazem tolos e o tolo quer ser esperto".[2]

Mas por que motivo, especula Reis, "esse sistema de furtar tomou tal designação?" A explicação que ele mesmo oferece é das mais surpreendentes: ela tem a ver com uma complexa operação de alcance internacional, organizada em torno de uma trama de feição rocambolesca. O golpe partia do exterior: "Uns tantos indivíduos, geralmente na Espanha, formam uma quadrilha e dessa tropa, uns ficam no país, outros porém são escolhidos para operar em lugares combinados, como seja o Brasil".[3] A função que cabia à parte da quadrilha enviada a terras brasileiras era procurar possíveis vítimas, em geral entre abastados e respeitáveis proprietários rurais. Uma vez identificado um alvo promissor, as engrenagens do ardil começavam a entrar em movimento.

Assim era que, certo dia, tal alvo era arrancado de sua existência mais ou menos modorrenta por algo de totalmente inesperado – a chegada de uma carta enviada diretamente da Espanha. Para melhor ilustrar o funcionamento do esquema, Vicente Reis transcreve na íntegra o texto de uma dessas cartas, recebida em 1901 por um morador da cidade paulista de Lorena, de nome José Martins Barbosa. Assinada por um certo Manuel Suarez Lopes, "Cura-Parroco" da "Iglesia Parroquial de Santa Maria", em Pamplona, a correspondência trazia os devidos selos, carimbos e chancelas – sinais com aparência de inequívoca autenticidade – e uma narrativa extraordinária:

> Muy Signor mio y hermano en Jesucristo: En cunplimiento de uno de los deberes que me impone el sagrado cargo de que me hallo revestido me derijo a U para comunicarle la parte que le corresponde de un asunto que me fue confiado en confesion por um desgraciado prisionero dos dias antes de su muerte y all que pende el futuro porvenir de una inocente creatura que ha que dado huerfana y bajo nuestra protecion y amparo, segun las ultimas disposiciones testamentarias dictados por su difunto padre.[4]

Nesse início vertiginoso, o religioso espanhol declara que tem a tratar com o destinatário da carta de assunto dos mais espinhosos, a ele confiado sob segredo de confissão por um condenado à morte, e do encaminhamento do qual depende o destino de uma pobre e infeliz órfã – e esse é só o começo da narrativa. Em seguida, e no mesmo tom dramático, Manuel Suarez Lopes identifica o indivíduo por ele mencionado – o "*desgraciado prisionero* e *difunto padre*" – como Don Eduardo Martinez Castellanos, valente coronel do exército espanhol, cuja vida plena de aventuras teria incluído, entre diversas outras passagens, um amargo período de exílio no Brasil, onde havia adotado outro nome e conhecido o mesmo José Martins Barbosa, a quem a carta era agora dirigida. Don Eduardo tinha voltado para a Espanha e – lamentava informar o cura – falecido no cárcere havia pouco, deixando uma herança da ordem de 2.450.000 pesetas e uma filha com 13 anos de idade, Luiza, internada em um colégio de Madri.

Ocorria que, insistentemente perseguido por seus muitos e ardilosos inimigos, o coronel teria transmitido em seu leito de morte um último desejo ao cura, o de que a proteção da filha e a administração da fortuna fossem entregues à pessoa de mais nobre índole que ele havia encontrado em toda a sua atribulada existência – exatamente o conhecido brasileiro:

> despues de haber Testado y despuesto como buen christiano de lo terreal, nombrando Tutor para su hija Luiza a D José Martins Barbosa, residente en el Brasil, persona idonea y a quien en otro tiempo conocio y a mi su Testamentario entrego su alma a Dios, senor Creador de todo lo criado, á las cuatro de la tarde del dia 20 del actual...[5]

Um gravíssimo problema se interpunha à realização das disposições do falecido, contudo. O precioso documento por meio do qual as 2.450.000 pesetas poderiam ser sacadas de um banco localizado em Londres estava escondido no fundo falso de uma mala pertencente ao coronel. E esta – juntamente com outros bens – estava embargada judicialmente como garantia do pagamento das custas de um processo ao qual Don Eduardo havia respondido no passado, por força da implacável sanha de seus detratores. Era preciso que José Martins Barbosa assumisse desde logo seus deveres como tutor e pagasse o valor correspondente às custas do processo, para poder desembaraçar a herança e assegurar o futuro da sofrida órfã.

Várias advertências encerravam a carta. O assunto era evidentemente delicado, e incontáveis perigos ameaçavam a regularização da situação, motivo pelo qual o cura fazia uma comovente súplica final em nome da pobre e abandonada Luiza:

> Restame decirvos mediteis mucho sobre el particular y q. guardeis el mas profundo y sepulcral silencio con referencia a lo manifestado pues uno sola palabra la mas ligera indiscrecion pudiera dar lugar a q. los detractores enemigos del finado q. son poderosos y avidos por descobrir este secreto se apercebieran de el y con tal motivo labrar la desgracia de este angel de Dios q. no tiene otro apoyo q. el de nuestra probidad y buena fé.[6]

Selos que acompanhavam a correspondência vinda da Espanha

Os ladrões no Rio, de Vicente Reis, 1903

O cerco montado pelos "*detractores enemigos del finado*" tornava inconveniente mesmo que José Martins Barbosa respondesse à carta, que por esse motivo não trazia o endereço do remetente. Ele seria oportunamente procurado por um enviado de Manuel Suarez Lopes, pessoa da mais absoluta confiança, com a qual certas palavras em código deveriam ser trocadas como forma de identificação mútua. Só a essa pessoa Barbosa poderia entregar o dinheiro necessário para o resgate da fortuna do coronel.

Se o destinatário de uma correspondência tão incomum não ficasse totalmente convencido, talvez outros desdobramentos ajudassem a persuadi-lo de que o destino tinha reservado a ele o papel de reparador de injustiças e defensor de donzelas. Pouco tempo depois, chegava uma nova carta, esta assinada por ninguém menos que a pequena e desprotegida Luiza. Suas palavras eram tocantes:

> Mi querido Señor:
> He sido informada por el venerable padre Sñr. Manuel Suarez Lopes de que U. aceta la Tutoria que os ha conferido mi defunto papá que Dios tenga en su santa gloria. No figuraros cuanto consuelo derrama sobre mi dolorido corazon la benevola atencion que me dispensa aceptandome por hija segun voluntad de mi desgraciado papá cuyo amoroso recuerdo llevaré siempre em mi mimoria.[7]

Luiza declarava ainda felicidade e alívio diante da perspectiva de se mudar para o Brasil e entregar-se por inteiro aos cuidados de Barbosa. E isso não era tudo. Da Espanha seriam enviadas ainda cópias do testamento de Don Eduardo Martinez Castellanos, do seu atestado de óbito e de certidão com o carimbo do Juzgado de Instrucción del Districto de Palacio, em Madri, informando que as custas do processo atingiam o valor de 8.750 pesetas.

Vicente Reis não informa se José Martins Barbosa – destinatário da documentação por ele transcrita – chegou a entregar o dinheiro pedido pelo "cura" espanhol. No entanto, quem o fez, pagando um valor razoável, mas em todo caso muito inferior às fantásticas 2.450.000 pesetas da hipotética herança, certamente nunca mais recebeu correspondência ou notícia de Manuel Suarez Lopes, da delicada Luiza ou de quaisquer outras das fabulosas figuras que davam vida a tão elaborada trama. A quem o fez, o tempo não apresentava outra alternativa senão a dolorosa constatação de que havia sido vítima de um golpe muito engenhoso, e culpar um suposto cura – ou *vigário* – pelo *conto* aplicado.

Há algo de Eugène Sue e mesmo de Alexandre Dumas nesse enredo folhetinesco que mistura heroísmo e vilania, tesouros a serem resgatados e identidades ocultas subitamente reveladas, conspirações que espalham seus perigos por todos os lados e segredos confiados em nome da honra a salvadores distantes – além, evidentemente, do inegável apelo sexual representado pela pubescente imagem da desamparada Luiza. Era tal capacidade de manobrar com elementos que, com toda a probabilidade, deveriam fazer fervilhar a imaginação da vítima potencial que conferia eficiência ao esquema, como comentou em 1949 o delegado João Leite Sobrinho em artigo publicado a respeito do assunto:

> A procedência da carta, Europa; o remetente, um padre; o mistério, a confissão; a contextura da história, a fortuna, "la hija" de Don Eduardo, a cópia do testamento, a certidão de óbito, uma outra carta da órfã, o extrato da sentença condenatória e o mais que vinha no envelope ou o que o endiabrado "vigário" metia na cabeça do nosso homem simples, por força que haveria de escaldar o cérebro do mais tranquilo e desambicioso cidadão.
>
> Transporte-se a história para a época em que surgiu, fins do século passado, em que os meios de comunicação eram lentos, a boa-fé e religiosidade de nosso povo muito mais acentuadas, o respeito por tudo que vinha do estrangeiro quase transformado em culto, a possibilidade do enriquecimento rápido, muito difícil – naqueles dias distantes das duas guerras – e se há de convir que valia a pena arriscar a nossa fazenda para salvar a pobre filha de "Don" Eduardo Martinez Castellanos, ex-coronel "del Estado Mayor de lo Ejercito", Don Quixote redivivo, que chefiara revoluções em Espanha, deixara as delícias de Paris para combater norte-americanos nas Filipinas, depositara todo o seu ouro no Banco de Londres, "bajo el auxilio e protecion de un Capitan de la Marina Ingleza" e fora morrer em prisões militares de Madrid – tudo isso para que o "cura-parroco" Don Manuel Suarez

> Lopes explorasse a sua memória, transformando-a em um filão de bens terrenos e sólidos, tão do agrado de Sancho Pança.[8]

O golpe certamente fez suas vítimas no Brasil – Vicente Reis comenta sobre o caso de

> um pobre sitiante em Pernambuco que, fascinado por uma cantiga dessas, dispôs dos bens, apurou meia dúzia de contos de réis e mandou para não sei onde em Espanha, a um vigário que, em várias cartas que cheio de santidade enviava ao incauto, o fazia em papel carimbado, contendo o monograma respectivo.[9]

Mas é preciso ressaltar que não eram apenas os brasileiros que se deixavam seduzir pelas miragens vindas do outro lado do Atlântico. A falcatrua encontrou terreno fértil também nos Estados Unidos, onde se tornou conhecida como Spanish Prisoner Game (Golpe do Prisioneiro Espanhol). Ali, era aplicada em uma variação que não incluía o personagem do cura, provavelmente porque em um país predominantemente protestante a figura de uma autoridade do clero católico não tinha a mesma força de persuasão. Na versão preparada para ludibriar os norte-americanos, era o próprio "prisioneiro" quem tomava a iniciativa de enviar a carta pedindo ajuda. Segundo M. Allen Henderson – autor que situa o nascimento de uma forma inicial do ardil já na Espanha de Filipe II –, a mensagem partia de um indivíduo que declarava possuir origem nobre e ter sido arbitrariamente aprisionado em um país estrangeiro. "Ele pede dinheiro para subornar os que o mantêm preso ou para pagar um resgate", explica Henderson.

> O mapa de um tesouro ou outros documentos hipoteticamente valiosos são, com frequência, incluídos como garantias, ao lado de um retrato da bela e frágil filha do prisioneiro. Fica subentendido que ela fará parte da recompensa a ser dada àquele que auxiliar na libertação

> do preso. Outros benefícios incluem dinheiro e propriedades, uma vez que o prisioneiro é sempre apresentado como um homem extremamente rico, apto a remunerar seu salvador assim que puder voltar à sua terra natal.[10]

Já no Brasil – no ainda tão católico Brasil da virada do século XIX para o século XX – a trama não podia prescindir da piedosa figura de um padre, ali estrategicamente colocada para conferir maior credibilidade ao enredo. Naquela que seria a tramoia original da qual se teria derivado e difundido o neologismo *conto do vigário*, portanto, o *vigário* era o falso cura Manuel Suarez Lopes, e o *conto* o do falecido coronel Don Eduardo Martinez Castellanos, fantasmagórico mártir que tinha deixado filha e fortuna igualmente evanescentes: a explicação de Vicente Reis, baseada em documentos cuidadosamente transcritos, parece perfeitamente plausível. Haveria algo a ser acrescentado ou emendado a versão tão completa e coerente?

* * *

Há. Um ano depois da publicação de *Os ladrões no Rio*, uma outra obra veio, se não contestar diretamente, ao menos trazer elementos indicativos de que a versão defendida por Vicente Reis era incompleta. Em 1904, o folclorista, poeta e cronista Alexandre José de Mello Moraes Filho publicou *Factos e memorias*, uma coletânea de textos apresentados inicialmente no jornal carioca *Correio da Manhã*, editado por Edmundo Bittencourt.[11] Mesclando descrições sobre a multiplicação de mendigos e ciganos nas ruas do Rio de Janeiro com lembranças nostálgicas da vida em diferentes pontos da cidade, a obra trazia também toda uma parte dedicada aos "ladrões de rua" que ameaçavam os incautos cariocas.[12] É nela que encontramos a interpretação do autor sobre o que ele define como a "origem do *conto do vigário*".[13]

Logo de início, Mello Moraes Filho afirma dois importantes pontos de coincidência com a visão de Vicente Reis: o que se relaciona ao local de onde partia o engodo e a confirmação de que dele é que havia surgido a consagrada expressão que envolve a figura do vigário:

> Na morena Espanha, no país natal de Cervantes e dos *boleros* originou-se o famoso *conto do vigário*, há mais de vinte anos em ação no Rio de Janeiro.
> A princípio com distintivos locais, crepusculado da religiosidade pátria, esse bem combinado artifício girava ao redor de uma dignidade clerical paroquiana, de onde lhe deriva o popular nome.[14]

Há também concordância na maneira de explicar tanto o modo de operação dos golpistas quanto o mecanismo básico de funcionamento do golpe, vale dizer, o envio de sedutoras fantasias pelo correio:

> Na terra espanhola, não podemos precisar data, bandos de ladrões constituíram-se em associações para iludir a boa-fé nacional e estrangeira, e nesse intuito expediam agentes a diversos países da Europa, especialmente à França, Itália e Portugal.
> Servindo-se de cartas, acompanhadas de mistificados documentos, e segundo indicações dos seus prepostos, pessoas notoriamente ricas recebiam notícia de inesperadas fortunas, sendo em geral colhidas nas malhas das corrediças redes.[15]

Ardilosos malfeitores espanhóis formavam quadrilhas que enviavam alguns de seus integrantes ao exterior com a tarefa de identificar vítimas potenciais, que por sua vez, depois disso, recebiam correspondências repletas de falsos documentos e promessas de grandes fortunas: até aqui, parece não haver diferenças dignas de nota em relação ao quadro pintado por Vicente Reis. Uma divergência significativa, no entanto, surgirá no desenrolar da exposição de Moraes Filho; porque esta deixará claro que, para ele, o enredo envolvendo as figuras do prisioneiro falecido e de sua filha desamparada não era, de maneira alguma, o único ao qual recorriam os criativos trapaceiros espanhóis – na verdade, era só mais uma opção dentro de um repertório bem mais diversificado:

> Pelos mais remotos vestígios dessas bem organizadas comanditas do roubo, concluímos que tivera este por invariável pretexto tesouros enterrados em velhos solares, igrejas e especialmente em prisões, figurando infalível um descendente ou irmão de um vigário, ao qual, em artigo de morte, misterioso personagem ou revel prisioneiro de Estado confiara o segredo de riquezas ocultas.
> Assim, derramando circulares convidativas a capitalistas milionários para as explorarem, associando-se com remessas de avultadas quantias destinadas a supostas buscas, viagens e pesquisas, esses refinadíssimos larápios medravam impávidos à custa da simpleza dos tolos e da ambição dos espertos.[16]

A carta enviada à vítima em perspectiva era sempre assinada por um suposto vigário ou equivalente; mas a história que ela contava podia trazer qualquer uma das muitas possibilidades de variação do tema básico do *segredo do tesouro:* notícias de riquezas, de origem legítima ou não, cuidadosamente ocultadas em locais remotos para posterior resgate; sugestões de que o ponto exato onde as tais riquezas estariam escondidas podia ser revelado, desde que por meio dos devidos laços de confiança e sigilo; comentários de que, no entanto, seria preciso organizar expedições de busca, o que exigia o investimento de certa quantidade de dinheiro; e assim por diante. Havia inclusive o toque extra proporcionado pela palpitante revelação de que o responsável pela ocultação do tesouro era irmão do vigário, ou mesmo seu *descendente:* grave e antigo pecado contra a castidade era insinuado neste segundo caso, motivo de possíveis e sentidas declarações de culpa e arrependimento. É todo um novo universo ficcional que se descortina aqui; ecoam na imaginação o espírito de aventura de um Robert Louis Stevenson, ao lado de fantasiosos cálculos de que muito do ouro que os espanhóis extraíram das colônias deve ter tido, afinal, destinos de fato insólitos.

A trama da qual falava Vicente Reis, portanto, era uma entre várias; ao fazer referência a ela, Mello Moraes Filho declara que passará a tratar de "uma outra armadilha de tais gatunos europeus, em comunicação direta com seus prepostos na então província de Minas Gerais".[17] E ainda assim, vale a pena chamar a atenção, em uma descrição que traz uma diferença interessante – aqui, vai se tentar convencer a vítima potencial de que ela guardava *laços de família* com o endinheirado falecido, mesmo que até então não tivesse tido qualquer notícia a respeito disso:

> Na pitoresca cidade de Paracatu, um negociante havia, cuja fortuna, estimada em mais de quinhentos contos de réis, o salientara, não só na localidade, porém até mesmo na capital: chamava-se ele – Ricardo Seraphim de Souza Porto.
>
> Em certa ocasião, chega-lhe às mãos extensa carta, datada de Madrid, conjuntamente com documentos autenticados, provando à evidência seu parentesco longínquo com um milionário ali falecido, e que deixara em abandono uma filha menor. Na referida missiva declarava e pedia o signatário a Seraphim Porto que, achando-se em péssimas condições de fortuna, e não podendo por isso, nem se oferecer para tratar da herança, nem manter e educar a órfã, desse as suas ordens a fim de que a menina lhe fosse entregue, proporcionando-lhe os recursos necessários a tão inesperada e dispendiosa viagem.
>
> Terminada a leitura de semelhante epístola, o mineiro Seraphim deu tratos à bola, imaginou logo ter ouvido falar num parente espanhol, e não podendo convencer-se como, de tão estranhas plagas, e sem justificado motivo, seu nome fosse lembrado, veio a esta capital, e do Banco do Comércio remeteu um cheque de trezentas libras ao prestimoso intermediário.

> E semanas se passaram, meses, o tempo, vindo a demora e os acontecimentos confirmar que se tratava de uma velhacaria do sindicato *vigariano*.[18]

Resumidamente, esse é o ponto de vista de Moraes Filho: de uma série de golpes iniciais aplicados a partir das últimas décadas do século XIX pelo mesmo grupo de escroques espanhóis, tinha derivado não só a expressão *conto do vigário*, mas também uma multiplicidade de novos esquemas concebidos, daí em diante, para enganar os brasileiros. Ao fazer uma última referência ao logro aplicado ao mineiro Seraphim, ele conclui:

> Este tipo e as anteriores combinações modelam a forma primitiva do *conto do vigário*, industriosamente importado no Rio de Janeiro pelos espanhóis da República Argentina, e aqui transformado e subdividido, de acordo com as circunstâncias e os diversos ambientes.[19]

Ao revelar a relativa variedade de golpes aplicados no Brasil por aqueles que se apresentavam como devotos vigários, Mello Moraes Filho amplia e torna mais completa a versão de Vicente Reis. Passamos a ter, consequentemente, depoimentos de dois autores que revelam certa convergência e que acabam por complementar um ao outro, na identificação dos motivos pelos quais a expressão *conto do vigário* foi incorporada ao idioma português. Existiria ainda possibilidade, após o conhecimento desses testemunhos que se apoiam mutuamente, de imaginar versão radicalmente diferente das que apresentam?

* * *

Existe. Uma explicação cheia de sentido, e na qual não entravam tesouros perdidos ou embargados, nem tampouco figuras de heróis falecidos, padres eloquentes ou órfãs desprotegidas, surgiria pouco mais de duas décadas depois da publicação do livro de Mello Moraes Filho; e seu peso seria proporcional ao nome que a assinava: nada menos que o de Fernando Pessoa.

Os temas do engano e da ilusão são recorrentes na obra de Pessoa; não seria de surpreender, assim, que ele revelasse um interesse particular tanto pela origem quanto pelos usos e significados do *conto do vigário*. Anos antes de apresentar sua própria versão para o surgimento da expressão, esse "autor de autores", na feliz definição de Jacinto do Prado Coelho,[20] já havia colocado na boca de um de seus heterônimos, Álvaro de Campos, "entrevistado" em um texto de 1919, o comentário irônico de que um dos grandes problemas lusos seria exatamente o declínio da capacidade nacional de ludibriar:

> – Portugal é uma plutocracia financeira de espécie asinina. É, como todos os países modernos, excepto, talvez, a Itália, uma oligarquia de simuladores. Mas é uma oligarquia de simuladores provincianos, pouco industriados na própria histeria postiça. Ninguém já engana ninguém – o que é tristíssimo – na terra natal do Conto do Vigário. Não temos senão os vigaristas de praça como prova de qualquer sobrevivência das qualidades de intrujice da nação. Ora um país sem grandes intrujões é um país perdido, porque a civilização, em qualquer dos seus níveis, é essencialmente a organização da artificialidade, isto é, da intrujice. "Quem não intruja não come"; é esta a forma sociológica dum provérbio que o povo não sabe dizer, porque o povo nunca sabe dizer nada. De resto, a sociologia também não existe.[21]

Mas se era Portugal a "terra natal do Conto do Vigário", em que circunstâncias se dera tal nascimento? E a quem atribuir a paternidade? As respostas viriam em uma saborosa crônica publicada por Pessoa em outubro de 1926 no jornal lisboeta *O Sol*, com o título de "Um grande português". Rebatizada depois como "A origem do conto do vigário" e depois ainda simplesmente como "O conto do vigário", ela tem como protagonista a figura de um pequeno proprietário rural e negociante de gado da região do Ribatejo, de nome Manuel Peres Vigário. Foi a tal figura, conta Pessoa, que certa vez proposta pouco honesta foi apresentada:

> Chegou uma vez ao pé dele certo fabricante ilegal de notas falsas, e disse-lhe: "Sr. Vigário, tenho aqui umas notazinhas de cem mil réis que me falta passar. O sr. quer? Largo-lhas por vinte mil réis cada uma". "Deixa ver", disse o Vigário; e depois, reparando logo que eram imperfeitíssimas, rejeitou-as: "Para que quero eu isso?" disse: "isso nem a cegos se passa". O outro, porém, insistiu; Vigário cedeu um pouco regateando; por fim fez-se negócio de vinte notas, a dez mil réis cada uma.[22]

A índole de Manuel Peres Vigário está, desde logo, delineada: sua ressalva não é a de que o negócio constitua desonestidade, mas a de que a falsificação seja de má qualidade. Ainda assim, ele acaba por ficar com vinte cédulas de 100 mil réis, o que soma 2 contos de réis em notas falsas: será conveniente ter em mente esses valores para compreender a continuidade da narrativa:

> Sucedeu que dali a dias tinha o Vigário que pagar uns irmãos, negociantes de gado como ele, a diferença de uma conta, no valor certo de um conto de réis. No primeiro dia da feira, em a qual se deveria efetuar o pagamento, estavam os irmãos jantando numa taberna escura da localidade, quando surgiu pela porta, cambaleante de bêbado, o Manuel Peres Vigário. Sentou-se à mesa deles, e pediu vinho. Daí a um tempo, depois de vária conversa, pouco inteligível da sua parte, lembrou que tinha que pagar-lhes. E, puxando da carteira, perguntou se se importavam de receber tudo em notas de cinquenta mil réis. Eles disseram que não, e, como a carteira nesse momento se entreabrisse, o mais vigilante dos dois chamou, com um olhar rápido, a atenção do irmão para as notas, que se via que eram de cem.
> Houve então a troca de outro olhar.[23]

No intervalo de dois entreolhares, os irmãos – não muito mais íntegros do que Vigário – vislumbram a possibilidade de receber em dobro a quantia que lhes era devida, posto que o embriagado devedor estava evidentemente a confundir notas de cem com notas de cinquenta. Oportunidade para ser aproveitada sem mais demora:

> O Manuel Peres, com lentidão, contou tremulante vinte notas, que entregou. Um dos irmãos guardou-as logo, tendo-as visto contar, nem se perdeu em olhar mais para elas. O Vigário continuou a conversa, e, várias vezes, pediu e bebeu mais vinho. Depois, por natural efeito da bebedeira progressiva, disse que queria ter um recibo. Não era uso, mas nenhum dos irmãos fez questão. Ditava ele o recibo, disse, pois queria as coisas todas certas. E ditou o recibo – um recibo de bêbado, redundante e absurdo: de como em tal dia, a tais horas, na taberna de fulano, e "estando nós a jantar" (e por ali fora com toda a prolixidade do bêbado...), tinham eles recebido de Manuel Peres Vigário, do lugar de qualquer coisa, em pagamento de não sei quê, a quantia de um conto de réis em notas de cinquenta mil réis. O recibo foi datado, foi selado, foi assinado. O Vigário meteu-o na carteira, demorou-se mais um pouco, bebeu ainda mais vinho, e daí a um tempo foi-se embora.[24]

O logro tinha sido efetivado com sucesso – ou assim parecia. Porque não demoraria muito até que os acontecimentos viessem demonstrar quem de fato havia sido enganado por meio de tais manobras:

> Quando, no próprio dia ou no outro, houve ocasião de se trocar a primeira nota, o que ia a recebê-la devolveu-a logo, por escarradamente falsa, e o mesmo fez à segunda e à terceira... E os irmãos, olhando então verdadeiramente para as notas, viram que nem a cegos se poderiam passar.
> Queixaram-se à polícia, e foi chamado o Manuel Peres, que, ouvindo atônito o caso, ergueu as mãos ao céu em graças da bebedeira provi-

> dencial que o havia colhido no dia do pagamento. Sem isso, talvez, embora inocente, estivesse perdido.
> Se não fosse ela, explicou, nem pediria recibo, nem com certeza o pediria como aquele que tinha, e apresentou, assinado pelos dois irmãos, e que provava bem que tinha feito o pagamento em notas de cinquenta mil réis. "E se eu tivesse pago em notas de cem", rematou o Vigário, "nem eu estava tão bêbado que pagasse vinte, como estes senhores dizem que têm, nem muito menos eles que são homens honrados, m'as receberiam." E, como era de justiça, foi mandado em paz.[25]

E assim foi que aqueles que se imaginavam embromadores descobriram-se, afinal, embromados: um desfecho mais do que apropriado para episódios do gênero. A importância do acontecido, no entanto, vai muito além disso; porque, alerta Pessoa, temos aqui o próprio berço do neologismo destinado a disseminar-se, daí em diante, Portugal e Brasil afora:

> O caso, porém, não pôde ficar secreto; pouco a pouco se espalhou. E a história do "conto de réis do Manuel Vigário" passou, abreviada em "o conto do vigário", para a imortalidade cotidiana, esquecida já da sua origem.[26]

É preciso acrescentar que Pessoa termina sua narrativa afirmando considerar Manuel Peres Vigário, o "mestre ribatejano", figura digna de admiração e reverência – um "grande português" cujo espírito e inventividade futuros e "imperfeitíssimos imitadores, pessoais como políticos", jamais souberam honrar.[27] Na melancólica Portugal de Fernando Pessoa, já não havia mais vigaristas como Manuel Vigário.

Parece pouco provável que o texto de Pessoa se pretendesse portador de revelações de valor histórico; o tom de sarcasmo que o atravessa sugere que esse exemplar da prosa pessoana se dedicava, na realidade, ao jogo de contar uma anedota como se ela tivesse efetivamente ocorrido. Cabe ressaltar, no entanto, que anedotas *também* podem originar neologismos; e na hipótese, nada desprezível, de Pessoa ter inventado ou reproduzido com suas próprias palavras pilhéria que já antes circulava entre os portugueses, então se torna perfeitamente plausível que seja essa de fato a origem da expressão *conto do vigário*. Para tanto, não é necessário que Manuel Peres Vigário tenha realmente existido ou feito o que lhe é atribuído; basta que o chiste tenha caído no gosto popular – ou então, que chegue a parecer deveras acontecido aquilo que o prosador sempre soube fingido.

II

Uma primeira versão com Vicente Reis, uma segunda, um pouco diferente, com Mello Moraes Filho, e uma terceira, totalmente diferente, com Fernando Pessoa: qual deveria ser a escolhida como a mais plausível para explicar o nascimento do dito *conto do vigário?* Nenhuma delas – ou talvez, em uma inversão de termos, todas elas, colocadas lado a lado em uma galeria destinada a ampliar-se continuamente. Porque, como se pode supor, não são essas as únicas possibilidades; ao que tudo indica, enquanto estivermos dispostos a investigar, sempre poderemos encontrar uma nova e surpreendente interpretação para a questão – para um cronista policial da década de 1950, por exemplo, a origem da expressão estava ligada à trapaça armada por um malandro que tinha conseguido resgatar em dobro o valor que havia confiado à guarda de um comerciante conhecido, em golpe que conseguiu engambelar até mesmo o vigário local; para o filólogo e etimólogo Francisco da Silveira Bueno, o termo teria surgido de maneira espontânea, "de não crer o povo nas narrações de fatos miraculosos do vigário, do pároco"; e assim por diante, sucessivamente.[28]

Apesar disso, existe certa coerência em tal diversidade de pontos de vista, e é a ela que convém prestar atenção desde logo. Este estudo trata dos mecanismos culturais que sustentam e organizam o funcionamento do chamado *conto do vigário*, e o próprio fato de nem mesmo a etimologia desta expressão poder ser definida com maior segurança já significa algo – significa que estamos prestes a entrar em território no qual nada é exatamente o que parece ser e tudo é feito na medida certa para enganar e desorientar. Seria interessante lembrar que, em vocabulário jurídico, o conto do vigário é conhecido por expressão mais douta e – esta sim – de origem bem localizada: "estelionato", derivação do vocábulo romano *stellionatus*, por sua vez vindo "do substantivo *'Stellio, onis'*, que era o nome de um lagarto que mudava de cores conforme a coloração do ambiente que o rodeava", ensina autor versado no assunto.[29] A referência, como se torna evidente, é ao camaleão, considerado notável precisamente por sua extraordinária capacidade de iludir.

Parece bastante apropriado que as práticas enfocadas por este trabalho tenham como símbolo animal conhecido pela aptidão de se furtar ao olhar. Estamos lidando aqui com ações de indivíduos que sempre tiveram como objetivo não ser identificados e que, tanto quanto possível, buscaram atingir o esquecimento – grande ironia, se levarmos em conta que boa parte da produção historiográfica contemporânea tem se dedicado justamente a procurar *identificar* e *arrancar do esquecimento* sujeitos e movimentos sociais que até então não tinham merecido a devida atenção. Para o vigarista profissional, no entanto, ser identificado equivale a ser desmascarado, e ser lembrado significa que as ameaças da punição e da estigmatização ainda estão presentes. Um golpe pode ser considerado bem-sucedido de fato apenas quando o golpista, além de se apoderar do patrimônio da vítima, consegue escapar sem que sua verdadeira identidade chegue a ser conhecida; por isso é que assumem tanta importância as manobras de despistamento que, quando bem executadas, dão a impressão de que ele desapareceu em pleno ar depois de completado o embuste. Ao vigarista, qualquer outra possibilidade é potencialmente perigosa, e nem mesmo o eventual orgulho pela autoria de um logro competentemente aplicado compensa o risco de se dar a conhecer para além de seu círculo pessoal de confiança. A atribuição da façanha é um luxo a que ele não se pode permitir.

Isso significa que este livro se volta para uma história feita sobretudo por pessoas que, de certa forma, sempre procuraram fugir da história; se as coisas dependessem exclusivamente delas, não chegaria a existir qualquer tipo de registro ou informação de suas atividades passadas. Mas é justamente porque nem sempre tal ocultação é possível – porque ocasionalmente os golpes fracassam quando colocados em execução, deixando expostos seus esquemas de funcionamento – que podemos saber algo a respeito do furtivo mundo do conto do vigário. Assim, a maior parte dos subsídios coletados para a elaboração do presente trabalho foi obtida por caminho diverso e inverso: não pelos próprios vigaristas, mas por aqueles que eles provavelmente considerariam como colocados *do outro lado*: suas vítimas, em primeiro lugar, e as instâncias por elas procuradas em busca de socorro, as forças da lei e da ordem, em segundo. Decorre daí aspecto para o qual é preciso dar o devido destaque: são basicamente os discursos policiais e jurídicos, com sua lógica e razão própria, que informam sobre os golpes aqui apresentados e discutidos. As principais fontes consultadas foram artigos de revistas especializadas em investigações criminais e assuntos forenses,[30] manuais dirigidos ao público com alertas contra os golpes mais frequentes,[31] matérias jornalísticas,[32] inquéritos policiais e processos judiciais (que enquadravam o estelionato inicialmente pelo Código Penal de 1890, por meio de seu artigo 338, e depois pelo Código Penal de 1940, por meio daquele que se tornaria famoso como seu artigo 171).[33]

Que tipo de painel se poderia esperar de levantamento realizado nessas condições? Certamente não um dos mais completos. Não foi obtido aqui senão o conhecimento de uma pequeníssima parcela dos golpes, trapaças e enganos colocados em andamento no Brasil desde o final do século XIX, e se fosse dada a entender coisa diferente disso, o resultado seria não um texto sobre o conto do vigário, mas um conto do vigário feito texto. É evidente que nenhum estudo histórico pode reconstituir integralmente o passado do qual trata; mas no caso deste, alguns fatores de natureza um tanto particular serviram para impor limites e limitações adicionais. Parece justo, portanto, insistir no assunto e procurar explicar melhor os motivos pelos quais pesquisar a história da vigarice equivale a lidar com ilhas de informação em meio a um oceano de desinformação.

O primeiro desses motivos já foi mencionado acima. O vigarista experiente lançará mão de um vasto repertório de recursos para apagar todos os rastros capazes de comprometê-lo; se for bem-sucedido, deixará a vítima não apenas com o bolso mais leve, mas também em estado de completa desorientação. Com toda a probabilidade, uma quantidade extraordinária de golpes bem-sucedidos não foi informada às autoridades policiais ou aos jornalistas – vale dizer, não chegou a produzir registros que pudessem ser posteriormente consultados pelos historiadores – porque os vigaristas responsáveis por eles conseguiram atingir o ponto de maior requinte em sua área de atuação, ou seja, o de evitar que suas vítimas sequer se soubessem vítimas. Um exemplo, tirado do estudo de M. Allen Henderson sobre a ação dos golpistas norte-americanos, talvez ajude a tornar essa ideia mais clara.

Segundo Henderson, com o advento do telégrafo nos Estados Unidos, tornou-se possível para os entusiastas de corridas de cavalos realizar apostas em páreos realizados à distância – a empresa de serviços telegráficos Western Union passou a receber, em seu escritório central em Chicago, os resultados das corridas realizadas em hipódromos de outros centros e, em seguida, a repassar esses resultados às casas de apostas da cidade. Naturalmente, a regra era que tais casas não aceitariam qualquer palpite depois que seus próprios operadores de telégrafo recebessem a comunicação oficial com os resultados dos páreos. Mas não demorou muito para que inteligências mais ardilosas concebessem formas de fraudar o esquema, naquele que se tornou conhecido como o Golpe do Fio Dourado.[34] Para tanto, bastava encontrar na Western Union um operador corrupto o suficiente para reter momentaneamente os resultados que recebia, enviando-os primeiro a um comparsa, e só algum tempo depois à casa de apostas – entre um momento e outro, obviamente, o destinatário da informação privilegiada podia jogar altas somas no nome do cavalo vencedor, fazendo um investimento sem riscos e tremendamente rentável.

O exemplo que cabe mencionar aqui, contudo, não tem a ver com esse golpe, mas com um outro derivado dele. Porque assim que o estratagema começou a se tornar mais ou menos conhecido, inteligências ainda mais ardilosas imaginaram formas de lucrar não exatamente com sua capacidade de aplicá-lo, mas com sua capacidade de *fingir* aplicá-lo. Nessa modalidade, uma dupla de golpistas de talento se destacou: Joe Weil e Billy Wall. O primeiro se encarregava de montar e fazer funcionar uma casa de apostas falsa, que fingia frequentar; o segundo interpretava o papel de operador de telégrafo da Western Union, devidamente disfarçado com um uniforme da empresa. Quando identificava um indivíduo que talvez pudesse envolver com seu palavreado fluente – em geral entre apostadores amadores, mas ansiosos por obter ganhos rápidos, volumosos e ilícitos –, Weil argumentava que podia torná-lo participante do Golpe do Fio Dourado, levando-o então para conhecer Billy Wall, que, impressionante em seus trajes de funcionário da Western Union, concordava em repassar a valiosa informação.

Para alguns, a visão e a argumentação tinham efeitos quase hipnóticos; um comerciante chegou a vender seu armazém para aplicar todo o dinheiro em um negócio que lhe parecia infalível. Logo depois de feita a aposta na casa montada por Weil, entretanto, uma série de vertiginosos acontecimentos conduzia o golpe a uma abrupta conclusão. Anunciados os resultados, o apostador descobria, perplexo, que tinha perdido: na verdade, a informação privilegiada enviada por Billy Wall havia indicado o nome de um cavalo derrotado. Em seguida, ele ouvia da boca do próprio Joe Weil o motivo do desastre: acometido por algum mal súbito, o enfraquecido Wall tinha se confundido e trocado o nome do cavalo vencedor. Pior ainda: a crise havia sido tão grave que resultara na morte repentina do operador da Western Union. E, para provar isso de maneira inquestionável, Weil levava o apostador ao "velório" do informante – uma encenação tocante em que uma viúva se desfazia em prantos, inconsolável, ao lado do caixão no qual estava colocado o pálido cadáver do marido (na realidade, um boneco de cera com as feições de Billy Wall). Era preciso saber se conformar com a fatalidade, alegava Weil; o jogador podia ter perdido seu dinheiro, mas o infeliz funcionário perdera bem mais do que isso: perdera a própria vida.[35]

Nas várias ocasiões em que a dupla de espertalhões aplicou o golpe com êxito, os apostadores frustrados certamente saíram da experiência desconsolados com sua má sorte, mas sem suspeitar de que haviam sido enganados (aparentemente, Weil decidiu parar de colocar em prática o ardil apenas depois que um desses apostadores deparou com o redivivo Wall circulando tranquilamente pelas dependências de um hipódromo).[36] Se Joe Weil e Billy Wall, bem como outros golpistas que passaram a reproduzir a trama, não tivessem de certa forma abusado da sorte, colocando-a em execução com frequência maior do que a recomendada pela prudência, o golpe talvez jamais tivesse sido desvendado – suas vítimas nunca chegariam a saber que eram vítimas, e os acontecimentos sequer se tornariam de conhecimento público. É de se supor que vigaristas mais cautelosos tenham conseguido atingir tal grau de dissimulação em grande número de casos, inclusive no Brasil do século XX; assim sendo, temos aqui exemplo de um passado virtualmente irrecuperável.

Há uma outra ordem de razões que restringe significativamente a possibilidade de conhecimento do tema abordado por este livro. Em outros tantos casos, aqueles que são enganados acabam finalmente por adquirir a pungente consciência de que se tornaram vítimas de tramoias bem armadas, mas tampouco procuram a polícia ou a imprensa para reclamar do fato – com isso interrompendo, como já vimos, os circuitos pelos quais tais acontecimentos poderiam chegar a ser posteriormente conhecidos. Há dois motivos básicos para isso. Um deles é absolutamente banal: a *vergonha*. Para muitas pessoas, tão ou mais penosa do que a perda patrimonial é a humilhante admissão de que foram ludibriadas por artimanhas que, depois de compreendidas, parecem tão primárias. Para elas, a ideia de entrar em uma delegacia de polícia e narrar episódio que lhes reserva o pior papel – o de embromadas – pode vir a ser intolerável: o orgulho ferido recomenda que se suporte em silêncio o prejuízo sofrido.

Já o segundo motivo é menos inocente: ele envolve a *culpa*. É enorme a quantidade de golpes que se baseiam em um mecanismo de inversão, pelo qual a vítima, imaginando-se enganadora, descobre-se, no final das contas, enganada. O golpe aplicado por Weil e Wall, descrito acima, apresenta um exemplo típico: o apostador que se julgava possuidor de uma informação obtida ilicitamente *também* agia de maneira censurável – sua intenção era a de espoliar o que acreditava ser uma autêntica casa de apostas por meio de uma manobra desonesta. Como poderia ele, caso desconfiasse do episódio, procurar as autoridades e reclamar que não tinha conseguido fazê-lo? Queixar-se à polícia de ter sido trapaceado na tentativa de executar uma trapaça não é lá atitude das mais perspicazes; essa é outra situação em que o melhor é silenciar a respeito do prejuízo levado com o estoicismo possível. Na realidade, no período aqui tratado, tão grande era o número de casos em que os golpistas manobravam com a má-fé daqueles a quem engambelavam que chegou a entrar em pauta na discussão sobre o crime de estelionato, desenvolvida entre eminentes juristas brasileiros, a tese da chamada *torpeza bilateral*, de acordo com a qual em tais casos vigaristas e vítimas deveriam ser considerados igualmente culpados. A questão será abordada novamente na parte final deste livro; por ora, basta registrar que uma discussão dessa natureza não teria sentido, se não fosse extremamente significativa a quantidade de golpes que indicavam intenção dolosa por parte dos próprios prejudicados.

Não são desprezíveis os motivos pelos quais informações a respeito de golpes aplicados no passado podem acabar por desaparecer por completo, portanto – ignorância por parte de algumas vítimas de que seu prejuízo resultou da ação de vigaristas; constrangimento, por parte de outras vítimas, de reconhecer a ingenuidade com que se deixaram enganar; dificuldade, por parte de outras vítimas ainda, de comunicar fatos que, de alguma maneira, também as comprometem. Há um quarto motivo pelo qual a realidade enfocada pelo presente trabalho não pode ser reconstituída em sua inteireza; e, ironicamente, ele é inverso aos três primeiros. Isso ocorre porque, ainda que parte dos possíveis registros de tal passado se perca inevitavelmente, outra parte sobrevive; e esta constitui volume de material de tal magnitude que poderia bem fundamentar não um livro apenas, mas toda uma *enciclopédia* sobre a vigarice no Brasil.

Isso significa que a documentação consultada para a elaboração deste livro trouxe boa colheita; tão boa, a bem da verdade, que apenas parte dela pôde ser aproveitada. Em meio a um universo muito maior, somente alguns golpes e exemplos de sua prática foram selecionados, apresentados e comentados. O procedimento é usual; afinal, como já o dizia Lucien Febvre, "toda história é escolha".[37] Ainda assim, parece justo chamar a atenção do leitor para o fato de que aqui é exposta não *a história* dos contos do vigário do Brasil do século XX, mas *uma história* dos contos do vigário do período – muitas outras poderiam ser escritas.

Quanto a esta, resta esperar que seja capaz de demonstrar a validade da ideia central que a inspira, ou seja, a de que existe relação muito próxima entre os enredos que fundamentam os contos do vigário e as correntes de pensamento vigentes nas sociedades em que eles são executados. Relação de circularidade, com efeito, posto que este estudo parte do pressuposto de que o cotidiano dos brasileiros explica os golpes aplicados na mesma medida em que os golpes aplicados explicam o cotidiano dos brasileiros.

III

O que foi exposto acima talvez já tenha sido suficiente para situar este trabalho dentro da linhagem historiográfica à qual ele procura se filiar, a da chamada História Cultural. Será a partir de uma de suas principais concepções, com efeito, que se dará a tentativa de enquadramento do tema aqui enfocado – a de que a realidade social é organizada com base em parâmetros culturais, o que implica dedicar especial atenção à questão da variabilidade das formações históricas surgidas ao longo do tempo e do espaço. Daí a afirmação de Roger Chartier, autor de destaque na área, de acordo com a qual o principal objetivo da História Cultural seria o de "identificar o modo como em diferentes lugares e momentos uma determinada realidade social é construída, pensada, dada a ler".[38]

Este estudo volta sua atenção para isso e para algo que decorre disso: para as maneiras pelas quais certos aspectos da realidade são simulados para oferecer à vista imagem deliberadamente enganosa. Talvez se possa dizer que é dessa ilusão de óptica que vive o vigarista: da capacidade de elaborar uma representação da representação, de fazer triunfarem os signos como hipotéticas provas da existência do que não existe a não ser em ideia. Ou talvez se possa afirmar que no golpe bem executado a representação ganha uma efêmera vida própria para bastar-se a si mesma, divorciando-se de seu suposto dever de fidelidade para com um real a ser representado e criando um mundo virtual governado por regras e prazos de validade particulares.

O que importa, para os propósitos do vigarista, é que esse mundo seja *convincente:* que tenha força de persuasão suficiente para envolver quem deve ser envolvido e, assim, espoliado. Ora, uma abordagem baseada na História Cultural não poderia deixar de enfatizar que força dessa natureza só pode se originar da adequação do golpe para com o quadro cultural típico do momento histórico em que ele é aplicado – caso contrário, a tentativa de engano provavelmente resultaria em uma pantomima deslocada, ridícula e, o que é ainda pior para o golpista, ineficaz. Se a realidade social é culturalmente constituída, as práticas de ilusão que nela ocorrem forçosamente também o serão; o conto do vigário é, como qualquer outra criação, filho do seu próprio tempo.

Para dizê-lo de outra forma, o conto do vigário não apenas tem história: ele também reflete a história. Ele se organiza a partir de enredos que manobram com crenças e convicções, esperanças e medos, conceitos e preconceitos – em uma palavra, com *imaginários*. Deriva precisamente daí o primeiro princípio básico que os capítulos seguintes deste livro procurarão ilustrar e demonstrar: não se pode entender um golpe senão a partir do conhecimento das construções mentais em que ele se apoia e das quais se alimenta. Estudar o conto do vigário envolve tomar como questão central a relação pela qual *golpes* e *imaginários* espelham um ao outro: se não prestarmos atenção a isso, teremos como resultado uma história superficial e desconexa, baseada em relatos mais ou menos anedóticos de como no passado as pessoas eram enganadas porque eram enganadas, ou porque sua ingenuidade, aparentemente, excedia todos os limites possíveis. Gravíssimo seria o anacronismo resultante dessa forma de encarar as coisas – até porque o indivíduo que se limita a rir da credulidade das vítimas de ontem talvez não se dê conta dos ardis que podem estar em andamento para fazer dele a vítima de hoje.

A presença de um tal anacronismo, baseado em um sentimento de superioridade de uma época em relação a outra, teria efeitos desastrosos para este trabalho. Porque atribuir o sucesso dos contos do vigário unicamente à ingenuidade de suas vítimas – como, aliás, é do gosto de um certo discurso policial – encobriria o aspecto que mais importa destacar aqui, ou seja, o de que o vigarista que domina seu ofício sabe colocar em funcionamento poderosíssimos mecanismos de convencimento, exatamente porque muito bem enraizados nos valores e nas convicções vigentes. Quando um golpe atinge semelhante estágio de sintonia, apelando para o imaginário e tocando o coração e a mente daqueles a quem pretende iludir, pode vir a se tornar praticamente irresistível. Em contrapartida, quando já não o faz, ancorando-se em concepções em declínio ou em desuso, ele se torna obsoleto e é obrigado a ceder lugar a arapucas mais atualizadas. De certa forma, era a isso que se referia João Leite Sobrinho em sua explicação dos motivos pelos quais o velho golpe da carta do padre espanhol – descrito inicialmente por Vicente Reis em 1903 e apresentado acima – já não funcionava mais na época em que ele escrevia, o final da década de 1940:

> Hoje, conto do vigário é todo logro de que se é vítima sob a promessa de tentadora recompensa, de origem suspeita. Os padres já não entram mais nas histórias e estas também não podem ser contadas devagar, em forma de correspondência epistolar, que os velhos navios traziam como românticas mensagens – longas, retóricas e cheias de

> mistério. Os "contos" atualmente, para que obtenham êxito, devem ser "passados" rapidamente, com desfecho quase imediato. Uma autêntica história de quadrinhos, com fios de telefone cortados, rádios quebrados e "mocinhos" salvadores de pés e mãos atados. Nenhuma interferência não prevista, nenhum pormenor desnecessário e, principalmente, nenhuma oportunidade para o herói consultar relógio, papéis ou amigos. O tempo, com os modernos sistemas de comunicação e divulgação, conspira contra o vigarista, obrigando-o a representar "sketches" relâmpagos.[39]

A vida em ritmo acelerado dos grandes centros urbanos, que traz com ela valores culturais, formas de sociabilidade e hábitos diversos dos anteriores, obriga os contos do vigário a passarem por transformações correspondentes: claramente, aqui, inadaptação equivale a ineficiência. Mas há outro aspecto da análise do delegado Leite Sobrinho para o qual é preciso chamar a atenção: o de que a nova realidade força o vigarista a colocar em andamento "'sketches' relâmpagos": comentário análogo ao do juiz Atugasmin Médici Filho, que em artigo publicado alguns anos antes definira o meio enganador pelo qual se efetiva o estelionato como uma verdadeira *mise-en-scène*, vale dizer, uma encenação.[40]

O que torna ambas as observações especialmente significativas é o emprego do vocabulário teatral. Porque é precisamente nesse ponto que o presente estudo procurará firmar um segundo princípio básico a ser sustentado e demonstrado nos capítulos que se seguem, a saber, o de que o conto do vigário pode ser tomado como uma autêntica *dramaturgia*, dentro da qual o vigarista desempenha simultaneamente as funções de autor e ator de uma encenação cuidadosamente concebida e posta em execução, na maior parte das vezes, em plena rua. Talvez em nenhum outro caso a meta de eliminar as distâncias que separam intérpretes e espectadores – como visaram importantes tendências do teatro contemporâneo, a exemplo do Living Theater de Julian Beck e do Teatro-Laboratório de Jerzy Grotovski – tenha sido atingida de maneira tão completa. O conto do vigário aplicado com êxito opera a mágica pela qual o espectador deixa de ser espectador para se transformar, também ele, em intérprete: se devidamente envolvida, a vítima assumirá o papel que lhe cabe na trama, adotando as reações que se esperam dela e que resultarão no seu próprio prejuízo. O indivíduo enganado pelas cartas do padre espanhol e da órfã rica e desamparada, para citar um exemplo, incorporava o personagem do destemido salvador disposto a reparar injustiças e de, eventualmente, ser recompensado por tanta nobreza; ele era levado a seguir, passo a passo, as indicações de um *script* preexistente e que sinalizava final feliz.

O autor deste livro espera que não seja entendido como apologia ao crime o comentário de que para colocar em execução engodos dessa natureza é preciso muito mais do que oportunismo e sangue-frio – é preciso *talento*. Não se pode deixar de registrar que o êxito dos que se aventuram na prática do conto do vigário depende de habilidades incomuns; senão, vejamos. Antes de mais nada, é preciso dispor de uma boa trama a ser exibida aos olhos de quem se quer transformar em vítima, com tudo o que isso implica: um enredo consistente, por mais fantástico que seja; personagens críveis, apesar da rapidez com que são concebidos; um desenrolar narrativo envolvente, ainda que seu andamento não tenha outro objetivo senão o de culminar com a efetivação do logro. E mesmo que tal trama não seja de autoria do vigarista que a aplica – e normalmente não é –, sempre serão necessários ajustes e adaptações para ambientá-la apropriadamente às particularidades de cada ocasião: tarefa que exige criatividade e capacidade de observação. Tampouco é trivial a tarefa de escolher a vítima potencial a quem se tentará iludir; é preciso aqui um discernimento especial para saber distinguir, entre a massa aparentemente indistinta da multidão, a pessoa mais propensa a tomar como real o irreal que lhe será exposto.

Fracasso de público e de crítica: quando a encenação não funciona, as coisas podem ficar bastante perigosas para os golpistas.
Fernando Favoretto/Arquivo Público do Estado de S. Paulo

E se tudo isso for feito com acerto, é chegada então a hora em que o vigarista e seus comparsas deverão recorrer a seus poderes de desempenho cênico, em atuações, vale lembrar, marcadas por uma agilidade extraordinária. Porque o exercício que provavelmente nem todos os atores profissionais teriam capacidade ou disposição de enfrentar – o do *improviso contínuo* – é prática comum para o vigarista. A encenação que ele coloca em andamento é montada em torno de situações básicas, mas não comporta a segurança dos diálogos fixos e das cenas previamente ensaiadas: a depender das reações da pessoa abordada, a dramaturgia ganha dinâmica própria e exige rapidez de raciocínio para levar adiante a interpretação em cada uma das suas possibilidades de desenvolvimento. O personagem, para lembrar Stanislávski, tem que ser construído com solidez e maleabilidade suficientes para resistir a todas essas variações, do início ao fim da encenação.

Até porque – se não for muita impertinência insistir na comparação – o eventual fracasso cobra preços bem diferentes para o ator profissional e para o vigarista de rua: as vaias e as críticas ferinas, desagradáveis que sejam para o primeiro, são vicissitudes relativamente amenas, comparadas às perseguições policiais e aos períodos de prisão reservados ao segundo. Ao vigarista, não resta alternativa senão aplicar-se em um desempenho tão convincente quanto possível, posto que qualquer momento de desatenção – um gesto que pareça falso, uma expressão fisionômica que saia de controle, um olhar que revele hesitação – pode resultar na queda da máscara e na sua ruína. Um golpe bem-sucedido é também, ou talvez principalmente, um autêntico triunfo em termos de desempenho teatral; não se pode deixar de imaginar – em um último comentário talvez impertinente – quantas revelações não poderiam ter surgido nos palcos brasileiros se sua vocação dramática tivesse encontrado outro espaço de expressão que não as ruas.

Seja como for – e para tentar resumir os pontos principais acima expostos –, este trabalho parte do princípio de que o conto do vigário apela ao imaginário vigente para criar tramas plausíveis, e do princípio correlato de que tais tramas são expressas na forma de teatralizações capazes de envolver a quem se procura enganar. É importante salientar que este não é um estudo sobre os criminosos que se especializaram nessas práticas, mas sobre as encenações de que se valeram e os papéis que interpretaram dentro delas. É isso que justifica seu título: coloca-se aqui em destaque os *contos* – vale dizer, os enredos – e os *vigários* – ou seja, os personagens. Tal abordagem, em outras palavras, tem como preocupação principal identificar as criações de ficção apresentadas e representadas pelos vigaristas e os motivos que levaram suas vítimas a acreditar nelas, nesse jogo permanentemente feito de enganos e desenganos, alentos e desalentos, ilusões e desilusões.

São esses os fundamentos por meio dos quais se propõe enfocar aqui o conto do vigário enquanto objeto histórico. Claro está que, dentro dessa perspectiva, têm grande importância os fatores que determinam suas modificações ao longo do tempo. As próprias transformações sociais e culturais propiciam as condições para o surgimento de embustes inovadores; de certa maneira, era a isso que se referia o já mencionado M. Allen Henderson em seu comentário de que "a cada avanço tecnológico ou mudança na opinião pública, novos golpes brotam como cogumelos depois de uma chuva de verão".[41] Em alguns casos, isso pode ser facilmente demonstrado. A adoção dos cartões magnéticos para a realização de operações financeiras e o aumento das transações comerciais e bancárias feitas por meio da internet estimularam de tal maneira a criatividade dos vigaristas de todas as latitudes que, nessa área, os ardis e as fraudes se tornaram muito mais numerosos que a capacidade das forças policiais de acompanhá-los – até porque, no que se refere a tais armadilhas, novidades surgem a cada dia.

E no entanto, é exatamente no momento seguinte ao da apresentação desses exemplos que é preciso recomendar prudência e atenção. Porque a pior das conclusões que poderia resultar do que foi dito acima é a de que existe alguma lei ou regra geral determinando a substituição periódica de golpes velhos por golpes novos, como se uns pertencessem a uma geração que se retira e outros a uma geração que passa a ocupar seu lugar. Para verificar que as coisas não acontecem assim, basta olhar em perspectiva a variedade de ardis em aplicação em um momento histórico dado. O que provavelmente se verá é o curiosíssimo espetáculo da *convivência* de embustes antigos com embustes recentes, para não falar nos esquemas que se apresentam como versões recentes de embustes antigos.

Tomemos como exemplo os anos finais do século XX, nos quais surgiram tantas formas de sofisticadas fraudes eletrônicas: neles, persistia também o chamado Conto da Pirâmide – uma trama que será apresentada com certo detalhe mais à frente –, tanto em seu formato original, datado da década de 1930, quanto em suas muitas versões e recriações desenvolvidas dali em diante. Nada impede a coexistência do velho e do novo – nem mesmo as eventuais disputas que podem vir a se estabelecer entre eles. O espaço social, adverte o mesmo Chartier, é a arena dentro da qual se dá o permanente embate entre diferentes representações: é por isso que ele as supõe "como estando sempre colocadas num campo de concorrências e de competições cujos desafios se enunciam em termos de poder e de dominação".[42]

As grandes cidades brasileiras do século XX, com suas transformações vertiginosas que frequentemente desconcertavam aqueles que as vivenciavam, certamente constituíam cenários privilegiados para os mais fervilhantes embates do gênero. No Brasil das metrópoles, as possibilidades de golpes se multiplicavam na mesma proporção da expansão populacional e urbana que marcava o período. Os conglomerados humanos que cresciam incessantemente passaram a constituir *habitats* especialmente propícios para a proliferação dos contos do vigário: pela variedade de públicos que ofereciam para as diferentes encenações, pela multiplicidade de palcos em que tais encenações podiam ser montadas e, sobretudo, pela possibilidade da *repetição* das tramas que se revelassem mais eficazes.

E é bem provável que esteja aí, afinal, a melhor explicação não exatamente para a origem da expressão *conto do vigário*, mas para sua adoção generalizada. Ela exprimia algo novo em termos históricos; algo de distinto em relação ao que se conhecia até então em matéria de práticas de engano. Até o século XIX, brasileiros e portugueses recorriam em geral a outra expressão, quando a questão era designar práticas dessa natureza: *burla* – vocábulo, aliás, que servia tanto para a fala comum quanto para a nomenclatura jurídica, posto que chegou a ser empregado até nas Ordenações Filipinas (Livro V, item 65) para definir o que depois seria chamado de *estelionato*.[43] Mas como estabelecer as diferenças entre o que se entendia por *burla* e o que se passou

A metrópole e sua multidão: ambiente ideal para as manobras dos vigaristas profissionais. Avenida São João, São Paulo, 1937.
Claude Lévi-Strauss/Instituto Moreira Salles, São Paulo

a entender por *conto do vigário?* Talvez um exemplo da primeira ajude a revelar, pelo contraste, em que ela se distingue do segundo; e para apresentar tal exemplo seria possível recorrer a obra já antes mencionada aqui.

Em *Factos e memorias* – publicado, como vimos acima, em 1904 –, Mello Moraes Filho dedicava-se a elaborar pequenos painéis descritivos de um Rio de Janeiro que não mais existia nos dias em que ele escrevia, naquele início do século XX. Em meio a tais cenários passados e recordados com indisfarçável nostalgia, certo indivíduo era apontado como a mais perfeita encarnação do trapaceiro de outrora: o Maranhense, a quem o autor chegara a conhecer pessoalmente, idoso e aposentado, quase quatro décadas antes da publicação de seu livro. "Homem talhado para seu tempo e para seu meio", explica Moraes Filho, "o Maranhense fez sua evolução no Rio de Janeiro quando a confiança predominava entre os pacatos habitantes, e se podia sem receio dormir a portas abertas."[44]

Esse verdadeiro "trampolineiro de escolha", como era definido, teria realizado incontáveis proezas em seus distantes dias de glória; mas, para os efeitos do que se visa demonstrar aqui, bastaria relatar apenas uma delas. Segundo Moraes Filho,

> Planejando o comparecimento em uma reunião, ajustou o nosso herói em um alfaiate à rua do Ouvidor um terno de casaca, pelo custo de cem mil réis. Depois de prová-lo, prometido para o sábado imediato, na manhã aprazada encomendou na confeitaria fronteira trezentos pastéis, e que lhe fossem remetidos naquela mesma noite.[45]

O caso se inicia de maneira aparentemente inocente: a única peculiaridade é a de o Maranhense ter feito suas encomendas a estabelecimentos que se situavam um bem na frente do outro, na elegante e movimentada rua do Ouvidor. Seria quase desnecessário ressaltar que casas comerciais localizadas em lugar tão ilustre ofereciam o que de melhor poderia haver na então capital federal: a alfaiataria certamente era de primeira linha, assim como a confeitaria – sendo esta mais conhecida pelo nome de seu proprietário, *Deroche.*

Mas nada havia de casual nos movimentos do ardiloso embusteiro. Na realidade, ele já tinha preparado o terreno para a aplicação de um habilíssimo engodo, como descobririam os negociantes no dia marcado para a entrega tanto do terno quanto dos pastéis. Não eram ainda duas horas da tarde, conta Moraes Filho, quando o Maranhense se apresentou na alfaiataria. No momento de pagar a roupa encomendada, contudo, ele pareceu se complicar – correu as mãos pelos bolsos, simulou ar de estranhamento, até declarar que havia esquecido de trazer a carteira. Problema, porém, para o qual encontrou solução imediata. Colocando-se à porta da alfaiataria, gritou para o dono da confeitaria: "Olhe, sr. Deroche, dos trezentos, cem aqui para este senhor" – e apontou o alfaiate.[46] Ato seguinte, partiu levando consigo seu belo terno de casaca novo.

O desenlace do episódio é de uma comicidade que chega a lembrar as melhores narrativas picarescas. Algumas horas depois do sumiço do espertalhão, um empregado do confeiteiro atravessaria a rua para entregar ao alfaiate os cem – os *cem pastéis*, evidentemente, não os *cem mil réis* que ele esperava receber pela peça de roupa que havia confeccionado. Artimanha tão bem imaginada e executada, conclui Mello Moraes Filho, que merecia mesmo lembrança e admiração por parte da posteridade:

> A notícia espalhou-se, os comentários entretiveram galhofeiros grupos, e as vozes populares transmitiram por longos decênios a narrativa da esperteza.[47]

Eis um exemplar representativo do que se poderia classificar como burla: um estratagema extremamente engenhoso, posto em execução com precisão e destreza, e que eventualmente podia até render certa fama a seu autor; e no entanto, senão impossível de ser repetido, dificilmente aplicável uma segunda ou uma terceira vez na mesma comunidade, não só porque a notícia de sua prática deixava a todos de sobreaviso, mas também porque tirava partido de fatores – a estratégica posição de proximidade entre a alfaiataria e a confeitaria, por exemplo – que raramente poderiam ser encontrados novamente. Em geral produto de uma inspiração que se esgotava em sua própria realização, a burla era como que a trapaça executada em sua forma artesanal.

O conto do vigário, por sua vez, se transformaria na trapaça aplicada com sistematicidade comparável à da escala industrial. Ele pertence a outra época e a outra realidade social; reprodutível com frequência cotidiana, versátil o suficiente para ser levado de um lado a outro, multiplicável entre novos participantes, o conto do vigário – qualquer que tenha sido o primeiro *conto* e quem quer que tenha sido o primeiro *vigário* – encontrou suas melhores oportunidades de desenvolvimento na era da produção em massa e na atmosfera agitada do centro urbano. As metrópoles brasileiras do século XX ofereceriam condições particularmente favoráveis para sua propagação: ambientes dos mais estimulantes para a geração dos enredos e para a organização das teatralizações que caracterizam o autêntico fazer da vigarice. Vale a pena começar o exame de tais práticas verificando como vinham sendo montados esses gigantescos cenários a céu aberto.

CAPÍTULO I

Cidade que nos seduz

São Paulo em 1954

Antonio Aguillar/Agência Estado/AE

É a vida apertada do paulistano. Falta tudo, na cidade que não para de crescer. Tudo cresceu: o número de veículos, o número de prédios, o número de habitantes. As vias públicas, porém, continuam as mesmas, a rede de esgotos não aumenta, o consumo de água supera o fornecimento, a energia elétrica é insuficiente e nossa vida se transforma num circo. Gritos, revoltas, promessas. Cresce tudo, inclusive o crime. Tudo se agiganta, menos os direitos da população.

De matéria publicada pelo jornal *Folha da Noite*, junho de 1953

Rio de Janeiro
Cidade que nos seduz
De dia falta água
De noite falta luz

Verso de *Vagalume*, marcha carnavalesca de
Vítor Simon e Fernando Martins, 1954

I

AO LONGO DO SÉCULO XX, DOIS PROCESSOS SE ASSOCIARAM PARA alterar profundamente as condições e as perspectivas de vida no Brasil. O primeiro deles foi um aumento populacional que só poderia ser definido como explosivo: entre 1901 e 2000, o país passou de cerca de 17,8 milhões para 169,8 milhões de habitantes – vale dizer, multiplicou quase que por dez sua população no período.[1] O segundo processo tem a ver com a quantidade sempre crescente de pessoas que abandonaram a tradicional existência rural para passar a habitar as cidades: se em 1940 apenas 31,2% dos brasileiros viviam no meio urbano, essa proporção atingiria 44,6% em 1960 e 67,5% em 1980. No ano 2000, 81,2% da população já se concentravam nos centros urbanos.[2] Além de crescer e se multiplicar aceleradamente, os brasileiros passaram a preferir as cidades como local de moradia.

É evidente que essa combinação entre aumento populacional e urbanização gerou novas realidades, levando à formação de cotidianos, hábitos e imaginários até então inexistentes ou pouco conhecidos. Também é evidente que transformações de tal importância não poderiam deixar de inspirar grande quantidade de estudos, desde trabalhos acadêmicos até textos de caráter mais informal. Um exemplo particularmente curioso do segundo caso merece ser lembrado antes de qualquer outro, ao começarmos a tratar da questão dos contextos históricos nos quais os contos do vigário proliferaram no país – e o motivo dessa escolha logo ficará claro.

De cronista a vigarista: Peter Kellemen, autor de *Brasil para principiantes* e criador do Carnê Fartura

Reprodução/Cpdoc JB

Em 1961, o imigrante húngaro Peter Kellemen publicou *Brasil para principiantes*, obra dedicada a explicar, em tom bem-humorado, o jeito de ser e de pensar dos brasileiros – em especial aquelas particularidades da cultura nacional que pareciam tão exóticas aos olhos de um estrangeiro. O povo brasileiro chamava a atenção de Kellemen, por exemplo, por sua extraordinária capacidade de contornar as dificuldades recorrendo ao "jeitinho", um gênero de manobra nem sempre lícita, mas invariavelmente eficiente; por sua perigosa predisposição à automedicação e à crença nas recomendações medicinais dos que não tinham qualquer formação em medicina; por seu costume de encarar placas como "Estacionamento proibido" ou "Não fume" não como indicações, mas como coloridos adornos destinados unicamente a enfeitar as ruas das cidades; e assim por diante.[3]

A razão pela qual parece tão mais apropriado mencionar *Brasil para principiantes* em primeiro lugar é o fato de que seu autor não se destacou apenas por suas iniciativas na área editorial: ele revelou também uma surpreendente habilidade em assuntos relacionados à prática da vigarice. Algum tempo depois de ficar conhecido por seu livro, Kellemen lançou um empreendimento que chamou de Carnê Fartura, uma espécie de loteria particular que sorteava semanalmente prêmios variados – de casas e automóveis a valores que correspondiam ao que os ganhadores gastavam em aluguel e alimentação no período de um ano. Era como se o sonho da opulência se tornasse real pela providencial intervenção do destino. Habilidosamente, Kellemen deixou que o negócio ganhasse vulto, atraindo a cada semana mais compradores de seu carnê, até certo dia fugir do país, levando todo o dinheiro arrecadado e deixando atrás de si uma multidão de enganados.[4] Peter Kellemen tinha de fato aprendido bastante sobre o jeito de ser e de pensar dos brasileiros.

Não se pode negar, assim, que se tratava de observador dos mais atentos; por isso mesmo, vale a pena examinar alguns de seus comentários sobre a realidade que havia encontrado quando de sua chegada ao Brasil. Vejamos, por exemplo, o que ele tinha a dizer sobre as condições em que se transportava a população da cidade do Rio de Janeiro no início da década de 1960. Observações um tanto quanto mordazes:

> Querendo conhecer um bom tipo de condução, vá à estação D. Pedro II, tome um trem suburbano para qualquer destino, Campo Grande, Madureira ou Bangu, e puxe o freio de emergência uns mil metros antes da Estação do Engenho de Dentro. Diga aos passageiros que o fez porque quase ia acontecendo outro desastre, e a notícia se espalhará em sessenta segundos; dois minutos depois você se encontrará alegremente quebrando a estação, martelando as instalações automáticas, espancando os empregados mais graduados da Companhia.
> Depois ficará calmo e, ao mesmo tempo, estará apresentado à Estrada de Ferro Central do Brasil, o transporte coletivo mais importante do Rio de Janeiro.
> Esta condução se caracteriza pela rapidez e pela elasticidade dos vagões que, no momento em que parecem completamente cheios, ainda são capazes de abrigar de oitenta a cem passageiros. A entrada, nesses vagões, é fácil. Além da porta, as janelas também servem para entrar e sair. Por fora, ainda são ornamentadas com dezenas de pessoas que ocupam esses lugares apenas como medida de cautela e em consequência do medo de uma colisão eventual.[5]

A situação do transporte nos trens metropolitanos era, portanto, deplorável. Haveria alternativa razoável a ela no caso das linhas de ônibus? A resposta de Kellemen não deixa margem a dúvidas:

> O ônibus é geralmente dirigido por um homem sentado atrás da direção, que se chama chofer (outras vezes é chamado, durante o dia, por outros nomes); seu cúmplice, conhecido pelo nome de trocador, é

um indivíduo jovem, bem-educado, de aparência bastante pitoresca, cujo rico vocabulário muito ajudou a popularizar essa grande dupla.
O chofer tem o seu itinerário e, durante a viagem, só precisa observar os seguintes deveres: tentar evitar as grandes colisões; se o ônibus está vazio, deve passar pelos pontos de parada sem se deter, deixando os passageiros para o próximo carro, que vem cheio; fechar as portas automáticas enquanto algumas pessoas ainda estão por perto a fim de causar, pelo menos, algumas escoriações leves; dar partida ao ônibus, nas subidas e descidas, de forma a poder arrastar, pelo menos por um quarteirão, algumas pessoas por dia; fingir não escutar o sinal do passageiro que deseja descer; deixar subir na frente, quando o ônibus está totalmente cheio, proibir quando está vazio. Fora isso só precisa apavorar, com inesperadas "fechadas", todos os outros veículos, e manter uma velocidade igual ou superior aos automóveis de corrida no circuito da Gávea.[6]

Existiam também os chamados "lotações" – veículos particulares que transportavam passageiros em rotas prefixadas, em cópias improvisadas de coletivos. Poderiam eles trazer uma alternativa para os sofridos habitantes do Rio de Janeiro? Aqui também não havia a menor esperança, como explica Kellemen:

A viagem de lotação proporciona as mesmas emoções da montanha-russa, mas é mais longa, custa menos e é incomparavelmente mais perigosa, o que dá maior sensação.
O perigo se origina de dois fatores dominantes. Um deles é que os "ases" são verdadeiros artistas do volante, campeões absolutos, pois os que não têm as aptidões mínimas exigidas para o cargo, infelizmente, morrem nos primeiros seis meses de sua carreira, ao entrarem no picadeiro (tráfego no Rio de Janeiro) para conquistar a supremacia das ruas.
Os sobreviventes desses primeiros seis ou oito meses de seleção natural em favor do mais forte formam posteriormente essa classe de cho-

> feres temidos por todo mundo, tanto na cidade como nos subúrbios, isto é, até os limites do raio de ação desses super-homens.
> O segundo fator que tanto contribui para a periculosidade desse veículo é que uma parte dos volantes trabalha à base de comissão ou participação percentual, caso inédito que obriga o motorista a fazer o maior número possível de viagens.[7]

As tiradas de Peter Kellemen eram tão irônicas quanto reveladoras. Exageradas que fossem para provocar efeitos cômicos, elas descreviam situações perfeitamente reconhecíveis pelos que passavam pela aventura diária de se locomover pela cada vez mais populosa cidade do Rio de Janeiro: o trem suburbano superlotado que gerava indignação nos usuários; o ônibus desconfortável que impunha verdadeiros tormentos aos passageiros; o lotação conduzido de maneira irresponsável que punha em risco a todos os que estivessem colocados em seu caminho. Havia qualquer coisa de selvagem na civilizada vida das metrópoles.

O cotidiano nos grandes aglomerados humanos trazia esses e muitos outros incômodos; e ainda assim as cidades não paravam de crescer: como explicar a aparente contradição? A resposta tem a ver com o fato de que, durante o século XX, se firmou com força cada vez maior a convicção de que habitar os médios e grandes centros urbanos correspondia a posição superior na escala do progresso – muitíssimo superior, se comparada à existência que levavam os brasileiros que continuavam a residir nas pacatas áreas rurais. Unicamente as cidades, imaginava-se, proporcionavam as perspectivas de crescimento pessoal, cultural e profissional típicas da modernidade: apenas ali se podiam encontrar os estilos de vida dinâmicos e comparáveis aos das metrópoles estrangeiras. Estar fora desse circuito equivalia a estar desligado do mundo.

O resultado disso tudo era bastante claro. No ano de lançamento de *Brasil para principiantes*, apenas duas capitais brasileiras – Rio de

Janeiro e São Paulo – tinham mais de 1 milhão de habitantes. Em 1970, porém, outras três já haviam se somado a elas: Recife, Salvador e Belo Horizonte; em, 1980, outras quatro: Fortaleza, Curitiba, Porto Alegre e Brasília; e em 1991, outras duas ainda: Manaus e Belém.[8] As dificuldades existiam, mas houve época em que parecia possível acreditar que elas seriam superadas exatamente pelo desenvolvimento das cidades e de sua racionalidade: ideia que alimentaria vários discursos políticos. Quaisquer que fossem as vicissitudes das metrópoles, as próprias metrópoles se encarregariam de resolvê-las. Tudo era questão de acertar o passo com relação aos exemplos que vinham de fora: da América do Norte e da Europa, notadamente.

Porque em meados do século XX, as maiores cidades brasileiras – Rio de Janeiro e São Paulo, em particular – não ambicionavam menos do que isso: serem reconhecidas como iguais entre os mais modernos centros dos países considerados desenvolvidos, legítimas integrantes de seu universo cultural e existencial. Daí a verdadeira voracidade com que os paulistanos, por exemplo, se preparavam para receber as celebridades internacionais que passaram a visitar sua cidade com maior frequência a partir da década de 1950, em eventos que mobilizavam pequenas multidões e nos quais o crucial parecia ser registrar as declarações de admiração e elogio que, de uma maneira ou de outra, os próprios repórteres se encarregavam de colocar na boca dos convidados: o campeão de boxe Joe Louis, garantia a imprensa paulistana, tinha considerado São Paulo bastante semelhante a Londres e a Chicago, exaltando ainda a “capital cosmopolita, industrial e muito interessante”;[9] o cantor Nat King Cole admitia que já tinha ouvido comentários sobre o progresso da cidade, “pois nos Estados Unidos São Paulo é bastante conhecida em fotografias e elogiada pela sua enorme ‘floresta’ de arranha-céus que dão-lhe aparência de uma segunda Nova Iorque”;[10] a estrela Marlene Dietrich, em turnê pela América do Sul, manifestava-se "encantada com São Paulo e a gente de São Paulo", para então suspirar: "Aqui sinto que voltei à civilização!!!".[11]

Por vezes, nem era necessário que a personalidade vinda de fora pronunciasse qualquer palavra de enaltecimento: sua própria presença já parecia prova mais do que evidente da importância da cidade anfitriã. O protagonista do então popularíssimo filme espanhol *Marcelino, pão e vinho*, o menino Pablito Calvo, por exemplo, passou por São Paulo em abril de 1958, pouco antes de completar 10 anos de idade, e permaneceu compreensivelmente calado enquanto era recepcionado com honras de estadista – recebeu das mãos do prefeito a chave da cidade, almoçou em companhia do governador do Estado, deixou-se exibir aos olhares dos fãs em recepção aberta ao público e realizada nos jardins do Palácio do Governo, e fez parar o funcionamento da Câmara Municipal para ali ser homenageado em sessão solene.[12]

Toda essa agitação, evidentemente, tinha papel muito importante no plano simbólico. A consciência de que as mesmas celebridades vistas nas telas dos cinemas passavam temporadas em seus municípios provavelmente proporcionava a paulistanos e cariocas uma sensação curiosa, a de serem cidadãos do mundo sem precisar sair da própria cidade. As atrações internacionais procuravam as metrópoles nas quais as pessoas e o dinheiro circulavam em ritmo cada vez mais alucinante, as vertiginosas urbes que recebiam de tudo – e onde, justamente por isso, tudo podia acontecer. São Paulo tinha recebido, como tantos outros grandes centros mundo afora, o Circo Liliputiano, famoso por seus números de acrobacia, dança e humor executados por um elenco de artistas anões; mas, de certa forma, não teria sido um sinal distintivo o fato de que dois deles – os alemães Joseph Grabowski, de 33 anos, e Frieda Zwieber, de 30 anos – escolhessem justamente a cidade para se casar, em cerimônia que atraiu grande número de assistentes ao Cartório de Paz de Santa Ifigênia, em julho de 1939?[13] O extraordinário se fazia rotineiro, para quem levava uma vida autenticamente cosmopolita; o que importava, em todo caso, era saber manter-se à altura dela.

A questão era séria. O morador do Rio de Janeiro ou de São Paulo podia circular com pressa e dificuldade pela região central cada vez mais apinhada de sua cidade, mas nem por isso perdia certa noção de compostura. Principalmente na primeira metade do século XX – fotos e filmes de época o comprovam – , a maneira masculina de se vestir no espaço público incluía quase que invariavelmente o terno e a gravata, e não raro ainda o chapéu. (Em 1949, um cidadão entrou com um *habeas corpus* solicitando o direito de frequentar cinemas e outras casas de diversão sem usar gravata, desde que "decentemente trajado"; o caso foi parar no Supremo Tribunal Federal, no Rio de Janeiro, que por unanimidade negou o pedido.)[14]

Vestir-se com um mínimo de alinho seria mesmo condição para a existência no centro urbano. Desleixo, desmazelo, desasseio, estas seriam faltas agravadas justamente por indicarem falta de adaptação ao ambiente e inconsciência do dever de exibir o porte altivo do autêntico habitante da cidade grande. Foi por isso, aliás, que chegaram a proliferar pelas capitais brasileiras políticas de exclusão bastante duras contra os que destoassem do modelo estabelecido – em especial quando o assunto eram as figuras miseráveis e esfarrapadas dos pedintes de rua. A solução, nesses casos, consistia muitas vezes na detenção e no confinamento. Em texto datado de 1938, por exemplo, Monteiro Lobato elogiava os planos do prefeito de Belo Horizonte de criar a Cidade Ozanan, sítio isolado no qual o indigente deveria ser "lavado, desinfetado, descaroçado, purgado, desverminado, higienizado, mercerizado, melhorado no melhor possível e por fim humanizado".[15] É bem possível que a iniciativa realmente tivesse intenções humanitárias, como afirmava Lobato; fosse como fosse, estas pareciam contar menos que a disposição de afastar para tão longe quanto possível o que incomodava a vista. Para alguns, o preço da modernidade podia ser absurdamente alto.

II

O fato é que estava bem firmada a convicção de que habitar os médios e grandes centros urbanos correspondia a posição superior na escala da civilização – muito superior, se comparada à vida que levavam os brasileiros que ainda subsistiam nas pacatas áreas rurais. Semelhante crença de que o cotidiano das cidades representava o que poderia haver de mais avançado e moderno atingiu tamanha expressão que passou a se manifestar de outras formas: em termos *competitivos*, por exemplo. O caso mais característico de todos é o da rivalidade particular que passou a ser cultivada entre Rio de Janeiro e São Paulo, na disputa pelo título de mais importante metrópole do Brasil.

Historicamente, o Rio de Janeiro sempre estivera à frente de São Paulo, qualquer que fosse o critério adotado – populacional, econômico, político, cultural. Mas na primeira metade do século XX um vigoroso processo de crescimento econômico e urbano começou a alterar profundamente as características de São Paulo – e, junto com elas, suas perspectivas. Em muitos aspectos, as mudanças pelas quais a cidade passava eram paradigmáticas em relação aos caminhos e descaminhos da urbanização no Brasil; por isso mesmo, vale a pena acompanhá-las aqui com um pouco mais de detalhe.

Uma das consequências do arranque paulistano foi o fortalecimento do orgulho local. Esse sentimento de autocongratulação, evidentemente, foi se formando aos poucos; na década de 1930, por exemplo, a cidade talvez ainda não fosse tão imponente quanto se desejava, ou se imaginava, aos olhares daqueles a quem mais gostaria de agradar – aos olhares da intelectualidade europeia, por exemplo. Um dos muitos docentes contratados para dar lastro científico e acadêmico à sua então recém-criada universidade, o professor Fernand Braudel, não ficou lá muito impressionado com o que encontrou quando chegou a São Paulo, no início de 1935; relembrando a ocasião em entrevista concedida quase cinquenta anos depois, ele comentou:

> Não se tratava da cidade que vocês conhecem, isto é, magnífica e absurda. Só havia um arranha-céu, o Martinelli. Quando estávamos perdidos nos subúrbios, bastava olhar o Martinelli e já sabíamos a direção que deveríamos tomar.

Um único arranha-céu não faz uma metrópole das mais grandiosas, em especial se ele insiste em manter-se visível mesmo nos mais distantes limites municipais. Daí a conclusão inescapável: "Em relação a hoje, São Paulo era uma pequena cidade do interior".[16]

A velocidade da transformação, contudo, podia provocar situações inesperadas. Tendo partido de volta à França em 1937, Braudel retornaria à cidade em 1949 – mas então, declara ele na mesma entrevista, "a São Paulo da minha juventude já não mais existia": palavras tão nostálgicas que chegam a parecer surpreendentes, se levarmos em conta que entre a data da partida e a data do reencontro se haviam passado não algumas décadas, mas somente doze anos.[17] O que vinha alterando tão significativamente a fisionomia da cidade era, antes de mais nada, um crescimento demográfico dos mais impressionantes: a população de São Paulo saltou de cerca de 880 mil habitantes em 1930 para cerca de 3,7 milhões em 1960, ou seja, ela se multiplicou por quatro no intervalo de apenas trinta anos.[18]

Não é de espantar, assim, que muitos paulistanos passassem a encarar a si mesmos como participantes de uma experiência coletiva única e que não podia ser descrita a não ser em termos superlativos. Para eles, já não parecia suficiente afirmar que São Paulo se expandia a um ritmo extraordinário; era preciso ressaltar que se tratava da cidade *que mais crescia no mundo.* Já não lhes bastava declarar que sua economia ganhara enorme dinamismo; era preciso garantir que ela passara a abrigar *o maior parque industrial da América Latina.* Já não lhes satisfazia apenas elogiar as muitas opções culturais oferecidas pela florescente metrópole; era preciso salientar que era ali *que melhor se encontrava um estilo de vida cosmopolita e atualizado em relação ao estrangeiro.* A paixão pelo hiperbólico – *mais, maior, melhor* – transbordava por todos os lados.

São Paulo crescia com rapidez incrível, e no imaginário paulistano do período isso estava ligado a uma ideia que podia ser resumida por meio de uma única palavra: *trabalho.* Para uma altiva visão que se formava gradualmente, era como se a cidade tivesse uma atmosfera própria, capaz de multiplicar as forças dos indivíduos e de torná-los batalhadores obsessivos e incansáveis. Essa seria mesmo manifestação de uma vocação particular, que impedia que os moradores de São Paulo dispersassem as energias em atividades fúteis e as concentrassem inteiramente no objetivo de construir a grandeza. O paulistano trabalhava, trabalhava: esse discurso se tornou tão denso que seria incorporado até mesmo por quem vinha de fora. Em seu *Brasil, país do futuro,* de 1941, Stefan Zweig o reproduziria de maneira exemplar:

> É ainda o trabalho que caracteriza essa cidade. São Paulo não é cidade para os que querem gozar a vida, nem cidade preparada para ostentação: tem poucos passeios, poucas paisagens e poucos locais de diversões, e nas ruas vemos quase só homens, homens apressados, pressurosos, em atividade. Quem não está trabalhando ou tratando de negócios, após um dia de permanência em São Paulo, já não sabe como passar o tempo. Nessa cidade o dia tem o duplo do número de horas e a hora o duplo do número de minutos que têm aquele e esta no Rio, porque todas as horas são completamente cheias de atividade. Em São Paulo há tudo o que é novo, tudo o que é moderno, uma boa indústria manual e casas de negócio de luxo muito seletas. Mas per-

gunto a mim mesmo: quem nessa cidade tem tempo para gastar em luxo, em gozos, ao invés de utilizá-lo para obter lucros?[19]

O entusiasmo dos paulistanos em relação ao trabalho seria de tal ordem que operaria mesmo o prodígio de transformar em vantagem a desvantagem: se a cidade tinha poucos passeios, paisagens e locais de diversão, era porque no fundo não precisava deles – qual seria a utilidade de pontos dedicados ao ócio e ao lazer em lugar onde a escala das horas se alterava para fazer caber maior quantidade de realizações? Essa era uma saída retórica feita de encomenda, e especialmente útil, quando o assunto era o confronto com a cidade que São Paulo considerava sua maior rival, em aspecto que tampouco escapou à capacidade de apreensão de Zweig:

> São Paulo é mais moderno, mais progressista que as outras cidades do Brasil e, por isso, mais parecido com as cidades norte-americanas e europeias pela sua organização intensiva. São Paulo nada tem da maravilhosa amenidade do Rio, dessa atmosfera que constantemente seduz à contemplação e ao belo ócio; a harmonia musical que paira sobre o Rio e toda a baía de Guanabara é em São Paulo substituída por um ritmo, um ritmo célere, intenso, como a pulsação cardíaca dum corredor que corre e corre cada vez mais e se inebria com a sua própria velocidade. O que a São Paulo ainda falta em beleza é compensado por energia, que aqui nessas zonas tropicais se torna muito mais surpreendente e valiosa, e dá-se um fato que ainda é mais importante: essa cidade sabe que ainda tem que conseguir sua forma, e, como é animada de uma grande rivalidade em relação ao Rio, de uma vontade de não parecer inferior a este, menos artística do que este, podemos esperar que ela nos próximos anos nos proporcione toda espécie de surpresas.[20]

O Rio de Janeiro seduzia pela beleza, São Paulo impressionava pelo dinamismo; no Rio de Janeiro, os esplendores naturais induziam à vida contemplativa, em São Paulo, a pulsação criadora conduzia à vida ativa; o Rio de Janeiro já se conhecia inteiramente em sua atmosfera musical e quase paradisíaca, São Paulo ainda moldava uma identidade própria no processo de desenvolvimento de suas espetaculares potencialidades: por trás dos polidos contrastes, algo de muito mais aguerrido se manifestava. Da representação de São Paulo como a *terra do trabalho* decorria uma outra, a de que seu progresso deveria levá-la naturalmente a posição de inegável *hegemonia* dentro do cenário nacional.

Nos anos da década de 1950, havia quem acreditasse que tal destino deveria, afinal, ser cumprido. Um sinal importante em relação a isso parecia ser a notícia, veiculada em 1953, de que São Paulo tinha afinal ultrapassado o Rio de Janeiro em número de habitantes, tornando-se portanto a maior cidade brasileira em termos populacionais. A comunicação foi feita em tom vibrante de ufania pela reportagem do periódico *O Dia:*

> São Paulo é a primeira cidade do Brasil. Isso entre outras coisas, demograficamente falando. Após acurados estudos estatísticos, chegou-se à insuspeita conclusão de que a grande Capital paulista já ultrapassou o Distrito Federal em número de habitantes. E se se atentar que os números não mentem jamais, temos que, de agora em diante, a nossa luta – se é que se pode chamar de luta aquilo que as próprias leis naturais das coisas impulsionam – se prende unicamente em atingirmos a hegemonia em toda a América Latina, para, depois, projetar-nos decididamente na disputa pela primazia mundial.[21]

Pretensões de tal ordem não estavam relacionadas apenas ao que São Paulo era; estavam relacionadas sobretudo ao que São Paulo poderia vir a ser – a *cidade ideal* que deveria resultar do irresistível processo de desenvolvimento que a animava. Acreditava-se que culminâncias nunca antes imaginadas poderiam ser atingidas se as prodigiosas forças que vinham transformando a realidade paulistana fossem, de alguma maneira, controladas e colocadas a serviço de um projeto articulado: perspectivas ilimitadas se abririam para São Paulo desde que a cidade soubesse colocar *ordem* em seu *progresso*.

Em outras palavras, um certo imaginário paulistano sonhava com a chegada de uma administração municipal esclarecida e audaciosa, capaz de planejar e fazer nascer uma metrópole renovada: era como se a cidade procurasse por alguém que fizesse por ela o que Haussmann havia feito por Paris. Aquele em quem talvez tenha sido possível enxergar maior proximidade em relação a esse modelo foi o engenheiro e urbanista Francisco Prestes Maia, que exerceu o cargo de prefeito paulistano pela primeira vez entre 1938 e 1945.[22]

Entre as obras que ele colocou então em andamento – avenidas, pontes, viadutos –, uma destacava-se pelo alto grau de expectativa que chegou a gerar: os trabalhos de correção da sinuosa rota natural do principal rio que cortava a cidade. A *retificação do Tietê* era uma antiga aspiração por meio da qual se imaginava que São Paulo finalmente começaria a fazer frente a um de seus maiores e mais antigos dramas, o da rebeldia de seus rios e córregos, causadores de alagamentos e formadores de focos de insalubridade. Por meio da clarividência administrativa e da capacidade técnica, finalmente a cidade começaria a se libertar da ditadura de suas águas e da tirania de seus congestionamentos: essa era a expectativa que transparecia no editorial publicado em abril de 1941 pelo *Diário Popular*:

> A retificação, desde que esteja realizada, terá feito de S. Paulo uma grande capital. As estradas de ferro passarão por suas margens. Acabar-se-ão as passagens de nível, que constituem hoje um transtorno aflitivo. [...] Consequentemente, grande parte do congestionamento presente cessará, porque as ruas que morrem junto da baixada tieteana prosseguirão até ao outro lado, ou terminarão na grande avenida

> marginal que, de tantos em tantos metros, conforme as necessidades, terá largas pontes. [...] A cidade emendar-se-á, sendo o tráfego largamente dividido pelas artérias que vão surgir, todas ligadas pelas avenidas marginais. [...] Então, de uma extremidade a outra de S. Paulo poder-se-á ir sem os rodeios presentes, sem sofrer o terrível congestionamento de hoje.[23]

A *cidade ideal* resplandecia na imaginação. Ela seria única – próspera, dinâmica e ordenada – porque resultado da ação consciente de planejadores responsáveis e competentes; ela representaria o triunfo conjunto do trabalho e da racionalidade. Ela seria mesmo como que um paradigma de modernidade, porque a própria beleza que passaria a exibir não constituiria simples dádiva da natureza, como acontecia no caso do Rio de Janeiro, mas autêntica conquista da inteligência e da capacidade de realização. Seduzidos por essas projeções, muitos paulistanos pareciam poder já enxergar os primeiros contornos desse sonho feliz de cidade.

Grandes esperanças, grandes frustrações. Ao mesmo tempo que a imagem idealizada de uma São Paulo totalmente recriada em bases racionais ia se formando, começavam a surgir os primeiros indícios de que ela não deixaria de ser isso mesmo – uma imagem idealizada. Os problemas urbanos talvez não fossem tão perceptíveis – ou tão noticiáveis – durante o Estado Novo e a censura então exercida sobre a imprensa; mas no período posterior à queda deste, passaram a se avolumar indícios de que de modo algum as coisas estavam ocorrendo de acordo com o que imaginavam os entusiastas da ideia da cidade traçada a régua e compasso. Um exemplo particularmente ilustrativo quanto a isso é proporcionado pela entrevista a um jornal paulistano, concedida, em janeiro de 1947, por Luís de Anhaia Melo, ex-prefeito, presidente da Sociedade Amigos da Cidade e docente da Escola Politécnica.

Alertava então o professor para a importância de que São Paulo se preparasse com propriedade para atingir seu Quarto Centenário, a ser celebrado dali a sete anos:

> Quatrocentos anos de vida de uma cidade que cresce em ritmo acelerado – ponto focal de uma vasta e rica hinterlândia que é a causa desse crescimento – são já mais do que suficientes para que se cuide, afinal, de raciocinar um pouco sobre o futuro da metrópole, e traçar normas orientadoras desse futuro.

Um aviso inicial que era seguido por dura advertência:

> Não pode a cidade continuar a crescer sem lei nem regra, ao sabor da especulação imobiliária, para ser afinal asfixiada numa apoplexia de prosperidade, atingindo sua população a cifra de 3 milhões de habitantes em 1965, 4 milhões em 1975, e chegando ao máximo de 8 milhões no ano de 2050.[24]

O que mais chama a atenção, no que se refere a prenúncios tão carregados de pessimismo, não é tanto a constatação de que eles tenham, afinal, se realizado – é o fato de que se realizaram em datas tão diversas das prognosticadas. São Paulo ultrapassou os 3 milhões de habitantes não em 1965, mas em 1956, nove anos antes; os 4 milhões de habitantes não em 1975, mas em 1962, treze anos antes; e os 8 milhões de habitantes não em 2050, mas em 1979, 71 anos antes do previsto pelo professor Anhaia Melo.[25] Um futuro feito de superpopulação não era uma ameaça apenas – era uma ameaça que se concretizaria mais cedo do que podiam conceber os presságios mais adversos.

Parece extremamente significativo que a previsão destinada a assustar pela dimensão do que anunciava tenha-se tornado tímida com o passar do tempo. São Paulo crescia, sem dúvida; mas esse era um crescimento que se revelava muito diferente do que tinha chegado a imaginar a ambição racionalizadora do poder público. Tratava-se de um processo que lhe escapava inteiramente ao controle e talvez mesmo à compreensão, e que chegava a comprometer a crença dos paulistanos na capacidade de ação dos governantes municipais. No início da década de 1950, a imagem da cidade planejada e ordenada começava a conviver com outra, a do aglomerado humano congestionado por moradores em demasia e, por isso mesmo, caótico.

"Em qualquer ponto de S. Paulo de onde parta um bonde, um ônibus ou um autolotação, a qualquer hora do dia ou da noite, há gente em fila", reclamava editorial publicado no *Correio Paulistano* em outubro de 1951.

> As ruas tornam-se intransitáveis, quer para pedestres, quer para veículos, precisamente porque se verifica em nossa capital excesso de habitantes. [...] Densidade demográfica excessiva não é título, no brasão das cidades. É, ao contrário, desvantagem. Muita coisa corre mal em S. Paulo porque a cidade, tendo embora crescido demais, não se preparou condignamente para receber tanta gente em tão pouco tempo.[26]

O crescimento populacional desmedido, no entanto, não era o único problema: outras dificuldades associadas a ele vinham-se acumulando ao longo dos anos. Porque, enquanto os sonhos de desenvolvimento disciplinado elevavam-se nas alturas, a realidade fazia-se rasteira mas inexorável, na forma por exemplo de uma dinâmica totalmente nova em termos de expansão urbana. Até a década de 1930, as vilas operárias e mesmo os cortiços de São Paulo permitiam que seus trabalhadores residissem não muito longe de seus locais de trabalho: muitas vezes, os operários podiam ainda *caminhar* de casa até o serviço, e vice-versa. Isso mudaria a partir da década de 1940. Pressionada pelo crescimento demográfico e pela aceleração da industrialização, a mão de obra paulistana passaria a ser expulsa para a periferia, onde seria agora obrigada a encontrar formas de residir – uma periferia, aliás, que se tornaria mais e mais distante do centro, no mesmo andamento do crescimento da cidade.[27] A instalação desse novo padrão de ocupação urbana afetaria de maneira dramática a vida em São Paulo daí em diante.[28]

Em primeiro lugar, porque deslocou massas populacionais inteiras para regiões periféricas sem qualquer infraestrutura para recebê-las, em processo ademais marcado por esquemas ferozes de especulação imobiliária. Os responsáveis pelo loteamento dessas regiões encarregavam-se de fazer surgir, tão rápido quanto possível, aglomerações suburbanas carentes de tudo, nas quais ficava com frequência por conta dos próprios moradores erguer suas residências; era o que acontecia com as antigas e provincianas *vilas* que circundavam São Paulo, e que agora, ocupadas de afogadilho, acabavam por se transformar em bairros improvisados: Vila Matilde, Vila Guilherme, Vila Esperança, Vila Carrão, e assim sucessivamente. Ali, proliferava a prática da autoconstrução, que resultava naquilo que o *Correio Paulistano* chamava, em 1947, de *casas domingueiras:*

> Representam o trabalho dos operários que, à custa de muito esforço, conseguiram adquirir alguns metros quadrados de terreno e aproveitam o descanso dos domingos ou a hora que enche o lusco-fusco da tarde para construir sua residência. Geralmente são ajudados aos domingos pelos demais companheiros, numa lembrança de mutirão interiorano.[29]

É evidente que ocupação feita nessas circunstâncias levava a arranjos precários, nos quais se multiplicavam as irregularidades. Não apenas as residências eram construídas fora das normas oficiais: eram quarteirões inteiros. Resultava daí a formação de arruamentos totalmente clandestinos, em vias que, justamente por não serem reconhecidas pelo poder público, não recebiam qualquer atenção por parte dele. Entre o final da década de 1940 e o início da de 1950, o problema havia assumido proporções assombrosas: em 1951, o engenheiro Carlos Lodi estimava que existiam em São Paulo 2.950 ruas oficiais e legalizadas; no entanto, "o total de ruas realmente existentes em São Paulo, abertas ou não, mas neste último caso determinadas realmente por vendas efetuadas [de lotes], é de 8.000" – sendo que, desse total, 1.500 seriam ruas não oficiais, ainda que mapeadas pela prefeitura, e cerca de 3.550 ruas totalmente ignoradas pelos registros do executivo municipal.[30] A constatação, pura e simples, era de que a maior parte das ruas paulistanas se encontrava em situação ilegal.

O crescimento da periferia, que conduzia a soluções de moradia improvisadas e precárias, não era a única consequência do novo padrão de desenvolvimento urbano instalado em São Paulo a partir da década de 1940. Em segundo lugar, e ligada a ela, desenvolver-se-ia a enfermidade crônica dos transportes públicos deficientes e insuficientes a martirizar seus usuários. Empurradas para regiões cada vez mais afastadas, as massas urbanas precisavam agora cruzar a cidade para vencer as distâncias entre a moradia e o trabalho: estava montado o cenário para aquela que se tornaria uma verdadeira tragédia paulistana, a das multidões que passaram a padecer diariamente em coletivos superlotados, pagando tarifas inexplicavelmente altas, para enfrentar um trânsito exasperadoramente lento e congestionado.

E, por fim, a expectativa de que a retificação do rio Tietê servisse ao menos para amenizar o problema das enchentes tampouco se confirmou: chuvarada, em São Paulo, era mais do que nunca sinônimo da multiplicação de tormentos que faziam lembrar as piores penas do inferno.

> Dificilmente se poderá escrever, com todas as suas cores, o drama que vem sendo vivido, nesses últimos dias, pela população que reside

'a seu recorde
ILHA DA TARDE-FOLHA DA NOITE
jornada de domingo passado — Oito vencedores —
já os cupons para a proxima disputa

STALIN
SCOU

BRIDGEPORT
ENTRAM EM GREVE
os empregados da Cia. de Gás

D ANIVERSARIO
njamin Franklin

Aí vem o aguaceiro!
VERDADEIRO TOQUE DE REUNIR, NAS PARTES BAIXAS DA CIDADE, QUANDO OS TEMPORAIS DESABAM SOBRE A CIDADE — A DOLOROSA CERTEZA DE QUE AS AGUAS IRÃO INVADIR AS CASAS

NÃO SERIAM LIBERADOS
OS PREÇOS DO PESCADO
A C.E.P. ESTA INCLINADA A UM REAJUSTAMENTO, DEPOIS DE OUVIR A SECRETARIA DA AGRICULTURA

Novo embaixador português no Brasil

Na notícia de 1950, o medo das chuvas – e das enchentes. "Aí vem o aguaceiro!". Em *Folha da Noite*, São Paulo, 17-10-1950, p. 10.

Fernando Favoretto/Arquivo Público do Estado de S. Paulo

> nos pontos baixos da cidade e nos bairros ribeirinhos para os quais converge a água das chuvas e dos temporais,

alertava matéria publicada em 1950.

> A certeza de que as enxurradas logo ganharão corpo e que virão alagar as ruas e praças; de que o nível das águas nos quintais, pouco a pouco, irá subir; de que a água e a lama atingirão a soleira das portas da frente e dos fundos e principiarão a entrar casa adentro; de que (tantas vezes sucedeu) a sua fúria levará de roldão móveis e utensílios, tudo isso concorre para que os meses de dezembro, janeiro e fevereiro sejam de desassossego e sobressalto para uma boa parcela da população de São Paulo, capital a que todos atribuem foros de grande metrópole e que, não obstante, é palco de coisas tais.[31]

O tempo se encarregava de revelar que o que tinha acontecido entre o poder público e a cidade era um autêntico caso de divórcio: havia-se instalado em solo paulistano um processo de transformação que construía ele mesmo os caminhos que trilhava e que, com suas dinâmicas internas, ignorava por completo as tentativas de enquadramento por parte das sucessivas administrações municipais. São Paulo crescia extraordinariamente, sem sombra de dúvida; mas esse era um crescimento que se fazia a si próprio, de forma avassaladora, desordenada, mesmo monstruosa: em 1959 o *Correio Paulistano* já não hesitava mais em estampar em suas páginas a mais sombria das metáforas, a que comparava a expansão da metrópole a uma "célula cancerosa", em seu avanço tão rápido quanto descontrolado.[32] Nas décadas que se seguiram, nem mesmo a multiplicação de momentosas obras públicas, em especial no setor viário, seria capaz de alterar fundamentalmente esse quadro. Quando, em 1996, a cidade ultrapassou os 10 milhões de habitantes, em uma época na qual os problemas urbanos só se haviam tornado mais graves ainda, aparentemente não havia muitos paulistanos dispostos a festejar o acontecimento como marco digno de orgulho e comemoração.[33]

III

A trajetória da cidade de São Paulo como exemplo mais marcante de expansão urbana no Brasil do século XX é particularmente ilustrativa em relação à realidade social propícia à propagação dos esquemas de engano dos contos do vigário. O ritmo estonteante da metrópole certamente proporcionava material abundante para a imaginação dramatúrgica dos estelionatários que circulavam por suas ruas, permitindo-lhes renovar continuamente as armadilhas que colocavam em prática. Por vezes, era com tanto engenho que eles se valiam das incontáveis possibilidades de criação abertas pela incessante movimentação paulistana, que chegava a parecer que os vigaristas seriam mesmo capazes de competir com os autores das novelas de rádio e de televisão, que se tornariam tão populares no período, em sua capacidade de conceber uma trama nova a cada dia.

Tomemos o caso dos infindáveis problemas relacionados à existência na cidade. Se fosse necessário demonstrar desde logo, e de uma só vez, a relação entre os temas da vida cotidiana e os contos do vigário, provavelmente já seria possível encontrar aqui argumentos em quantidade mais do que suficiente para fazê-lo; porque para praticamente cada uma das carências urbanas existentes em São Paulo havia um golpe que lhe correspondia e que fingia ser sua solução. Vejamos alguns – e apenas alguns – exemplos.

A metrópole sofria com a falta de moradias para abrigar uma população sempre crescente? Pois lá estava o chamado Conto do Violino a oferecer terrenos e lotes bem localizados e a preços extraordinariamente convidativos – que no entanto se descobria, depois de fechado o negócio, ou se situavam bem longe de onde o vendedor dizia estarem, ou não correspondiam em coisa alguma às belas imagens fotográficas dos anúncios mostrados, ou exigiam o desembolso de significativos valores adicionais para o encaminhamento da papelada que regularizaria a posse, ou simplesmente não existiam. Em 1931 o esquema já estava em funcionamento, alardeando a distribuição de "terras aos nordestinos que queiram vir morar nos bairros da Pauliceia";[34] na década de 1950, agora também conhecido como Conto da Casa Própria, multiplicava vítimas entre "comerciários, funcionários aposentados, operários e demais pessoas de humildes condições sociais e financeiras".[35]

Faltavam aos novos bairros da periferia paulistana redes de iluminação pública e residencial? Por meio do Conto do Poste da Light, supostos funcionários graduados da empresa que cuidava do setor realizavam coletas, entre as residências a serem beneficiadas, com o pretexto de assim tornar mais rápida a instalação das redes de distribuição de energia elétrica – partindo, em seguida, para a aplicação do mesmo engodo em outro quarteirão. Um certo vigarista que aparentemente se especializou na execução do golpe em meados da década de 1940 procurava tornar mais plausível a trama simulando proximidade aos altos escalões administrativos da São Paulo Light and Power, em especial em relação ao superintendente da companhia, Edgard de Souza; certa ocasião, como forma de se livrar das reclamações de uma vítima, afirmou em tom altivo que "ia falar com o dr. Edgard e voltaria logo".[36]

As ruas abertas de improviso nesses mesmos bairros eram ainda de terra? Os executores do Conto do Calçamento se encarregavam de procurar seus moradores e, passando-se por representantes da Prefeitura Municipal, cobrar as taxas que declaravam ser indispensáveis à futura pavimentação da via em questão – para depois, naturalmente, desaparecer por completo. Um único golpista – que, circunspecto, não se esquecia de entregar às vítimas os recibos pelos pagamentos devidamente assinados – "lesou mais de uma centena de pessoas, em importância superior a 10 mil cruzeiros", antes de ver frustrada sua manobra de evasão e ser detido pela polícia, em 1943.[37]

Não havia linhas telefônicas disponíveis em número suficiente para atender à procura crescente por parte dos paulistanos? O Conto do Telefone existia para aparentar a capacidade de suprir tal deficiência por meio do tráfico de influência, como ocorria no caso daquele cidadão que, segundo a queixa de uma de suas vítimas, afirmava "que tinha prestígio na Companhia Telefônica Brasileira e por esse motivo era-lhe fácil conseguir instalar qualquer telefone nesta Capital"[38] – ou daquele suplente de deputado estadual que alegava coisa semelhante e que engambelaria várias pessoas ansiosas por dispor do serviço, até ser surpreendido pela polícia, em agosto de 1959.[39]

Havia migrantes que, tendo passado uma temporada em São Paulo, se arrependiam da aventura e queriam voltar para seus Estados de origem? Pois nem mesmo eles estavam livres das arapucas montadas pelos vigaristas, como demonstra o episódio dos sessenta nordestinos que planejavam organizar sua viagem de retorno, em 1954.

> Um dia, dois homens, que se identificaram como proprietários da agência Pássaro Verde, localizada num bar da rua Gomes Cardim, esquina da rua Paulo Afonso, os procuraram e disseram que poderiam propiciar a viagem, por preço módico. Os sessenta nordestinos que esperavam pela oportunidade cotizaram-se e entregaram à dupla 45 mil cruzeiros,

de acordo com a reportagem da *Folha da Noite*.[40] Não só não aconteceu viagem alguma como o próprio motorista do caminhão que deveria transportá-los, e que efetivamente compareceu ao local na hora combinada para a partida, descobriu-se também enganado pela dupla de golpistas, que tinha fugido com todo o dinheiro.

Era como se, onde quer que surgisse a *procura* por um bem ou serviço, pouco depois lá aparecesse um imaginativo vigarista apresentando um simulacro de *oferta* – aparentemente, em nenhuma outra parte a lei de mercado funcionava com tanta regularidade, ainda que em termos puramente virtuais, quanto no mundo do conto do vigário. Seja como for, seria conveniente resistir à tentação de enumerar outros tantos exemplos de golpes fundamentados na exploração das mazelas urbanas – e outros exemplos não faltariam –, para passar à discussão de outro tópico de relevância para este livro, o que se relaciona aos caminhos pelos quais os vigaristas que operavam no Brasil chegaram a atingir tamanho grau de agilidade e refinamento.

Em termos mais gerais, a questão está ligada à própria evolução da criminalidade nas maiores cidades do país entre as últimas décadas do século XIX e as primeiras do século XX; e, em termos mais particulares, ao processo de imigração que tanto marcou a vida dessas cidades no mesmo período. Existe uma primeira relação, um tanto evidente, entre a imigração e a criminalidade, na medida em que as seguidas levas de imigrantes contribuíram decisivamente para o crescimento das metrópoles – fazendo, com isso, aumentar o número de crimes praticados em suas ruas, como, de resto, fizeram aumentar tudo o mais. Nada mais natural que uma cidade como São Paulo, que saltou de cerca de 64 mil habitantes em 1890 para cerca de 579 mil em 1920, tivesse aumento mais ou menos proporcional do número de crimes cometidos entre uma data e outra.[41]

Mas essa relação diz muito pouco sobre a influência estrangeira nas transformações pelas quais passou o crime urbano na fase mencionada. Os imigrantes ajudaram a fazer crescer as cidades que, exatamente porque cresceram, passaram a ser palco de maior quantidade de delitos: uma tal associação é tão óbvia que mal chega a ter qualquer significado especial – apesar do surgimento, na época, de manifestações bastante preconceituosas que procuravam estigmatizar os que vinham de fora, como no caso daquele chefe de polícia citado por Boris Fausto, que, no início da década de 1880, enxergava na maior parte dos imigrantes italianos temíveis facínoras permanentemente armados de revólveres e punhais.[42] O aspecto para o qual convém chamar a atenção aqui, assim, nada tem a ver com qualquer relação quantitativa na área em questão; tem a ver com uma provável ligação entre a presença estrangeira e uma certa transformação *qualitativa* no universo da criminalidade brasileira.

Já foi muitas vezes ressaltado que a imigração trouxe trabalhadores dotados de conhecimentos, técnicas e habilidades que o país antes não possuía: em diversos setores produtivos, a mão de obra estrangeira revelava graus de qualificação profissional inéditos para os padrões brasileiros. Ora, há evidências de que fenômeno semelhante acontecia também no caso da criminalidade, muito particularmente na área dos chamados *crimes contra a propriedade*. Ali, uma *mão de obra crimino-*

sa – se é que a expressão é admissível –, vinda de fora e muito mais habilitada que a nacional, elevava as práticas delituosas a novos níveis de sofisticação: um exemplo claro é o do italiano Gino Amleto Meneghetti, habilíssimo *gatuno* capaz de realizar proezas nunca antes vistas, como a de saltar pelos telhados das casas com agilidade de acrobata, em fugas que deixavam as forças policiais de diversas cidades brasileiras completamente perplexas.

O fenômeno não deixava de ser percebido pelos contemporâneos. Em *Os ladrões no Rio*, de 1903, o delegado Vicente Reis não hesitava em afirmar que os larápios mais perigosos eram exatamente os que chegavam do exterior: no Rio de Janeiro, segundo ele, era "a gatunagem ousada, na quase totalidade, composta de estrangeiros".[43] Já Sylvio Floreal, em sua reveladora radiografia da vida paulistana publicada em 1925 com o título de *Ronda da meia-noite*, chamava a atenção para os perfis dos mais destacados criminosos que atuavam em São Paulo:

> Tipos que foram escroques em Paris, batedores de carteira em Monte Carlo e San Sebastián, contrabandistas no Havre e Gênova, falsários em Londres e Nova York, cáftens na Rússia, Polônia e adjacências, que, caldeados e adestrados nos grandes centros de prostituição, chegam até nós, em última escala, da Argentina.[44]

E em 1934 o cronista policial Willy Aureli, por sua vez, fazia questão de distinguir o *punguista* (ou batedor de carteiras) "vagabundo" do "fino", deixando claro que à segunda categoria pertenciam sobretudo os forasteiros: "Os 'punguistas' mais célebres são os chilenos e os argentinos. Seguem-se os paraguaios, os espanhóis, os portugueses e os nacionais. Em São Paulo poucos desses 'internacionais' aparecem. Mas quando surgem, é uma calamidade!"[45]

Há motivos para crer, portanto, que os fluxos de imigração traziam consigo criminosos experientes, que faziam nas cidades brasileiras escala temporária ou residência permanente, mas que, em um caso ou outro, ajudavam a tornar muito mais refinadas e complexas as práticas de furto e de roubo que se desenvolviam no país. E há, da mesma maneira, motivos para chegar à conclusão de que esse processo de importação de técnicas e saberes se fazia de maneira igualmente intensa no terreno do conto do vigário. Nos capítulos seguintes deste livro será possível verificar com mais detalhe as formas pelas quais alguns golpes concebidos e aplicados no exterior foram trazidos e aclimatados ao Brasil, em exemplos em que a influência externa é evidente; por ora, basta enfatizar como era significativo o fato de que certas expressões consagradas dentro do vocabulário próprio dos vigaristas brasileiros, como *otário* e *paco*, fossem trazidas de fora: da Argentina, em ambos os casos.[46]

Vale mesmo a pena explicar não apenas o significado, mas também a extensão com que aquilo que é nomeado pelo segundo termo se ambientou no território nacional. O paco, em essência, é um falso pacote de dinheiro, feito normalmente por uma pilha de papel de jornal cuidadosamente recortada e colocada entre duas notas verdadeiras. Sua aparência é a de uma pequena fortuna feita de um amontoado de cintilantes cédulas empilhadas umas sobre as outras, em imagem capaz de tirar o fôlego do incauto que põe os olhos em cima dele pela primeira vez; na realidade, não passa de uma montagem. O truque não chega a constituir um golpe em si, mas um artifício a ser utilizado em um sem-fim de diferentes golpes. A apresentação de um deles certamente proporcionará uma boa noção de suas possibilidades de uso.

O esquema era normalmente aplicado nas regiões dos centros comerciais e financeiros das maiores cidades brasileiras, já que era ali que se podiam encontrar mais facilmente transeuntes com os bolsos recheados: por exemplo, um comerciante que tivesse acabado de sair de uma agência bancária. A esse comerciante acontecia de cruzar com certo indivíduo que caminhava com pressa e atropelo, e que deixava cair, bem aos seus pés, um envelope – em seguida sumindo no meio da multidão, antes mesmo que fosse possível avisá-lo da perda. O comerciante mal tinha tempo de se abaixar para pegar o volume caído quando surgia um *outro* indivíduo, este de ar experiente e olhar malicioso, que declarava ter assistido a toda a cena. Mais ainda: afirmava que aquele envelope certamente continha grande quantidade de dinheiro, o que aparentemente confirmava por meio de um rápido exame do vistoso pacote de notas nele contido.

A chance, garantia então, era única: cabia a eles dividir o presente que a fortuna lhes havia enviado. Era preciso apenas despistar com falsas indicações o sujeito que havia perdido o envelope, e que efetivamente estava de volta, examinando os recantos do passeio público e interrogando os outros transeuntes. Ele se encarregaria disso, deixando ao comerciante a guarda momentânea do dinheiro encontrado. Antes disso, porém, queria ter certeza de que este seria capaz de cuidar adequadamente do patrimônio que deveria proteger. Em uma suposta lição de como guardar valores com segurança, tomava o dinheiro que o comerciante havia retirado da agência bancária, juntava-o ao pacote de notas retirado do envelope e envolvia a ambos em um lenço que – detalhe de importância – colocava no bolso interno do paletó. Ali, ensinava ele, os valores estariam completamente a salvo do alcance dos malandros. Em seguida, entregava o lenço ao comerciante, esperava que ele o guardasse, avisava que logo estaria de volta para que fizessem a divisão do dinheiro e ia embora.

Para nunca mais voltar. O chamado Conto da Cascata tinha sido aplicado com sucesso, porque o conteúdo do envelope convenientemente caído não passava de um primeiro paco, usado apenas para impressionar o comerciante; e o lenço que havia sido entregue a ele logo depois não era o mesmo em que seu dinheiro tinha sido envolvido: era *outro*, que o estranho já trazia pronto no bolso do paletó, de aparência igual à do primeiro, mas dentro do qual havia apenas um segundo paco. O comerciante tinha acabado de trocar dinheiro vivo por tiras de papel de jornal. Seria talvez dispensável comentar que o sujeito que havia fingido perder o envelope e o que tinha abordado a vítima eram vigaristas que operavam em conjunto.

O paco, dessa forma, servia tanto para atrair a quem se queria enganar quanto para trocar o que valia muito pelo que não valia coisa alguma. Mas vale ressaltar que, nesse último caso, seu emprego exigia razoável grau de destreza por parte do golpista: técnicas de ilusionista e mãos de prestidigitador para substituir um lenço pelo outro perante os olhos do próprio enganado. Em meados do século XX, o domínio de tais habilidades podia ser encontrado com particular frequência com os vigaristas que revestiam seus golpes com uma

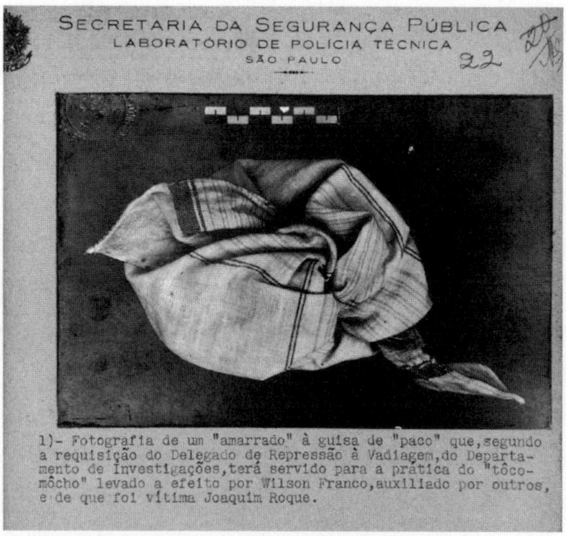

A prova do crime: na foto da polícia, o lenço usado para embalar o paco.

Fernando Favoretto/Arquivo do Tribunal de Justiça de São Paulo

aura de misticismo. Em 1946, uma mulher que se apresentava como cigana – ou ledora da *buena dicha*, para usar a expressão da época – convenceu uma jovem dona de casa nascida na ilha da Madeira e moradora do bairro paulistano de Santo Amaro a dar a ela todas as economias que guardava em casa para serem envolvidas em um lenço, como parte de um suposto ritual de purificação espiritual; quando o lenço foi finalmente aberto, horas após a partida da cigana e conforme as instruções desta, evidentemente já não continha mais dinheiro algum.[47] Da mesma forma, em 1950 um indivíduo que se dizia médium exigiu, para endireitar a vida de uma outra dona de casa que passava por problemas pessoais, que ela reunisse o total de 6.500 cruzeiros, a serem embrulhados durante certa cerimônia mística em dois pacotes que só poderiam ser abertos oito meses depois – e teve mesmo o sangue-frio de, descoberta a fraude quando um dos pacotes foi aberto antes desse prazo, afirmar "ter sido obra dos espíritos a troca do dinheiro por papel-jornal".[48]

O que importa aqui é destacar que o paco, já tão incorporado ao dia a dia dos vigaristas brasileiros nas décadas de 1940 e de 1950, não era, de maneira alguma, uma invenção nacional: ele seguramente veio de fora – e uma das evidências disso é a comprovação de seu uso em outras partes. Nos Estados Unidos, por exemplo, havia muito a exibição da falsa fortuna e a troca dos invólucros era praticada por meio de ardil conhecido originalmente como Golpe do Lenço Jamaicano, já que em sua trama inicial era um viajante vindo da Jamaica que iludia a vítima, com o apoio de um comparsa que lhe fazia o contraponto.[49] Isso não significa que o paco tenha sido criado na América do Norte: o nome e a nacionalidade de seu inventor, bem como a época em que a maquinação foi concebida, quase que certamente pertencem àquela categoria de informações totalmente irrecuperáveis, tão próprias da nebulosa história da vigarice. Muito mais importante do que isso, porém, é registrar que, qualquer que tenha sido sua origem, o expediente acabou se espalhando por diferentes países, o que implica a existência de *esquemas de transmissão* de práticas de engano em escala internacional.

Foram exatamente esquemas desse tipo que, favorecidos pelos amplos movimentos de circulação de indivíduos e culturas característicos das grandes fases de imigração, chegaram ao Brasil e contribuíram para o aprimoramento de um número cada vez maior de vigaristas ágeis e atuantes. Pode-se supor que, em meio a um processo de aprendizado que incluía a adaptação de tramas e técnicas vindas do exterior, esses vigaristas – formados que estavam sendo em boa escola – passassem também a exercitar a *criação* de seus próprios golpes, aproveitando as oportunidades de momento para conceber logros inteiramente novos: um exemplo é o do espertíssimo golpista que, assim que estourou o movimento constitucionalista de 1932, arrumou uma farda de tenente e saiu interior paulista afora, requisitando automóveis particulares com a alegação de que precisava deles em caráter de urgência para transportar armas e combatentes (os quinze veículos que obteve por meio da tramoia foram logo depois enviados ao Rio de Janeiro e vendidos "a preço de ocasião").[50]

Tal avanço não apenas de golpes e golpistas, mas da própria criminalidade em termos mais gerais, por outro lado, não poderia deixar de provocar contrapartidas por parte das forças da lei e da ordem. Durante as primeiras décadas do século XX, a prosperidade paulista vinha se encarregando, ela mesma, de atrair todo tipo de aventureiro para o Estado, como destacam Hermes Vieira e Oswaldo Silva em sua obra sobre a Polícia Civil de São Paulo: "Apareceram em número maior, e com estarrecente audácia, os grileiros, os salteadores, os vigaristas, os larápios, os malandros, os passionais exacerbados, os falsificadores, os desordeiros e outros que tais".[51] Os mesmos autores comentam que a reação a isso foi a reorganização da polícia paulista, realizada por meio de reformas destinadas a dotá-la de maior agilidade e capacidade de ação: em 1924, por exemplo, nada menos do que sete delegacias especializadas foram criadas para combater o crime em suas diversas modalidades.[52] E em 1933, por fim, duas outras delegacias especializadas seriam criadas, a de Jogos e a de Repressão à Vadiagem, ficando a última encarregada de investigar os casos de estelionato.[53] Gradualmente, os outros Estados brasileiros enfrentariam o aumento significativo de episódios de aplicação de contos do vigário com medidas da mesma natureza, com a formação de setores e equipes policiais especializados no combate aos profissionais do engano.

De certa forma, isso serviu para organizar as regras do jogo particular de gato e rato que se estabeleceria entre investigadores policiais e vigaristas. Jogo que se tornaria disputado com intensidade cada vez maior, posto que as cidades se expandiam por meio de dinâmicas semelhantes: renovando-se cotidianamente em termos culturais, fazendo circular volumes cada vez maiores de dinheiro pelo avanço de suas atividades econômicas e promovendo o aumento contínuo dos espaços sociais e dos contingentes populacionais que abrigavam – fatores que certamente constituíam estímulos irresistíveis para a criatividade, a ousadia e a cobiça dos vigaristas que começavam a se multiplicar por suas ruas.

CAPÍTULO 2

Ludibriando um roceiro

Genésio Arruda e sua caracterização de caipira, 1929

Acervo Cinemateca Brasileira

Imbarquei no trem de ferro,
lá na vila da Faxina;
o bruto largô seu berro,
saiu cortano a campina.

De aturdido os óio cerro,
já cheio de areia fina...
Chego in São Pólo. Saio... Erro
no virá a premera esquina.

Fico meio turtuviado;
gentarada, carro, bonde
e intuda parte um sordado.

Fico danado, se amolo;
vô drumi num sei adonde
– Num venho mais p'ra São Pólo!

Cornélio Pires, "Peripécias de viagem",
poema publicado no livro *Selecta caipira,* 1929

Muito embora a Delegacia de Repressão à Vadiagem mantenha cerrada campanha contra os malandros que infestam a cidade, ainda continuam agindo livremente dezenas de indivíduos perniciosos à sociedade. Diariamente a crônica policial registra casos de pessoas que, agindo de má-fé e julgando estar ludibriando um roceiro, perdem alguns milhares de cruzeiros.

De notícia publicada no periódico
A *Noite,* São Paulo, junho de 1949

I

QUANDO UM EMBUSTE SE DESTACA PELA FREQUÊNCIA COM QUE É aplicado, tende a receber consideração especial por parte das forças policiais, dos repórteres especializados na área e dos cronistas atentos ao que se passa em sua época. Entre as últimas décadas do século XIX e as primeiras do século XX, esse era o caso de uma tramoia que, de tão corrente, se tornou quase que sinônimo da própria expressão *conto do vigário* – um golpe de rua que o tempo se encarregaria de tornar conhecido também como Conto do Legado. Mesmo no início da década de 1940, esse logro ainda era encarado como uma espécie de matriz original a partir da qual outros tinham se desenvolvido; em *Os vigaristas*, livro que publicou na época para advertir contra os engodos então mais comuns, o policial Antônio Vieira fazia questão de citá-lo, explicando que "desse 'conto' surgiram os demais" – isso apesar de considerar que, naquela ocasião, o ardil já estivesse "em franco declínio".[1] O golpe se fundamentava em um esquema tão simples quanto funcional; é possível mesmo apresentá-lo por meio de uma sinopse relativamente curta.

A vítima em potencial era abordada em alguma rua ou esquina por um indivíduo que começava a conversa pedindo informações sobre a localização de determinado ponto da cidade: movimento inicial estudado, e que tinha como objetivo dar a entender que aquele que pedia ajuda era um forasteiro pouco familiarizado em relação ao lugar em que se encontrava. O diálogo que se seguia confirmava essa impressão e ia além – revelava que o estranho estava em centro que mal conhecia por conta da tarefa de encaminhar vultosa doação, enviada por benemérito morador de sua terra natal aos pobres e necessitados daquela cidade. Esse "legado", no entanto, tinha de ser entregue no endereço que ele procurava, equivalente ao de certo hospital ou casa de caridade; ali deveria ser deixado o espetacular maço de notas que o homem agora exibia, discretamente, tirado de dentro do lenço em que o mantinha envolvido.

Nessa altura, se tudo estivesse ocorrendo de acordo com o planejado, a possível vítima estaria perplexa, quase mesmo atordoada, pela visão de semelhante fortuna feita de dinheiro vivo; e quando o forasteiro acabava por pedir sua ajuda para cumprir a meritória missão, não pensava duas vezes. Aceitava de imediato a ideia de levar, ela mesma, a doação ao seu destino. Não hesitava sequer – fosse por questão de segurança, fosse por demonstração de confiança – em ceder tudo o que trazia na carteira para ser embrulhado no mesmo lenço que continha a preciosa carga que passava a possuir. Meticuloso, o forasteiro se encarregava de embalar uma soma com a outra, de verificar se o volume resultante podia ser levado com conforto e discrição, e de entregar o lenço dobrado à vítima – de quem exaltava a retidão de caráter e se despedia com repetidas bênçãos e palavras de agradecimento.

É claro que a vítima havia se transformado em vítima no exato momento em que tinha colocado seu patrimônio nas mãos daquele indivíduo aparentemente tão desprendido e, ao mesmo tempo, tão necessitado de auxílio. O maço que havia sido mostrado a ela, evidentemente, não passava de um primeiro paco, que apenas simulava grande quantidade de notas graúdas; e este, ao qual havia sido adicionado seu dinheiro, tinha sido furtivamente substituído por um segundo paco, colocado em um lenço de aparência igual à do outro. Era só mais tarde – e, obviamente, tarde demais – que a vítima vinha a descobrir que o lenço que lhe havia sido entregue continha apenas pilhas de papel de jornal recortado. A isca da falsa caridade tinha funcionado para esvaziar seus bolsos.

Esse enredo básico podia receber roupagens diferentes e se desdobrar em muitas variações; talvez mesmo, em uma delas, o imaginário legado fosse enviado pela suposta figura de um padre distante, e nesse caso teríamos mais uma possível versão para o aparecimento da expressão *conto do vigário*. Fosse como fosse, quando Machado de Assis publicou no jornal carioca *Gazeta de Notícias*, em 31 de março de 1895, uma crônica cujo título não era outro senão "Conto do vigário", era exatamente a esse ardil que fazia referência. Com a elegante ironia que caracteriza tantos de seus escritos, Machado abria o texto comentando que o costume de colocar em andamento enganos de tal natureza existia já nos tempos do Antigo Testamento, como demonstrava o célebre episódio envolvendo Labão e Jacó. De acordo com o relato bíblico (Gênesis, 30, 31-45), o primeiro tinha prometido presentear o segundo com todas as crias de seu rebanho que nascessem malhadas, reservando para si mesmo as que nascessem de uma só cor; mas Jacó, recorrendo ao expediente de fazer que as cabras concebessem tendo à frente dos olhos varas de cores diferentes, provocara artificialmente o nascimento das crias malhadas às quais teria direito – o que, na visão machadiana, não deixava de constituir uma precoce forma de vigarice. Os acontecimentos que a crônica passava a relatar, portanto, estavam inseridos no contexto de uma longa e veneranda tradição:

> O nosso Labão desta semana foi um honesto fazendeiro do Chiador, que, estando em uma rua desta cidade, viu aparecer um homem, que lhe perguntou por outra rua. Nem o fazendeiro, nem o outro desconhecido que ali apareceu também, tinha notícia da rua indicada. Grande aflição do primeiro homem, recentemente chegado da Bahia, com vinte contos de réis de um tio dele, já falecido, que deixara dezesseis para os náufragos da *Terceira* e quatro para a pessoa que se encarregasse da entrega.[2]

No caso em questão, a maior parte da soma era destinada às vítimas de um naufrágio; não obstante, bela recompensa também estava reservada a quem apoiasse tão filantrópicas intenções:

> Quem é que, nestes ou em quaisquer tempos, perderia tão boa ocasião de ganhar depressa e sem cansaço quatro contos de réis? Eu não, nem o leitor, nem o fazendeiro do Chiador, que se ofereceu ao desconhecido para ir com ele depositar na Casa Leitão, Largo de Santa Rita, os dezesseis contos, ficando-lhe os quatro de remuneração.
> – Não é preciso que o acompanhe, respondeu o desconhecido; basta que o senhor leve o dinheiro, mas primeiro é melhor juntar a este o que traz aí consigo.
> – Sim, senhor, anuiu o fazendeiro. Sacou do bolso o dinheiro que tinha (um conto e tanto), entregou-o ao desconhecido, e viu perfeitamente que este o juntou ao maço dos vinte; ação análoga às das varas de Jacó. O fazendeiro pegou do maço todo, despediu-se e guiou

> para o Largo de Santa Rita. Um homem de má-fé teria ficado com o dinheiro, sem curar dos náufragos da *Terceira*, nem da palavra dada. Em vez disso, que seria mais que deslealdade, o portador chegou à Casa Leitão, e tratou de dar os dezesseis contos, ficando com os quatro de recompensa. Foi então que viu que todas as cabras eram malhadas. O seu próprio dinheiro, que era de uma só cor, como as ovelhas de Labão, tinha a pele variegada dos jornais velhos do costume.[3]

O conto do vigário – "o mais antigo gênero de ficção que se conhece", na definição do próprio Machado – havia sido aplicado com êxito em plena capital federal. Naquele final de século, portanto, entre os muitos tipos que davam vida às movimentadas ruas do Rio de Janeiro, estava o do caridoso de araque que fingia ter intenções humanitárias apenas como forma de viabilizar a prática do Conto do Legado. Porventura imposturas do gênero já se haviam então espalhado o suficiente para serem executadas em outras cidades brasileiras?

A resposta pode ser encontrada com clareza em notícia publicada em janeiro de 1885 pelo jornal *Diário Popular*, de São Paulo. Com o título de "Uma dos diabos", o jornal relatava o seguinte episódio:

> Joaquim Conceição, residente em Pirassununga, chegou a esta capital, trazendo um conto e quinhentos para serem remetidos a diversas pessoas em Portugal.
>
> Dois larápios fizeram conhecimento com o nosso endinheirado Conceição, e ontem à noite, no largo de São Bento, conseguiram "aliviá-lo" do seu dinheiro.
>
> Convenceram Conceição de que um parente lhes deixara a eles, larápios, uma certa soma para ser distribuída pela pobreza. Nessa conformidade, lembraram a generosa hipótese de enviá-lo – o Conceição – para esse fim a Portugal, e assim trataram de reunir as duas quantias.
>
> O Conceição aceitou a incumbência, consentiu que as quantias fossem reunidas em um só maço e em um só invólucro.

> Feito isto, e retirando-se os dois negociadores, foi Conceição examinar seu acrescido tesouro, e então verificou que apenas lhe haviam aqueles tais deixado um embrulho de papéis sujos, apenas semelhantes no volume e na forma ao em que ele vira reunir o seu ao dinheiro dos dois desconhecidos.
> Imaginem o desespero de Conceição.[4]

Com certeza não é difícil imaginar a dolorosa aflição que deve ter tomado conta do pobre Joaquim Conceição. Mas, colocada à parte a questão da angústia do enganado, parece interessante ressaltar que nesse caso há uma pequena variação no enredo básico do esquema, resultado provavelmente da agilidade com que os golpistas souberam adaptá-lo às circunstâncias de momento: aqui é a vítima quem está de passagem pela cidade, e o dinheiro da caridade é reservado a pobres que vivem fora dela. Ainda assim, os elementos fundamentais da trama são perfeitamente reconhecíveis: o surgimento de estranhos com um suposto legado a ser transmitido, alguém que inadvertidamente aceita a ideia de fazê-lo, a união dos valores em um único embrulho, o sumiço dos estranhos e, ato final, a troca dos embrulhos tardiamente descoberta.

A proporção adquirida pelo golpe pode ser medida pelo fato de que, por bom tempo, falar em conto do vigário chegou a ser praticamente o mesmo que falar em Conto do Legado. Por volta da década de 1930, o logro estava de tal forma incorporado ao repertório da vigarice brasileira que era mesmo com certa irritação que a comunicação de sua repetida ocorrência era transmitida pelos repórteres encarregados das páginas policiais. Um deles, por exemplo, não escondia o azedume ao narrar, em 1932, mais um caso de aplicação da tramoia, que daquela vez tinha como vítima um desavisado paranaense: "O velhíssimo 'conto do vigário', apesar de sua idade, encontra sempre um ouvinte... A despeito da propalada evolução da humanidade, o

Mundo anda cheio de 'otários', que só podem deparar um malandro para serem aliviados do que possuem", escreveu, informando ainda que o incidente que lhe cabia noticiar correspondia à "clássica narração de sempre: um cretino que não sabe onde fica a Santa Casa, um pacote com 10:000$000, a mistura do dinheiro e, a seguir, a dolorosa surpresa dos jornais velhos".[5]

Em notícia publicada dois anos depois, envolvendo a execução do golpe por vigarista conhecido como "Perna de Pau", o encarregado de relatá-la chegava a demonstrar inconformismo ainda maior. Que os brasileiros se tornassem vítimas de crimes como a *punga* – o furto de carteiras realizado em meio ao burburinho das ruas por meliantes de "dedos ágeis" –, isso ainda seria admissível, argumentava.

> Mas o "conto do vigário", francamente! História que já constitui velharia cediça, tanta vezes relatada pelos jornais e explorada em inúmeros comentários pelas crônicas policiais da cidade, tresandando a mofo e outras coisas bolorentas, ainda assim encontra indivíduos de boa-fé... Ou melhor, de má-fé, pois a vítima, indiscutivelmente, age com preconcebida intenção de lesar o "contista" que, afinal de contas, é quem a logra.[6]

Tais alertas certamente serviram para tornar muitas vítimas em potencial mais atentas em relação aos riscos que corriam. Mas eles provavelmente tiveram outro efeito ainda, o de forçar os vigaristas a diversificar o enredo do estratagema, adicionando-lhe novos elementos como forma de revigorar seu apelo. Foi assim que, entre a década de 1920 e a de 1930, os praticantes do Conto do Legado fizeram nele algumas transformações significativas. Uma delas foi a de, em algumas ocasiões, reforçar a intensidade dramática da trama, com a inclusão do personagem de um pai ou um tio arrependido de passadas desonestidades e que, em seu leito de morte, tentava purgar os antigos pecados enviando a fortuna ilicitamente obtida para ser distribuída aos necessitados. Dessa forma, ao tema da caridade vinha se somar o da redenção: sem dúvida, a história contada se tornava muito mais tocante.

Mas a grande inovação – a que seria definitivamente incorporada ao golpe para multiplicar muitas vezes sua eficiência e proporcionar-lhe uma sobrevida notável – era outra. Ela consistia na estratégia de reescrever o papel do forasteiro que trazia o legado, de maneira a realçar-lhe o desamparo e a fragilidade: daí em diante, seu destino deveria ser o de inspirar reação colocada entre o menosprezo e a piedade. Era preciso que ele passasse a se apresentar como um ser pateticamente ignorante, extraordinariamente ingênuo e absolutamente incapaz de conduzir com êxito qualquer tarefa que envolvesse alguma responsabilidade. Bons dramaturgos que eram, os vigaristas brasileiros se deram conta de que, no imaginário de grande parte dos moradores dos centros urbanos, *já havia* uma figura que reunia de maneira exemplar cada uma dessas características: bastava recriar o personagem à sua semelhança. Bastava fazer dele um *caipira*.

Não é possível identificar o momento exato em que as novidades foram incorporadas ao golpe; seja como for, elas já estavam presentes em matéria publicada pelo cronista policial Willy Aureli, em março de 1934:

> Eis o modo de agir dos passadores do conto: o vigarista, que tem feições de homem honesto, que traz nos olhos uma centelha de infinita cordura e traja à caipira, avizinha-se do "otário".
> – O senhor sabe, por favor, onde fica a Santa Casa? – pergunta.
> – Fica na rua tal e tal. O senhor vai descendo esta rua, sobe aquela, torce à direita e quebra à esquerda...
> – É difícil... Eu não sou daqui e tenho medo de me perder... Cheguei hoje do interior e hoje mesmo preciso embarcar, pois minha "muié" está passando mal...
> – Então o que é que veio fazer?
> Aqui começa a história...

> – Há muitos anos meu tio, que era enfermeiro da Santa Casa, teve que tratar de um doente. Este, antes de morrer, pediu ao meu tio para que procurasse debaixo do colchão um embrulho. Eram vinte contos de réis! Confiando na honestidade do meu tio, o doente pediu para que ele fizesse entrega, logo após a sua morte, dessa quantia a uma filha que vivia pobremente. Meu tio jurou e, quando o doente faleceu, no lugar de entregar o dinheiro, pediu demissão e zarpou para o interior, onde se estabeleceu. Passaram os anos e os remorsos começaram. Assim foi que, chegada a hora dele ir desta para melhor, chamou-me à cabeceira e disse-me: – "Meu sobrinho, eu sou um grande pecador!" (e aqui o vigarista descreve a cena do desespero do pecador e sua vontade de querer restituir, acrescentada de alguns contos de réis, a quantia que furtara). – E continua: – "Sendo que a tal moça já faleceu, meu tio quis que eu fizesse entrega desta quantia (exibe um maço de dinheiro, onde aparecem umas cédulas nas dobras) à Santa Casa. Mas eu não sei onde fica e tenho medo de ser embrulhado. Dizem que em São Paulo há muito gatuno...[7]

O desenlace da teatralização – em que a vítima protagoniza uma solitária cena final feita de "suores frios, mãos nervosas que amarrotam papéis de jornais 'filados' com uma cédula fora de curso e que sinuosamente cobre as pontas dos vários maços, dando a impressão perfeita de pacotes de dinheiro" – é o de sempre. A narrativa dramática apresentada, no entanto, já não era exatamente a mesma; e as mudanças pelas quais havia passado acabariam por se revelar extremamente eficientes.

Porque, assim revitalizado, o Conto do Legado seguiu adiante em uma trajetória digna de nota; cabe ressaltar que, ao menos nesse caso, o inspetor de polícia Antônio Viera estava completamente equivocado – o ardil não só não estava em declínio, como passaria a ser reproduzido por novas levas de vigaristas ao longo das décadas de 1940 e 1950. Inclusive com o dado adicional de que sua generosidade imaginária se tornaria, de certa forma, cada vez maior, já que a relação dos possíveis beneficiários do dinheiro destinado à filantropia se diversificava continuamente: de acordo com queixa prestada à polícia paulistana em 1946, o argumento usado tinha sido o de que os recursos haviam sido enviados "aos leprosos" da cidade;[8] segundo outra queixa, prestada no ano seguinte, "aos ceguinhos do Instituto Padre Chico";[9] e assim por diante.

É preciso destacar que, depois da sua recriação, o tema do pai ou do tio arrependido não seria adotado em todas as tentativas posteriores de aplicação do golpe; a figura do interiorano simplório, porém, passaria a ser usada quase que invariavelmente. Isso pode ser constatado com especial nitidez na maneira como o golpe passou a ser descrito. Ao noticiar caso de aplicação do embuste em julho de 1956, o jornal *Última Hora*, do Rio de Janeiro, ressaltava que o ajudante de caminhoneiro que tinha se tornado vítima dele havia sido enganado por "dois 'caipiras'" que, "após lhe contarem as dificuldades que estavam encontrando na 'cidade grande', confiaram-lhe um segredo: estavam de posse de 50 mil cruzeiros para serem entregues a uma casa de caridade".[10] As palavras de algumas das vítimas da trama em São Paulo eram igualmente emblemáticas. Em sua queixa à polícia, apresentada em 1957, uma delas declarou ter sido abordada, quando passava pela avenida Pacaembu, "por um indivíduo aparentando ser 'caipira'";[11] outra, no ano seguinte, quando caminhava pelo largo São José do Belém, "por um indivíduo com trajes de caipira";[12] outra ainda, dois anos depois, quando circulava pela avenida Ipiranga, "por um indivíduo branco, baixo, magro, cabelos grisalhos, entradas na fronte, com aparência de 'caipira'".[13] O fenômeno era visível mesmo quando o golpe não funcionava: em março de 1960 um comerciário impediu sua execução, por parte de três vigaristas que vira abordarem um transeunte na rua Formosa, porque havia lido poucos dias antes uma notícia de jornal descrevendo o logro. Não fosse por isso, provavelmente não o teria reconhecido;

até porque – segundo ele próprio – o indivíduo que falava à possível vítima "imitava bem o caipira".[14]

II

Não seriam necessários outros exemplos para demonstrar que o papel de "caipira" havia conquistado lugar de destaque dentro do universo dramatúrgico dos vigaristas que operavam no Brasil. Por outro lado, também é evidente que isso não teria ocorrido se o personagem não tivesse recebido acolhida tão favorável por parte do público que visava atingir, formado por pessoas predispostas a acreditar que viajantes vindos do interior eram capazes de colocar alegremente pequenas fortunas nas mãos dos moradores das cidades, sem sequer conhecê-los e em troca de meros compromissos verbais. Uma tal crença, sem dúvida, merece exame mais detalhado.

Chama a atenção imediatamente o sentimento de superioridade em que ela se baseia. Era como se o citadino enxergasse no interiorano uma criatura infantilizada, em quem a ingenuidade atingia mesmo o ponto da estupidez, e a falta de iniciativa constituía traço quase que patológico. Pode-se reconhecer aqui, e com particular clareza, a influência dos processos de urbanização e de industrialização que haviam disseminado, entre os moradores dos grandes centros, a convicção de que a vida no ambiente rural correspondia a condição existencial de irremediável atraso; era como se o indivíduo que trocasse tal atmosfera pelo meio urbano fizesse uma viagem não apenas no espaço, mas sobretudo no tempo: ele daria um verdadeiro salto da realidade que lhe era familiar, mas que equivalia a um arcaísmo típico do passado, para mergulhar em um mundo que lhe era estranho, mas que já se apresentava em sintonia com um futuro feito de avanço e modernidade. Não era à toa que se fantasiava com tanta intensidade quanto o interiorano deveria se sentir deslocado na cidade grande.

Isso tudo significa que se consolidava com força crescente uma certa *representação* do caipira, destinada a fazer dele um autêntico anacronismo ambulante: um homem de outra época, e, por isso mesmo, primitivo e retraído, ignorante e tacanho, indolente e improdutivo. Essa representação começou a ganhar os primeiros contornos já no século XIX, em especial na sua segunda metade; o próprio advento da República, ao colocar em destaque ideias e ideais de participação política, iniciativa econômica e domínio do saber, acabou por tornar mais intenso seu desprestígio: olhares que procuravam por *ordem* e *progresso* certamente não poderiam valorizar uma figura cujo aparente desalinho lembrava *desordem* e cuja existência modesta sinalizava *retrocesso*.[15] A imigração tornou mais intensa a disseminação dos estereótipos negativos associados ao interiorano, até porque lhe proporcionou um contraponto – ou melhor, uma outra representação, a do trabalhador europeu educado, dinâmico e saudável – que servia, invariavelmente, para diminuí-lo.

O caipira, portanto, atravessou as últimas décadas do século XIX em meio a um certo clima de desprezo; e, não obstante isso, o pior ainda estava por vir. Logo na abertura do século XX, em 1901, na "Nota preliminar" a *Os sertões*, Euclides da Cunha o definiria mesmo como representante de uma das sub-raças brasileiras destinadas a desaparecer inevitavelmente "ante as exigências crescentes da civilização e a concorrência material intensiva das correntes migratórias que começam a invadir profundamente a nossa terra". Em tais circunstâncias, afirmava Euclides, o futuro já se deixava divisar com clareza: "O *jagunço* destemeroso, o *tabaréu* ingênuo e o *caipira* simplório, serão em breve tipos relegados às tradições evanescentes, ou extintas".[16]

Posição igualmente crítica seria adotada por autor que, ironicamente, situou no ambiente rural várias das suas melhores narrativas. Monteiro Lobato, em texto publicado em 1914 no jornal *O Estado de S.*

Paulo e depois incorporado ao volume *Urupês*, denunciava o caboclo como "funesto parasita da terra" por conta do hábito de realizar queimadas; e concluía que pouco mais restaria a esta "espécie de homem baldio, seminômade, inadaptável à civilização, mas que vive à beira dela na penumbra das zonas fronteiriças", senão ceder terreno e retirar-se para um isolamento cada vez mais longínquo:

> À medida que o progresso vem chegando com a via férrea, o italiano, o arado, a valorização da propriedade, vai ele refugindo em silêncio, com o seu cachorro, o seu pilão, a pica-pau e o isqueiro, de modo a sempre conservar-se fronteiriço, mudo e sorna. Encoscorado numa rotina de pedra, recua para não adaptar-se.[17]

É verdade que Lobato acabaria por apresentar alternativa ao caipira, por meio da conhecida fábula do Jeca Tatu.[18] Mas o roceiro que superava seus hábitos antigos e pouco saudáveis para se tornar um titã que enfrentava onças com os próprios punhos, um empreendedor que enriquecia e adotava modernidades tecnológicas e uma liderança que passava a combater as enfermidades da comunidade em que vivia já não podia mais ser visto propriamente como um caipira – na realidade, ele tinha se transformado no "avesso de si mesmo", como bem o definiu Márcia Regina Capelari Naxara, em seu excelente estudo sobre as representações do brasileiro entre o final do século XIX e o início do século XX.[19] A moral da história lobatiana parece simples: a solução para o caipira era deixar de ser caipira.

Se era assim que expoentes do pensamento brasileiro, como Euclides da Cunha e Monteiro Lobato, enfocavam a questão, como seria ela encarada pelas crescentes populações urbanas? Por meio talvez de uma visão marcada pela comicidade: era como se, na cidade grande, o interiorano não tivesse mais lugar a não ser como piada. Aquela que é tida como a primeira comédia produzida pelo cinema brasileiro, *Nhô*

Anastácio chegou de viagem, realizada por Júlio Ferrez em 1908, já colocava nas telas o enredo do roceiro desajeitado e tolo que se deixa perder pelas tentações da capital federal até ser resgatado pela providencial chegada da esposa – tema, aliás, amplamente explorado pelo teatro de revista da época.[20] E mesmo um autor declaradamente empenhado na defesa e na divulgação da cultura interiorana como Cornélio Pires passou, a partir de 1914, a fazer espetáculos públicos em que intercalava números de música sertaneja com a narração de anedotas que apresentavam o caipira como um indivíduo ao mesmo tempo malicioso e simplório. "O caboclo de Cornélio é uma bonita estilização – sentimental, poética, ultrarromântica, fulgurante de piadas – e rendosa", escreveu com indisfarçável sarcasmo Monteiro Lobato em carta dirigida a Godofredo Rangel, em julho de 1915. "O Cornélio vive, e passa bem, ganha dinheiro gordo, com as exibições que faz do 'seu caboclo'. Dá caboclo em conferências a 5 mil réis a cadeira e o público mija de tanto rir."[21]

Cornélio Pires, com efeito, percorreu uma significativa trajetória com suas apresentações. Em outubro de 1930, por exemplo, sua "conferência humorística", a ser realizada em casa de espetáculos localizada em São Paulo e divulgada com certo destaque por meio de anúncio publicado pelo jornal *Diário Popular*, prometia "velhas e novas anedotas", entre elas as que estavam ligadas a temas como a "classificação dos caipiras", a "resistência cabocla" e os "caipiras geniosos entre mineiros e paulistas".[22] O próprio local em que Pires se apresentaria na ocasião, o Teatro Santa Helena, era significativo; porque este dividia espaço com outra casa de espetáculos que funcionava no mesmo prédio, o Moinho do Jeca, que oferecia a irresistível mescla de música, bailarinas pouco vestidas e números humorísticos comandados pelo comediante que então mais se destacava pela excelência de sua caracterização de caipira, Genésio Arruda.[23]

Era exatamente no desempenho dessa caracterização, aliás, que Arruda havia estrelado o primeiro filme sonoro brasileiro. Em *Acabaram-se os otários*, realizado por Luís de Barros em 1929, ele incorporava o papel do matuto que, deslumbrado com a cidade grande, é ingênuo o suficiente para pagar pela compra de um bonde.[24] E não deixa de ser emblemático que, trinta anos depois disso, o mesmo mote – o do interiorano ofuscado pelas luzes da cidade, a quem praticamente qualquer coisa podia ser vendida – ainda fosse explorado com sucesso pelo cinema nacional. Em *Entrei de gaiato*, dirigido por J. B. Tanko em 1959, é Zé Trindade o espertalhão que vende ao capiau que chega ao Rio de Janeiro um jazigo no Cemitério do Caju como se fosse um apartamento residencial – para tanto, promete a ele construção moderna "um pouco abaixo do térreo"; e arremata,

Mazzaropi como o Jeca: um dos tipos cômicos mais populares da história do cinema brasileiro

Coleção particular

quando o comprador comenta que o importante é que os vizinhos sejam boas almas: "Podem não ser boas, mas são *completamente* almas!" O interiorano sempre podia ser levado na conversa: mesmo o caipira interpretado por Mazzaropi, que a partir do início da década de 1950 assumiria o papel no cinema para iniciar uma carreira de extraordinário sucesso de público, e que não era de todo simplório, alternava alguns momentos de sagacidade com outros de uma candura quase infantil.[25]

Tanto no debate mais erudito quanto nas criações dirigidas ao divertimento popular, portanto, a representação de caipira como indivíduo imaturo e atrasado, totalmente despreparado para compreender a modernidade que florescia nas grandes cidades, estava em pleno processo de consolidação. Haveria várias maneiras de procurar demonstrar quanto tal representação era aceita pela população urbana; para fazê-lo, no entanto, talvez seja suficiente lembrar aqui alguns dos resultados obtidos, no final da década de 1940, por estudo feito pelo sociólogo e antropólogo norte-americano Donald Pierson.

Originário da Universidade de Chicago, Pierson chegou a São Paulo em 1939, como professor da Escola de Sociologia e Política. Nos anos seguintes, ele se encarregou de criar junto a esta um Departamento de Sociologia e Antropologia e uma Divisão de Estudos pós-graduados. Além disso, procurou desenvolver programas de estímulo a pesquisas e trabalhos de campo, obtendo para tanto recursos do Smithsonian Institution, organização especialmente abonada e sediada em Washington. Foi, aliás, com financiamento obtido dessa forma que o próprio Pierson realizou o levantamento que vale a pena mencionar aqui. Entre 1947 e 1948, ele coordenou um grupo de pesquisadores que entrevistou os moradores de Cruz das Almas, vilarejo pertencente ao Estado de São Paulo e que, apesar de não se situar muito longe de sua capital, mantinha ainda relativo isolamento cultural e econômico em relação a ela. A obra *Cruz das Almas: a Brazilian Village* foi publicada em Washington em 1951, e editada em tradução para o português quinze anos depois; seu objetivo, segundo Pierson, era oferecer "um quadro fiel e realista da vida dos habitantes de uma comunidade rural paulista", em estudo de caso a respeito de um agrupamento ainda afastado da influência da industrialização e cuidadoso na manutenção de suas tradições culturais.[26]

Seria interessante chamar a atenção, entretanto, para as conclusões a que chegou quando foi além disso. Porque, no decorrer de sua exposição, Pierson se deu conta da necessidade de lidar com uma questão que não podia ser ignorada por um pesquisador atento como ele: a da evidente oposição entre o interiorano e o citadino – e a maneira como um encarava o outro. Em um segmento incluído no capítulo que abre a segunda parte da obra, e significativamente intitulado "Caipira *versus* 'cidadão'", Pierson explica que "os habitantes da cidade chamam geralmente os do campo de 'caipiras'"; e em seguida apresenta a necessária definição:

> O termo "caipira" é usado na zona metropolitana de duas diferentes maneiras: 1) como termo descritivo; 2) como termo de desaprovação e mesmo de ridicularização. Parece que originalmente tinha apenas função descritiva. Como tal, referia-se, no Estado de São Paulo, aos habitantes rurais do planalto, em contraste com os "caiçaras", ou habitantes rurais do litoral.[27]

O que no começo era descritivo tinha passado a ser pejorativo: como explicar essa transformação? "A alteração local no sentido do termo parece ter acompanhado a transformação da cidade de São Paulo em metrópole, e o concomitante desenvolvimento da 'consciência de grupo' nos seus habitantes", afirma Pierson.[28] Ele ressalta ainda que o morador da capital havia passado a atribuir ao caipira características como

> simplicidade de espírito e ingenuidade, ao lado de timidez e falta de jeito em situações com as quais não está familiarizado; falta de instrução e a consequente persistência no uso de um dialeto um pouco diferente da linguagem da cidade; "baixo" padrão de vida; e certos hábitos pessoais, como o uso de palha de milho e fumo "forte" para cigarros.[29]

Pierson revela grande capacidade de percepção em sua análise dos traços atribuídos ao interiorano, principalmente se for levado em conta que ela era feita por um estrangeiro. Ainda mais enfáticas do que as suas, porém, seriam as palavras de alguns de seus alunos, quando pediu que eles definissem o que entendiam por *caipira*. A maior parte das declarações – "feitas por estudantes de Ciências Sociais, todos moradores da cidade de São Paulo, aos quais se pediu indicassem o que, na sua opinião, significava o termo"[30] – demonstra a existência de restrições, ainda que por vezes elas se apresentassem envoltas por um estudado palavreado acadêmico. O primeiro depoimento transcrito por Pierson, por exemplo, afirmava o seguinte:

> "Para mim, 'caipira' significa pessoa criada em ambiente rural, isolada, e que, por essa razão, teve pouca ou nenhuma oportunidade de conviver com pessoas de ambiente urbano. Consequentemente, quando está com pessoas da cidade, sente e age como se não soubesse conduzir-se. Dá a impressão de ser ingênua, mesmo inocente, em assuntos comuns à vida cotidiana do habitante da cidade; e, ao mesmo tempo, é muito desconfiada".[31]

Os temas da ingenuidade, do desajeitamento e da falta de modos seriam retomados em outro depoimento:

"Um caipira é um indivíduo ingênuo por falta de traquejo social. Mostra-se tímido, acanhado, desajeitado, sem saber como manejar as coisas, como se orientar e se conduzir".[32]

Um outro depoimento ainda realçaria a falta de capacidade de adaptação do interiorano à vida urbana e o atraso de sua visão de mundo:

"'Caipira' é termo que se refere a pessoa que vive na zona rural. Em geral o seu nível de vida é o da simples subsistência, mesmo quando possui alguma coisa. Quando vem à cidade, sente-se desambientado e inseguro, pois não está acostumado a tanto movimento nas ruas e ao trânsito. Suas crenças diferem bastante das nossas, na cidade. Ele acredita em muitas coisas que para nós não passam de 'superstições'".[33]

Tais respostas vinham do mundo acadêmico: seus autores eram os alunos de Donald Pierson. Mas que teriam a dizer os paulistanos que não frequentavam a academia, e que no entanto certamente tinham opinião formada a respeito do assunto? Pierson procurou sabê-lo:

A pergunta: "Que é um *caipira*?" foi feita a diversas outras pessoas, todas nascidas e criadas na cidade de São Paulo e que, presumivelmente, não tinham perdido seu natural etnocentrismo, em razão de cursos de Ciências Sociais.[34]

Livres dos limites impostos pela formalidade do linguajar universitário, essas pessoas deram livre curso a manifestações que algumas vezes chegavam a ser afrontosas:

Empregada doméstica, de 15 anos de idade:
"Caipira é gente bobo, que não fala as coisas dereito; é gente que anda rindo à toa".
Farmacêutico, de 68 anos:
"Um caipira é o sujeito da roça, sem traquejo".

Dono de serraria, de 42 anos:

"O caipira é um ignorante. Não tem noção de civilização".

Dona de casa, de 40 anos:

"Caipira é bicho do mato, acanhado, tímido, arisco, mexeriqueiro. Mora em geral numa casa de 'sopapo' e é sujo".

Professora de escola normal, de 52 anos:

"Um caipira difere das outras pessoas pela maneira de pensar, de andar, de falar e de vestir. É muito cheio de crendices. É simples, desconfiado, retraído".

Funcionária de escritório, de 23 anos:

"Pode-se descobrir o caipira pela roupa. Não é preciso nem falar com ele; basta olhar para as suas calcinhas: são sempre apertadinhas, curtas, de pula-brejo".

Estudante, de 22 anos:

"O caipira é um sujeito simples. Quando alguém lhe concede um pedaço de terra para cultivar, o que faz ele? Afinca quatro pedaços de pau no chão para uma casa. Planta uma quadra de milho e cria dois ou três porcos doentios. Isso é tudo o que ele faz. Não procura melhorar coisa alguma. Quando parte de seu casebre ameaça cair, ele simplesmente encosta a parede com uma estaca. À tardinha, após trabalhar na sua quadra, vai para casa, senta-se no umbral da porta, puxa do pito e fica fumando".

Moça estudante, de 21 anos:

"Moro perto da estação de estrada de ferro. A ideia que tenho do caipira é a de uma pessoa que sai da estação de roupa de brim, botina, sujo de pó, com saco em vez de mala, e que se dirige ao Departamento de Investigações ou à Santa Casa".

Advogado, de 35 anos:

"O caipira é um mestiço de português com índio".

Professora primária, de 27 anos:

"Caipira é uma pessoa do interior, quer more numa cidade pequena, quer more na roça".

Moça, caixa, de 25 anos:

"O caipira é o que na Europa seria chamado de 'camponês', o trabalhador da terra. É indolente, subnutrido, doentio e, na maior parte, analfabeto".[35]

A estas seguiam-se ainda três últimas declarações, dadas por um estudante, um funcionário de escritório e uma dona de casa, que chegavam a mencionar como aspectos positivos do caipira, respectivamente, a ligação com a natureza, o comportamento respeitoso e o caráter sincero: muito pouco para contrabalançar o peso de manifestações tão carregadas de carga negativa. Porque nos 14 depoimentos transcritos acima – incluídos os dos alunos de Pierson –, o caipira, de uma maneira ou de outra, é classificado como ignorante, incivilizado, indolente, ingênuo, incapaz de se orientar, acanhado, retraído, desprovido de qualquer traquejo social, supersticioso, dado a crendices, pouco asseado, maltrajado, subnutrido e doentio, entre outros adjetivos. Seu lugar, definitivamente, não era nas metrópoles – muito menos nas metrópoles que, como as brasileiras, gostavam de cultivar a convicção de que integravam agora o circuito da modernidade no plano internacional.

Ali, sua imagem podia provocar variedade de sentimentos que ia da piedade à repulsa, mas de maneira alguma desconfiança. Seria mesmo inconcebível que sua figura titubeante, própria de uma criatura inofensiva e fraca de ânimo, *inferior* em seu limitadíssimo horizonte existencial, pudesse pretender ludibriar o esperto citadino, cosmopolita e moderno, *superior* em sua vida urbana repleta de possibilidades de crescimento pessoal. Convicção que se havia instalado com tal força dificilmente passaria despercebida ao olhar atento dos profissionais do engano. Se o vigarista podia ser comparado a um lobo que procurava aparentar mansidão, não haveria pele de cordeiro que lhe servisse melhor.

III

Fazer-se passar por um desorientado interiorano perdido na cidade grande, assim, era um disfarce perfeito para o golpista empenhado em desarmar suspeitas e aguçar ambições entre os moradores dos centros urbanos, como ocorria no caso do Conto do Legado. Evidentemente, era fundamental que a caracterização fosse realizada com competência suficiente para incorporar os principais estereótipos associados à figura: falar repleto de atrocidades gramaticais, arrastado e particularmente carregado na pronúncia aberta dos *erres;* uso de roupas simples e de corte antiquado, puídas ao ponto dos remendos visíveis; expressão de desamparo e aturdimento, manifestada por meio do olhar errático e de comentários admirados sobre o gigantismo da metrópole e a permanente correria de seus habitantes – apenas para citar alguns dos aspectos essenciais à composição do personagem. Diferentes gerações de vigaristas atingiram o ponto de excelência no desempenho do papel; e o fizeram sobretudo para colocar em andamento um golpe que atravessou décadas para se tornar, com toda a probabilidade, o maior clássico brasileiro em matéria de contos do vigário: o Conto do Bilhete Premiado.

Também conhecido como Conto do Toco-mocho, originariamente o logro, no entanto, nada tinha a ver com interioranos em busca de socorro.[36] Em sua versão inicial, o *bilhete premiado* não passava de uma cédula lotérica cuja numeração havia sido adulterada para corresponder à do prêmio sorteado. Era a essa operação que se dedicava, por exemplo, um criminoso irlandês de certo renome, preso em São Paulo no início de 1931 depois de ter passado por cidades como Rio de Janeiro, Buenos Aires e Montevidéu – segundo o jornal que noticiou o caso, sua habilidade era de tal ordem que, no Rio de Janeiro, os "bilhetes de loteria eram pagos sem mais aquela, tão perfeita tinha sido a sua falsificação".[37]

O procedimento usual, assim, era o de adulterar o bilhete e tentar descontá-lo como válido – prática bastante antiga, posto que já em 1885 o *Diário Popular* reproduzia notícia publicada originalmente pelo *Diário de Santos*, de acordo com a qual o "ativo e zeloso sr. subdelegado de polícia apreendeu, ontem, alguns bilhetes de loterias extraídas, em poder do italiano José Antonio Caluna, que os oferecia por *preços reduzidos*".[38] Havia, é verdade, uma possibilidade de variação do golpe, e esta era explicada por Vicente Reis em seu livro de 1903, *Os ladrões no Rio*. De acordo com a descrição que ele apresentava, dois vigaristas simulavam brigar aos socos quando davam "de cara com um papalvo", esperando que este tomasse a iniciativa de separá-los; e quando isso acontecia, explicavam que o motivo do conflito era a disputa pela posse de um bilhete de loteria premiado com a sorte grande. Essa era a isca; o golpe se completava quando o transeunte se deixava fisgar: "O interventor, sempre na boa-fé, mas dominado pela ambição, o diabo da ambição, procura conciliá-los e propõe a compra do bilhete, como meio de pôr fim à contenda".[39] O estratagema era hábil, mas, aparentemente, não chegou a disseminar-se, provavelmente porque a cena da altercação ocorrida em plena rua chamava demais a atenção, correndo o risco de atrair não apenas a vítima, mas também a polícia.

Em termos gerais, dessa forma, o golpe em princípio consistia apenas em fazer passar por autêntico e premiado um bilhete de loteria falsificado; assim é que a artimanha era descrita em março de 1934 por um dos repórteres que melhor conheciam os meandros da criminalidade urbana da época, Willy Aureli:

> O passador do "toco-mocho" é um habilíssimo mistificador, possuidor de mão ligeira e vista aguda. Suas ferramentas se compõem de: uma lâmina gilete, um bisturi, uns vidros de tintas de várias cores,

pincéis finíssimos, penas de desenho, um vidro de nanquim e um outro de goma arábica. Nada mais. Tudo isso ele leva no bolso.[40]

Haveria mesmo, sugere Aureli, qualquer coisa de artístico nas finas habilidades exigidas de quem se aventurasse no terreno da falsificação. Essa não era, certamente, tarefa que pudesse ser realizada por qualquer um:

> Eis como age o fazedor de 'mochos'. Adquire um bilhete de loteria que sai em branco. No dia da extração verifica a lista e procura um número premiado que se aproxime grandemente do bilhete que possui. Verificada a diferença, entra a trabalhar para modificar o bilhete, tornando-o válido. Nunca o malandro se atreve a criar um prêmio grande. Contenta-se com prêmios no valor de dois ou mais contos de réis. Com outros bilhetes da mesma loteria ele inicia o trabalho. Corta, o mais fino possível, o número de que necessita. Tem extremos cuidados com as bordas do papel, que devem ser nítidas e não devem apresentar a menor falha, mesmo verificada através de uma lente. Corta, em seguida, o número do bilhete que não lhe serve e sobrepõe com uma habilidade inacreditável o número que deseja. Em seguida, com tintas idênticas às do bilhete adulterado, recompõe as ligeiras e quase invisíveis falhas. A olho nu é humanamente impossível de se notar a falcatrua. Feito isso, procura um cambista que verifica a lista e paga o prêmio! O malandro embolsa o dinheiro e desaparece. E quando a coisa é descoberta já é demasiado tarde.[41]

De acordo com Willy Aureli, assim, o embuste envolvia grande destreza e sangue-frio; mas para executá-lo não era necessário recorrer a teatralizações de rua, como ocorria no caso do Conto do Legado: o golpista descontava o bilhete que ele próprio havia falsificado, e isso era tudo.

Uma outra notícia, porém, publicada pelo jornal paulistano *Folha da Noite* em junho de 1934 – apenas algumas semanas depois do artigo de Aureli, portanto –, já contava história diferente; nela, o Conto do Bilhete Premiado ganhava as ruas em uma encenação levada a efeito por vigaristas que interpretavam dois personagens – um dos quais, a essa altura, certamente parecerá bastante familiar:

> Os dois tramam a audaciosa arremetida. Um, fazendo as vezes de cambista; outro, a de indivíduo imbecilizado, de muito boa-fé, etc.... Aquele, tendo nos bolsos a lista de prêmios convenientemente adulterada, assume ares de circunspecção, austeridade, e outras posições psicológicas que definem um homem sério e cheio de responsabilidades no torvelinho da existência.
> O segundo, vestindo um costume de brim barato, barba um tanto crescida, sapatos empoeirados, dando a impressão de que não passa de um caboclo muito bem-intencionado, e o que é mais, homem rude, do trabalho pesado e honesto, mas que, no entanto, deve ter armazenado muitas economias...[42]

Um indivíduo de aspecto urbano traz consigo a relação com os números sorteados na loteria; o outro, com aparência de interiorano, porta o bilhete que aquela mesma relação afirma estar premiado. Coincidência tão extraordinária não tardará a se manifestar aos olhos do público – ou ao menos da pessoa a quem os tais indivíduos julgassem adequado escolher como público:

> Quando veem, à distância, algum transeunte, com jeito de quem se lamenta por ser pedestre, e por isso certamente, com vontade de se tornar argentário para poder olhar sobranceiramente a massa nervosa, cansada e inútil na tremenda luta pela vida, separam-se, e... então temos a cena, bem urdida e melhor interpretada.
> O "pacato cidadão" aproxima-se do pseudo cambista e indaga em voz alta se este tem lista, pois ouvira dizer estar o seu bilhete premiado. E mostra o bilhete multicolor num gesto de trouxa.

> A vítima instintivamente estaca. O "cambista" responde sem perda de tempo, relanceando o olhar malicioso para a numeração do bilhete como quem já viu tudo.
> Pisca o olho para a vítima, como a dizer: cale-se! – e nós dividiremos a "bolada".
> Aí então se processa a troca intensa de diálogos animados. O "caboclo" diz que necessita voltar para a terra naquele mesmo dia, e uma vez que o bilhete dá direito somente a uns 500$000, vende-o por 200$000, mesmo porque não pode perder o trem, o que possivelmente aconteceria se fosse tratar de receber o "cobre" – recebimento de certo modo demorado – no que é ajudado pelo companheiro que, satisfeito pela próxima vitória, vai corroborando naquilo tudo com invejável facilidade de expressão.
> A vítima cai, não há de negar, e com preconcebida má-fé.
> O primeiro malandro, sem esquecer os gestos peculiares ao homem simples, põe o dinheiro na algibeira e se vai, pedindo bênção de Deus para aquele que o ajudou a não perder o trem...[43]

O caipira tinha feito sua entrada em cena. E nessa ocasião em grande estilo, a julgar pelas palavras com que o próprio redator da notícia, tal qual crítico de teatro, avaliava a atuação dos golpistas:

> Indivíduos vindos da plebe, não tiveram a oportunidade, por certo, de cursar nenhuma escola teatral, e no entanto é de ver-se com que maestria se desempenham no papel que a cada um é confiado pela natureza do plano preestabelecido, habilmente arquitetado.[44]

A remodelação do Conto do Bilhete Premiado conferiu-lhe mais eficiência e, ao mesmo tempo, maior segurança para quem o aplicava. Era muito menos arriscado passar adiante um bilhete sem valor para uma vítima disposta a pagar por ele do que tentar descontar um bilhete adulterado em casas lotéricas, que, provavelmente, estavam cada vez mais alertas contra o risco de cair no engodo – e prontas para denunciar quem quer que fosse pego tentando executá-lo. Mais uma vez o personagem do caipira demonstrava sua utilidade. Daí em diante, falsos matutos se multiplicariam Brasil afora para colocar o golpe em andamento, em uma repetição do que já vinha ocorrendo com o Conto do Legado; e, da mesma forma, quantidade cada vez maior de vítimas, agora seduzidas pela visão de um bilhete de loteria cuja numeração parecia corresponder à do grande prêmio, passaria a procurar a polícia para apresentar suas queixas, no já conhecido desfilar das reclamações repetidas: contra homem que "disse ser de Sorocaba, e trabalhar nos serviços de carpir café", em um caso;[45] contra "indivíduo baixo, pardo, com ares acaipirados", em outro;[46] contra sujeito "vestido como se fosse pessoa residente no interior do Estado", em outro caso ainda;[47] e assim sucessivamente.

A notícia publicada pela *Folha da Noite* chama a atenção por outro motivo, no entanto. Na organização da trama, o caipira ganhara companhia: havia agora um outro personagem que aparecia para dialogar com ele e convencer a vítima de que aquela era uma ótima ocasião para engambelá-lo. Esse personagem – que bem poderia ser chamado de *citadino* – não era exatamente invenção do Conto do Bilhete Premiado; ele já tinha aparecido, vez ou outra, no Conto do Legado. Mas se no segundo caso sua presença era eventual, no primeiro ela passaria a ser imprescindível; era o que afirmava em 1948 o delegado adjunto da Delegacia Especial de Repressão à Vadiagem de São Paulo:

> No já celebrizado "conto do bilhete premiado", três personagens são indispensáveis: o "otário", a vítima; o "fila", o malandro que aborda aquela; e o "grupo", o segundo "vigarista", que completa o engodo, induzindo o "otário" a lesar o "fila".[48]

A descrição corresponde à forma predominante que o golpe assumiria com o tempo, e de acordo com a qual a vítima passava a ser abordada diretamente pelo interiorano – na maior parte das vezes por meio do conhecido expediente de perguntar pela localização de algum ponto da cidade –, em uma conversa inicial em que o assunto do bilhete premiado não demoraria a aparecer; só então o segundo vigarista, representando o esperto cidadão de passagem pelo local, entrava em cena, pretextando ter ouvido parte do diálogo e manifestando o desejo de participar dele.

O *citadino* – ou *grupo*, para usar a linguagem policial – era uma criação habilíssima. Ela não apenas proporcionava o contraste perfeito para com a tímida figura do caipira ao se apresentar como seu oposto, um moderno e perspicaz morador da metrópole; servia também para envolver completamente a vítima, antecipando-lhe possíveis dúvidas, que desfazia ao interrogar o interiorano, conduzindo a conversa para a conclusão de que este de fato era um imbecil que não conhecia o valor da fortuna que trazia, e garantindo, por fim, que aquela era oportunidade única, a ser aproveitada sem maiores hesitações.

Entre outras coisas, isso significava que o Conto do Bilhete Premiado havia adquirido uma complexidade dramática ainda maior que a do Conto do Legado. Até porque passaria a admitir duas possibilidades diferentes de desenlace – na primeira, o bilhete supostamente sorteado era comprado pela vítima; na segunda, o velho recurso do paco entrava em ação. Ambas eram explicadas em sentença judicial que discutia a natureza do golpe, em abril de 1950:

> Duas modalidades são mais comuns: a vítima amiúde compra o bilhete de loteria que o malandro a convenceu de que está premiado. Neste caso o estelionato é manifesto. Mas doutras vezes, como no caso dos autos, diversa é a sucessão dos fatos. A vítima mais sagaz ou menos ingênua desconfia dos malandros. Não concorda em comprar o bilhete. Neste caso os malandros propõem: o dinheiro e o bilhete

permanecerão nas mãos da vítima. Apenas, deverão ser reunidos num lenço. A vítima aceita o alvitre, supondo-se garantida. E estaria realmente, porque, na sua convicção, o dinheiro não sairá do seu poder. Não o entregará aos malandros.

É o ponto culminante da cena: a vítima exibe o dinheiro, os malandros o colocam, juntamente com o bilhete, num lenço; dobram-no e amarram; mas no momento de o entregarem à vítima subtraem-no e entregam outro adrede preparado, igual ao primeiro, com os mesmos nós. A vítima não percebe a subtração, embora praticada em sua presença.[49]

A falsificação revelada: foto da polícia mostra a adulteração na numeração do bilhete de loteria

Fernando Favoretto/Arquivo do Tribunal de Justiça de São Paulo

O Conto do Bilhete Premiado acabaria por assumir maior complexidade que o Conto do Legado em outro sentido ainda. Ele dependia, além da teatralização, da existência de uma falsificação competentemente realizada. No caso noticiado pela *Folha da Noite* em 1934, era a lista com os números sorteados que estava adulterada; mas o mais comum passaria a ser a apresentação do próprio bilhete com a numeração modificada para corresponder à do grande prêmio. A vantagem era a de que, nesse caso, os três envolvidos – o caipira, o citadino e a vítima – podiam seguir juntos para conferir, em consulta às relações publicadas pelos jornais do dia, se o bilhete tinha sido mesmo premiado, movimento que tornava a encenação ainda mais plausível.

A tradição da falsificação, assim, seguiria adiante ao longo das décadas seguintes; e aqueles capazes de realizá-la com competência de artesãos dotados de finas habilidades produziam mercadoria bastante valorizada, naquelas que talvez pudessem ser definidas como as subterrâneas corporações dos vigaristas que operavam no país. "Um desses bilhetes vale bastante dinheiro. Custa caro. São vendidos a bom preço, regateados, procurados, disputados. Um 'vigarista', de posse de um desses gasparinos, pode arrancar bons cobres de vários 'otários'", explicava cronista policial em 1951. "Um mesmo bilhete, se ele souber fazer bem a coisa, tirar partido, serve para ludibriar meia dúzia de incautos, como tem acontecido", acrescentava ainda, para depois concluir: "Sabem o preço que, por vezes, atinge um desses bilhetes alterados? Mais de mil cruzeiros é a sua cotação ao câmbio do dia, no comércio dos fora da lei..."[50] (a título de comparação: mil cruzeiros era então, aproximadamente, o valor do aluguel de uma casa com dois quartos, em bairro relativamente próximo ao centro de São Paulo).[51]

Mais elaborado em termos dramatúrgicos e dependente de falsificações realizadas com perícia – não obstante isso, o Conto do Bilhete Premiado caminharia rapidamente para conquistar lugar de destaque entre as trapaças aplicadas nas ruas das médias e grandes cidades brasileiras. Era com evidente desalento, por exemplo, que a Delegacia Especial de Repressão à Vadiagem de São Paulo relatava seu avanço, em relatório redigido em 1946:

> Infelizmente o "conto do bilhete premiado" está tomando um vulto extraordinário. Mensalmente dá um prejuízo de muitas centenas de milhares de cruzeiros. A prova contra os malandros é difícil. Agem sem testemunhas e escamoteiam o bilhete adulterado, que nunca é encontrado em poder dos mesmos. O inquérito não os intimida. Estão certos da absolvição, por falta de provas. Riem-se dos que perdem tempo em processá-los.[52]

Três anos depois, era a crônica policial que se encarregaria de assinalar o fenômeno: "Não obstante o farto noticiário da imprensa sobre o chamado conto do toco-mocho – bilhete falso de loteria –, quase todos os dias a Delegacia de Repressão à Vadiagem registra uma dessas burlas", afirmava nota relativa a mais um caso.[53] E por fim, em 1951, o golpe atingiria o estágio de conto do vigário mais frequentemente executado em São Paulo, de acordo com matéria então publicada pela *Folha da Noite*: "Na atualidade, em que a luta pela vida é alguma coisa impressionantemente difícil, o conto mais aplicado diuturnamente tem sido o do 'tocho-mocho'".[54]

O alcance que o embuste havia adquirido permitia-lhe mesmo atingir proezas inéditas. À semelhança das peças teatrais cujo sucesso de público estimulava a realização de versões cinematográficas, o Conto do Bilhete Premiado surgiria nas telas dos cinemas em 1952, em uma produção da Companhia Cinematográfica Vera Cruz. No filme *Sai da frente*, dirigido por Abílio Pereira de Almeida, era o personagem interpretado por Mazzaropi – o de um sujeito de modos acaipirados que dirige um caminhão de mudanças na capital – que caía na conversa dos vendedores de um bilhete de loteria supostamente premiado: inversão de papéis que deve ter servido para reforçar a comicidade da situação, posto que aqui o capiau se tornava a vítima, e não o beneficiário do engodo. Mas esse é um caso em que se pode argumentar que a arte ficou aquém da vida; porque as façanhas realizadas pelos praticantes do golpe certamente chegavam a ultrapassar, em ousadia e criatividade, a imaginação dos roteiristas de cinema.

Tomemos como exemplo episódio ocorrido em outubro de 1952. Na ocasião, um operário que circulava em uma movimentada avenida paulistana foi enganado por dois vigaristas que aplicavam o conto, valendo-se da encenação de sempre (caberia destacar apenas que um deles, o que interpretava o interiorano, talvez em um requinte de caracterização, mostrava então um sorriso ao qual faltavam os dois dentes da frente); a inovação, motivada por um atrevimento digno de registro, vinha no desenlace da teatralização. Depois de vender o bilhete adulterado, os vigaristas orientaram a vítima a ir descontá-lo na rua Brigadeiro Tobias, 527, 3º andar, endereço que correspondia ao do plantão do Departamento de Investigações da Polícia de São Paulo.[55]

Mais vitimas do «conto do bilhete»

Uma senhora comprou uma fração "premiada" com 150 mil, por 10 mil cruzeiros apenas... – Um "esperto" tambem comprou um bilhete "premiado" com a mesma importancia, mas pagou um pouco mais: 18 mil cruzeiros...

João Macaco e Gilberto Alves, os dois «marmoteiros» que estiveram em ação no dia de ontem e que estão sendo procurados

Muito embora a Delegacia de Repressão à Vadiagem mantenha cerrada campanha contra os malandros que infestam a cidade, ainda continuam agindo livremente dezenas de indivíduos perniciosos à sociedade. Diariamente a cronica policial registra casos de pessoas que, agindo de má fé e julgando estar ludibriando um roceiro, perdem alguns milhares de cruzeiros. Ontem, por exemplo, duas pessoas foram no chamado conto do bilhete premiado. A primeira comprou um bilhete adulterado, por (Conclui na pag. 9)

Com a palavra os leitores de A NOITE

O inconformismo da imprensa: apesar dos alertas, o golpe era cada vez mais aplicado. "Mais vítimas do 'conto do bilhete'", *A Noite*, SP, 21-6-1949, p. 10.

Fernando Favoretto/Arquivo Público do Estado de S. Paulo

A proporção nacional que o golpe atingiu pode ser avaliada por outra de suas proezas: a de ter servido, certa vez, como autêntico indicador de crescimento urbano. Isso se deu em 1975, quando a revista *Veja* trouxe matéria sobre a acelerada expansão populacional da cidade de Foz do Iguaçu, no Paraná, em processo impulsionado pelas obras de construção da Usina de Itaipu. Expansão tão intensa e desordenada, com os muitos problemas que trazia, que motivou o desabafo do delegado da cidade: "E o conto do bilhete premiado, que não existia por aqui, já virou prato do dia".[56]

O Conto do Bilhete Premiado colocava o Brasil urbano frente a frente com seus próprios preconceitos. Onde quer que houvesse cidade em que seus moradores cultivassem, consciente ou inconscientemente, a sensação de soberba própria dos que se consideravam *melhores* que aqueles que vinham do meio rural, ali estariam presentes as condições apropriadas para o surgimento da tramoia: por ali, com toda a probabilidade, começariam a circular matutos de araque a simular desorientação e a pedir socorro. Artimanha que conquistou tal grau de inserção na vida brasileira provoca indagação inevitável: até que ponto foi levada? Em outras palavras, teria tido ela vitalidade cultural suficiente para continuar em execução por muito tempo ainda?

Para responder a isso, basta recorrer a matéria assinada por Renato Lombardi e publicada pelo jornal *O Estado de S. Paulo* em agosto de 1999, com o significativo título de "Conto do bilhete ainda faz vítimas em SP". O texto ressaltava que, apesar de sua antiguidade, o golpe continuava sendo aplicado, e explicava seu funcionamento: "Os autores se passam por pessoas do interior, gente que diz não ter instrução. Convencem as pessoas a entregar seus valores com a promessa de dividir a maior parte do total do bilhete". Todas as semanas, informava ainda a matéria, entre oito e dez pessoas continuavam a procurar as delegacias paulistanas para se queixar do logro: “Entre as vítimas, estão advogados, estudantes, aposentados e donas de casa. Até a consulesa honorária do Gabão em São Paulo caiu na conversa do falso caipira”.[57]

Tendo chegado tão longe com semelhante vigor, é de se supor que o ardil não tenha tido qualquer dificuldade em ultrapassar as fronteiras do século XX. Suposições, no entanto, não são suficientes para fundamentar um trabalho de história – aos profissionais da área, como se sabe, cabe sempre o ônus da prova. Para resolver a questão, assim, tomemos como referência o marco inicial do século XXI, o ano de 2001. Seria possível encontrar então evidência de que o Conto do Bilhete Premiado era ainda uma encenação frequente e eficiente? A resposta é proporcionada pelo mesmo Renato Lombardi, agora em matéria publicada no *Jornal da Tarde* em setembro daquele ano:

> I. é dona de casa e foi vítima do golpe da mega sena premiada. No fim de agosto foi interpelada na Avenida Vergueiro, na Zona Sul, por um rapaz, branco, cerca de 24 anos, sotaque do interior do Rio Grande do Sul. Ele disse que morava com a mãe num sítio em Vinhedo, era analfabeto, e estava com um bilhete premiado com R$ 30 mil, uma bicicleta e uma máquina de costura.
>
> O bilhete pertencia a um vendedor de roupas que estivera no sítio de sua mãe, um dia antes, e deixara como troco de uma despesa de R$ 100. “O rapaz não achava justo ficar com o bilhete, queria devolver ao vendedor e procurava o endereço”, declarou I.
>
> Convencida pelo “analfabeto” que deveria ajudá-lo a entregar o bilhete ao dono e iriam receber uma parte do dinheiro como prêmio, a dona de casa acreditou ainda mais na história com a chegada de um homem vestindo calça e camisa brancas, que disse ser médico do Hospital São Luís.
>
> Ele mostrou uma sacola com pacotes contendo “dólares”. Para testar a honestidade de I. os dois quiseram ver os dólares dela, que foi até sua

> casa e entregou dinheiro, joias e recebeu "pacotes" de papel como se fossem dólares. "Perdi as economias de uma vida toda."[58]

Sessenta e sete anos separam esta da notícia da *Folha da Noite* publicada em 1934, que inicialmente descreveu o Conto do Bilhete Premiado em sua versão teatralizada – com o enredo básico do caipira que circula pela cidade grande com um bilhete de loteria sorteado, e que acaba sendo ajudado por dois citadinos que não conhecem um ao outro, mas que logo se unem para tentar enganá-lo. Uma trajetória tão extraordinária pode dar margem mesmo a uma argumentação um tanto inusitada, mas ainda assim não desprovida de sentido. No ano seguinte ao da publicação da notícia do *Jornal da Tarde*, o famoso livro dos recordes foi editado com a informação de que a peça teatral que ficou mais tempo em cartaz foi *A ratoeira* (*The Mousetrap*), de Agatha Christie – montagem que, levada ao palco pela primeira vez em Londres, em 1952, continuou a ser encenada ininterruptamente até 2001, o que resultava em 49 anos de apresentações.[59] Ora, encarado como uma autêntica encenação teatral que provavelmente não deixou de ser constantemente apresentada nas ruas das cidades brasileiras pelo menos desde 1934, o Conto do Bilhete Premiado chegou a 2001 com dezoito anos de vantagem em relação à peça de Agatha Christie. Não poderia aspirar a tomar-lhe o título?

CAPÍTULO 3

Tudo era máquina

Fábrica de papel em Petrópolis, Rio de Janeiro, década de 1940

Cpdoc/FGV, Rio de Janeiro

A inteligência do herói estava muito perturbada. As cunhãs rindo tinham ensinado pra ele que saguiaçú não era saguim não, chamava elevador e era uma máquina. De manhãzinha ensinaram que todos aqueles piados, berros cuquiadas sopros roncos esturros não eram nada disso não, eram mas cláxons campainhas apitos buzinas e tudo era máquina. As onças pardas não eram onças pardas, se chamavam fordes hupmobiles chevrolés dodges mármons e eram máquinas. Os tamanduás os boitatás as inajás de curuatás de fumo, em vez eram caminhões bondes autobondes anúncios-luminosos relógios faróis rádios motocicletas telefones gorjetas postes chaminés... Eram máquinas e tudo na cidade era só máquina!

Mário de Andrade, *Macunaíma*, 1926

– O grande orgulho americano está nisso, neste alto padrão de vida jamais alcançado em país nenhum e sempre julgado inatingível, comentou Mr. Slang parando para acender no meu o seu cigarro. Que é coisa inédita, não me resta a menor dúvida. Cri porque vi e estou vendo. E duvido que sem ver alguém o creia. A América é a terra do ver para crer.

– Por que é assim?, perguntei.

– Tudo consequência lógica do aumento da eficiência do homem graças ao uso progressivo da máquina. Segundo os cálculos, está o americano com um índice de eficiência igual a 42, quando o do europeu é igual a 13 e o do homem natural é igual a 1. Cada americano produz tanto quanto 42 homens naturais, isto é, 42 homens desmaquinados, que só usam os músculos que Deus lhes deu.

Monteiro Lobato, *América*, 1932

I

EM FEVEREIRO DE 1938, A CIDADE DE SÃO PAULO ASSISTIU À MAIS inesperada das ameaças de greve. Em manifestação de apoio às reivindicações inicialmente apresentadas pelo Sindicato dos Proprietários de Barbearias de Santos, os barbeiros paulistanos decidiram organizar uma mobilização contra certa inovação que em muito lhes vinha prejudicando a vida e os negócios. O dono de um tradicional salão, barbeiro com quase trinta anos de experiência no ofício, foi o encarregado de explicar à imprensa qual era o alvo das reclamações dos profissionais da categoria:

> É o aparelhinho o grande responsável pela diminuição do movimento em nossos estabelecimentos. Não é aliás a primeira vez que a classe cuida do assunto, que tão de perto nos interessa. Já tratamos dele, mas

> nada de positivo se fez até agora a respeito. Volta o Sindicato de Santos à campanha e naturalmente estou a seu lado. Quem, como nós, se serve de material de custo elevado e é obrigado a manter diversos empregados, sente-se realmente grandemente prejudicado com a concorrência no caso dos possíveis fregueses, que se barbeiam em casa.[1]

O grande inimigo da categoria – o temível *aparelhinho* mencionado – era o artefato inventado pelo norte-americano King Camp Gillette em 1895 e comercializado pela empresa que ele próprio criara seis anos depois, a Gillette Safety Razor Company. Tratava-se basicamente de uma curta haste de metal que sustentava as peças que prendiam uma pequena lâmina afiada dos dois lados: o aparelho de barbear pessoal e portátil que se tornaria tão usado mundo afora. Ele era conhecido no Brasil pelo menos desde 1909;[2] mas a partir de 1926, quando a empresa montou uma fábrica no Rio de Janeiro, acabaria por adquirir tanta popularidade que o próprio nome de seu criador – com a grafia abrasileirada – geraria um neologismo famoso, *gilete*, tido mesmo como sinônimo de lâmina de barbear.

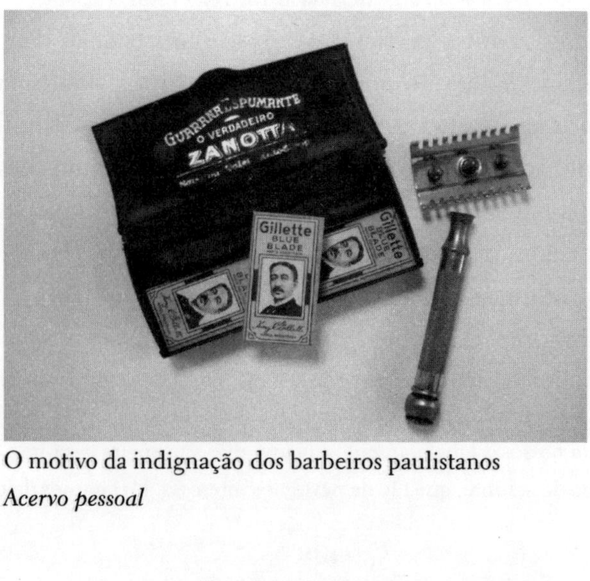

O motivo da indignação dos barbeiros paulistanos
Acervo pessoal

Era contra essa invasão que se revoltavam agora tanto proprietários quanto empregados das barbearias. A trajetória de sucesso do *aparelhinho* era também a de um relativo declínio dos estabelecimentos acostumados a receber diariamente os mesmos clientes, para escanhoá-los pelo método tradicional da navalha afiada ao amolador e manipulada, pelos barbeiros paulistanos, com a perícia dos especialistas. Daí sua indignação com o invento da Gilette e os pedidos de que o governo tomasse medidas para conter sua disseminação, tais como a aplicação de "pesadas taxas sobre as lâminas e o pequeno aparelho" e "providências contra a propaganda" que se fazia deles.

O final dessa história é bem conhecido. Apesar da inexistência de qualquer medida oficial de proteção ao setor, os salões de barbearia não chegaram a desaparecer, resistindo por muito tempo ainda graças à fidelidade dos frequentadores que valorizavam as maneiras antigas de se fazerem as coisas; a maior parte de sua clientela potencial, no entanto, estava perdida para sempre. O deixar-se barbear com vagar e esmero no espaço público daria lugar, cada vez mais, ao barbear-se por conta própria e com rapidez no espaço privado. Não se tratava apenas do fato de que o aparelho vendido pela Gillette – prático, portátil e econômico – trouxesse tantas vantagens; tratava-se também, e principalmente, da associação que se fazia entre seu uso e uma atitude: um comportamento que era entendido como *moderno*.

Isso significa que essa história, além de um final, tem uma moral. A novidade aparecia como símbolo de algo que vinha encantando os moradores dos centros urbanos brasileiros e se transformando em aspecto de primeira importância, tanto em termos individuais quanto coletivos. Em seu livro sobre a sociedade e a cultura paulistanas na década de 1920, Nicolau Sevcenko chama a atenção para a extraordinária força que o vocábulo "moderno" havia adquirido na época: ele simbolizava as fabulosas realizações e aplicações da ciência e da tecnologia, um incessante surgir de produtos revolucionários e eficientes, e o aparecimento de formas de existir incomparavelmente mais avançadas em suas incontáveis possibilidades de reinvenção e de libertação.[3]

Estar desatualizado em relação às inovações que estampavam tal carimbo implicava o risco de se deixar prender nas teias do arcaico e do ultrapassado; acompanhá-las, por outro lado, representava estar preparado para seguir os ritmos do mundo do futuro – qualquer que fosse ele. O aparelho vendido pela Gillette – "o processo moderno de barbear", de acordo com frase publicitária de 1920 citada pelo mesmo Sevcenko[4] – trazia com ele todas essas repercussões. A moral da história, dessa forma, é que, colocados na contramão de correntes sociais tão poderosas, os barbeiros de São Paulo tinham tanta possibilidade de sucesso em sua mobilização quanto a arremetida de Dom Quixote contra os moinhos de vento.

Durante as primeiras décadas do século XX, assim, as maiores cidades do país apresentavam enorme disposição de abraçar as criações que trouxessem as marcas dessa tão desejada modernidade e que pudessem servir para afastar um passado que parecia agora sinônimo de atraso. Isso estava ligado, naturalmente, a uma certa inclinação coletiva de encarar com os melhores olhos as tendências que vinham do exterior, ou ao menos daquelas partes do exterior que contavam, a Europa e a América do Norte. A importação do que era tido como moderno, no entanto, podia envolver riscos ocultos e particularmente perigosos; porque as criações e inovações que chegavam ao país vinham muitas vezes acompanhadas de esquemas de engano que nelas procuravam fundamentação e inspiração.

Tomemos como exemplo o caso daquela que era apresentada como um dos maiores ícones do progresso técnico, a *maquinaria moderna*, responsável por tantas e tão tremendas conquistas. Nas primeiras décadas do século XX, as principais cidades do país conheceram vertiginosos processos de transformação, regidos, em grande medida, pela influência de uma série de máquinas e ritmos mecanizados que passaram a ser associados à própria essência da vida urbana – nas metrópoles era possível encontrar agora os maiores terminais desse grande símbolo do maquinismo, a ferrovia, por exemplo, ou contemplar o avanço da indústria e das fábricas, nas quais evidentemente a maquinaria reinava soberana, na exibição impressionante de seus poderes de realização e produtividade.

Tudo isso vinha junto com aquelas inovações que ajudavam a transformar por completo a fisionomia do espaço público, como os bondes elétricos e os automóveis particulares e, pouco depois, os ônibus que passaram a se multiplicar por suas ruas; e aquelas maravilhas na forma de aparelhos e mais aparelhos que, ainda que inicialmente ao alcance apenas dos mais abonados, nem por isso eram menos espantosos na demonstração do que podiam fazer: trazer música e alegria para dentro de casa, como os rádios e as vitrolas; tornar muito mais amenas as tarefas domésticas, como as máquinas de costura e os ferros de passar elétricos; promover o conforto e a conveniência na existência cotidiana, como os ventiladores e os telefones. E mesmo a forma de entretenimento popular pela qual os brasileiros caíram quase que instantaneamente de amores, o *cinematógrafo* – que logo se tornaria mais conhecido, até com certa intimidade, como *cinema* – era outra das fabulosas criações da tecnologia moderna.[5] Não era à toa que Mário de Andrade, ao levar Macunaíma à cidade grande pela primeira vez, o fizesse enxergar máquinas por todos os lados.

Mas se os tempos modernos eram tão férteis na proliferação de prodígios técnicos, por que não imaginar um invento desenvolvido especialmente para fabricar fortunas ao mover de suas engrenagens – como, por exemplo, uma máquina portátil de fazer dinheiro? Em princípio, uma tal cornucópia tecnológica talvez parecesse boa demais para ser verdadeira; a eventual desconfiança, porém, dificilmente resistiria a uma demonstração prática do funcionamento do fantástico aparelho capaz de multiplicar cédulas de alto valor. Essa exibição era o ponto alto da encenação colocada em andamento quando da aplicação do chamado Conto da Guitarra, esquema que ganharia espaço significativo entre os vigaristas brasileiros, sobretudo ao longo da década de 1930.

É, uma vez mais, Willy Aureli quem melhor explica o funcionamento da tramoia, iniciada, segundo ele, no Rio de Janeiro nos anos que se seguiram ao final da Primeira Guerra Mundial. Em artigo publicado em março de 1934, Aureli desde logo chama a atenção para o elaborado aparato cênico necessário para a aplicação do golpe:

> A "guitarra" é uma espécie de caixa construída com todos os requisitos da elegância mecânica. Apresenta exteriormente uma série de ligações de fios elétricos, manômetros, psicômetros, altímetros, barômetros, etc., tudo para impressionar o comprador da maravilha que, vendo tamanha série de aparelhos delicados, julga estar diante de um portento eletromecânico. E que a caixa é um portento já o disseram as crônicas policiais...[6]

A *guitarra* – a máquina de fazer dinheiro – exibia toda uma série de controles e componentes típicos dos artefatos mais modernos: sinal de grande sofisticação tecnológica. Isso certamente deveria provocar impressão inicial já um tanto favorável no possível interessado em adquiri-la. E essa impressão logo se transformaria em espanto, diante da visão do espetáculo que o aparelho proporcionava quando ligado – em uma apresentação que o golpista, espertamente, postergava por algum tempo, fazendo aumentar a ansiedade da vítima potencial:

> O proprietário da caixa, que se diz químico, depois de entrar em confabulações com o possível comprador e quando adquire a certeza

> de que o mesmo realmente possui dinheiro suficiente para realizar a compra, resolve fazer uma demonstração do funcionamento da mesma. Há certa teatralidade na demonstração, teatralidade essa que vem reforçar a ilimitada confiança que o comprador sentirá momentos após.
>
> Pois bem; "trabalhando o otário" que deseja enriquecer à custa do governo e tornando-se concorrente da Casa da Moeda, depois de ter obtido a certeza de que o golpe não falhará – certeza essa que custa às vezes longas semanas de perseverante catequização, o "químico", em lugar previamente marcado pelo comprador, faz a suspirada e desejada experiência.
>
> Liga os fios da máquina e os fios condutores da luz elétrica.
>
> Abre um postigo que apresenta a face lisa, ligeiramente inclinada de um vidro opaco, coloca sobre o mesmo um pedaço de papel branco, de fina qualidade, tamanho exato de uma cédula de 500$000, torna a fechar o postigo, com todos os cuidados, pondo nisso uma atenção meticulosa e maternal, faz funcionar umas chaves que, no dizer do "químico", despejam os líquidos necessários sobre o papel, liga a luz e... espera. No interior da máquina ouvem-se ligeiros rumores, há uns pequenos relâmpagos e, passados cinco minutos, durante os quais o "químico" enruga a testa como se concentrasse todos os esforços num único ponto, desliga a luz, abre novamente o postigo e retira uma cédula de 500$000 que surge no lugar onde momentos antes depositara o papel.[7]

Estava feito o milagre que apenas a estupenda tecnologia moderna era capaz de realizar: a nota de 500$000 havia sido duplicada. O golpista repetiria a operação duas ou três vezes ainda, para crescente perplexidade do espectador. E então, como que em um *grand final* concebido para varrer de vez qualquer dúvida que por acaso ainda restasse, convidaria a vítima para ir a uma agência bancária submeter o dinheiro que havia fabricado ao exame dos profissionais que ali trabalhavam. Era uma proposta tão ousada que provocava mesmo certo receio; mas a segurança com que era feita e a curiosidade em relação ao resultado do teste tornavam a aventura praticamente irresistível:

> Vão os dois: químico e comprador, ao banco. Com muita naturalidade, o "falsificador" acerca-se do caixa, enquanto o "otário" permanece a dois passos de distância, na incerteza que o colhe sobre o resultado daquela prova final.
>
> – Quer fazer o obséquio de verificar se esta nota é falsa ou verdadeira? – diz o malandro entregando a cédula ao funcionário.
>
> Este pega nos 500$000, apalpa, olha de encontro à luz e declara, formal:
>
> – É legítima!
>
> – E estas aqui? – O malandro entrega as cédulas que "fabricou".
>
> – Também são legítimas!
>
> – Então faça o obséquio de trocá-las.
>
> O bancário troca as notas graúdas e os dois saem. Toda e qualquer dúvida desaparece do espírito do comprador, que, nervoso, lépido, suando por todos os poros, arrasta o "químico" à sua residência, quer que lhe faça mais uma demonstração prática e entrega-lhe cem, duzentos ou quinhentos contos, conforme o trato que depende das posses do "otário", previamente pesquisadas pelo malandro.[8]

Não se pode deixar de comentar que o permanente jogo de inversões, tão próprio dos contos do vigário, atingia aqui seu ponto de maior requinte. Em termos gerais, os golpistas empenhavam-se em fazer passar por verdadeiro o que era falso, como ocorria com os pacos que alguns deles exibiam, sorrateiros, aos que procuravam ludibriar. Mas no caso do Conto da Guitarra, acontecia coisa muito mais sofisticada. Porque evidentemente as notas que o golpista tinha mostrado ao caixa do banco eram autênticas: a guitarra, impressionante que fosse em sua exibição feita de luzes, tremeliques e ruídos, não tinha o poder de duplicar cédula alguma. Ao levar sua vítima para assistir à verificação do dinheiro, o vigarista a fazia crer que era *falso* o que de fato era *ver-*

dadeiro: uma manobra que toma o avesso pelo avesso, como essa, é de um refinamento merecedor de registro.

E não apenas isso. O astucioso movimento, auxiliado pela colaboração involuntária do empregado do banco, era de uma enorme eficiência: daí em diante, desvairada pela cobiça, a vítima provavelmente aceitaria trocar o que quer que tivesse guardado, talvez mesmo todas as suas economias, pela posse da prodigiosa máquina – que valor em dinheiro seria alto demais para pagar por um aparelho capaz de fabricar dinheiro? Feito o negócio, o enredo do golpe traria ainda um ato final particularmente trágico, na descrição de Aureli; até porque, nesse caso, talvez quase se pudesse falar na execução de um *crime perfeito:*

> Mal o "químico" se despede e chispa no automóvel que sempre o aguarda, o feliz comprador coloca, conforme as instruções, o papel branco sobre a face do vidro opaco e faz funcionar, exatamente, todo o mecanismo. Observa meticulosamente os ponteiros do relógio e as inclinações graduais dos mostradores de precisão. Chegando a hora, faz parar a máquina, abre o postigo e... solta um uivo de desespero. O papel continua em branco!
> Repete a manobra na esperança de ter falhado nalgum ponto, mas o resultado é o mesmo. Rápida surge a suspeita. Abre a caixa e, doido de dor, verifica que na parte oposta existe uma face idêntica à que ele conheceu pelo postigo. Nessa face, por um dispositivo simples e engenhoso, se apresentam verdadeiras cédulas de 500$000 que vão substituir os pedaços de papel em branco.
> Muitas vezes o "químico", a título de consolação, deixa mais uma ou duas cédulas verdadeiras. A fraude é constatada pela presença dos papéis brancos que, no virar do tambor que tem os dois vidros opacos, caem na traseira do aparelho.
> Arruinado, louco de dor, envergonhado pelo logro, o "otário" deve ficar quieto. Não pode procurar a polícia, pois, se relatar o sucedido, será preso como falsificador de cédulas. Nisso está o segredo do su-

cesso completo dos malandros que se dedicam à "guitarra": a vítima é obrigada a silenciar para sempre![9]

Prestar queixa do engano equivaleria a declarar-se pretendente a falsário: o enganado estava, definitivamente, de mãos amarradas. Havia mesmo juristas que consideravam os atos da vítima tão reprováveis quanto os do estelionatário, como aquele juiz que em 1935 defendia, em plena Corte de Apelação, a absolvição de golpista condenado em primeira instância pela aplicação do Conto da Guitarra, com o argumento de que quando um lado revela tanta má-fé quanto o outro, como no caso, sequer prática delituosa chega a se configurar: "encarado de um ponto de vista mais elevado, não se trata de fato criminoso, mas apenas de uma transação de caráter imoral, pela recíproca torpeza dos contratantes".[10]

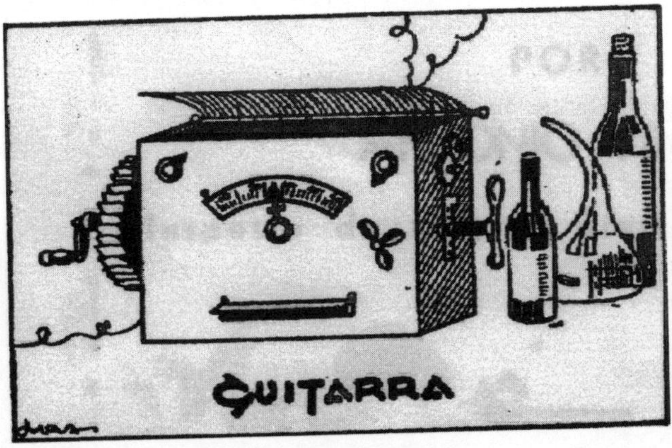

A "guitarra", ou máquina de fazer dinheiro, segundo o livro *Os vigaristas*, de Antônio Vieira, 1940

Fosse como fosse, dificilmente um caso de execução do Conto da Guitarra chegava ao conhecimento público por iniciativa da própria vítima do engodo. É verdade que em 1940 aconteceu episódio um tanto curioso, no qual o pretendente à compra da máquina acabou por procurar as forças policiais, mas isso ocorreu apenas depois que os dois vigaristas que tentavam enganá-lo – e que já haviam mesmo fechado negócio com ele pelo valor de 18 contos de réis – foram surpreendidos por *outros* vigaristas, que, "fingindo-se inspetores de polícia, deram voz de prisão aos dois homens". Em meio ao quiproquó que se seguiu, a vítima fugiu, apavorada; dias depois, apresentou-se à delegacia, imaginando-se procurada por uma polícia que não era polícia.[11] Mas o mais comum era que os jornais noticiassem a ocorrência do golpe só quando algo saía dos eixos e o logro não chegava a dar certo, como na ocasião em que três policiais da Delegacia Especial de Repressão à Vadiagem de São Paulo – esses autênticos – conseguiram surpreender e prender em flagrante, em um quarto de hotel, "um 'guitarrista', quando este pretendia vender, por cinco contos de réis, um 'aparelho para fabricar dinheiro'" a uma senhora vinda do Paraná.[12]

Em sua época de ouro – entre as décadas de 1930 e 1950 –, o golpe espalhou-se pelos quatro cantos do país. Mas depois disso começou a declinar, o que é perfeitamente compreensível: o próprio processo de transformação tecnológica, que no correr do século continuava a apresentar aos brasileiros aparelhos e máquinas com graus de complexidade sempre maiores, se encarregaria de tornar a encenação com a guitarra cada vez mais antiquada – na era dos microcomputadores, por exemplo, ela pareceria sobremaneira arcaica e deslocada, com seu espetáculo correspondente a outro estágio técnico. Ainda assim, o ardil teria fôlego para se recriar e fazer ocasionais e surpreendentes reaparições. Em 1979, por exemplo, matéria publicada por uma revista semanal espantava-se em noticiar episódio relacionado a ele: "De tão antigo, o 'conto da guitarra' – nome dado pelos vigaristas à venda de um falso processo para imprimir dinheiro – já caiu em desuso no Sul do país. No Nordeste, contudo, segue fazendo vítimas".[13]

O caso envolvia um comerciante de uma cidade do Piauí, homem de posses e influência – era primo do ministro da Justiça e do governador do Estado. Entusiasmado, ele pagara a um vigarista pernambucano boa soma não exatamente por uma máquina, mas por uma certa fórmula química que teria a propriedade de fazer com que papel comum se transformasse em notas de maior valor. Ao descobrir que tinha sido enganado, e impossibilitado de recorrer à polícia, foi tomado por verdadeira fúria assassina. Queria vingança a qualquer custo, e, para tanto, encomendou a um capanga a localização e a captura do golpista e de dois de seus comparsas. Acabou sendo preso, acusado de sequestro. Nessa versão, o esquema já não recorria mais à apresentação do aparelho; mas sua capacidade de provocar as mais ardentes e perigosas paixões, aparentemente, continuava a mesma.

Essa, porém, era uma variante extemporânea e de curto alcance. O Conto da Guitarra completo – aquele que entrou para os anais da vigarice brasileira – era o que incluía o ato teatral em que a máquina de fazer dinheiro realizava sua admirável *performance*, deixando seus espectadores perplexos e transtornados pela ambição. O golpe chegou a gerar uma efêmera variação, descrita por Antônio Vieira em seu *Os vigaristas*, de 1940:

> Oriundo do "conto da guitarra", apareceu o "conto da guitarrita", cuja máquina em forma de despertador, de confecção caprichosa, simula fabricar libras esterlinas (£), porém, o que se verifica quando esta máquina funciona é apenas a extração, ou, mais simplesmente, a expulsão das libras esterlinas contidas no seu interior.
>
> As moedas são postas dentro da máquina pelo "guitarrista", as quais ao saírem apresentam-se brilhantes e quentes...

> Até hoje, porém, a polícia de São Paulo registrou apenas uma única ocorrência dessa natureza em que um certo indivíduo comprou uma dessas máquinas por 75:000$000 (setenta e cinco contos de réis).[14]

A *guitarrita* nunca chegaria a ter sequer uma fração do fascínio e do apelo da guitarra original, aquele fenômeno que prometia a multiplicação ilimitada de dinheiro graúdo, tal qual maravilha saída diretamente das *Mil e uma noites* em versão moderna e garantida pelos poderes da ciência e da tecnologia. Os brasileiros que se deixavam extasiar por esse sonho que tão abruptamente se transformava em pesadelo, no entanto, sequer podiam imaginar que eles mesmos não passavam das mais novas presas de armadilha que, no exterior, fazia vítimas havia muito tempo.

II

Na Inglaterra e nos Estados Unidos, o golpe da máquina de fazer dinheiro era conhecido desde o século XIX. Já então sua difusão chegou a atingir escalas bastante significativas, de acordo com o autor norte-americano Carl Sifakis, especialista no estudo da história da criminalidade em seu país. Segundo ele, em uma versão inicial, a teatralização tomava mais tempo: o golpista alegava precisar de seis horas para que o aparelho completasse com exatidão o processo de duplicação de uma cédula. Esse era, aliás, um movimento estudado; porque depois de realizado o negócio, a vítima provavelmente faria no mínimo duas tentativas frustradas de operar a máquina antes de chegar à conclusão de que tinha sido enganada. Era o suficiente. "Àquela altura, evidentemente, o escroque já teria disposto de pelo menos doze horas para realizar sua fuga", explica Sifakis.[15]

De resto, os principais atos do enredo já estavam perfeitamente delineados – o envolvimento daquele a quem se procurava enganar com a promessa da multiplicação das notas, a demonstração, ainda que mais demorada, do prodígio, a verificação da validade da cédula produzida junto aos profissionais de uma casa bancária, a conclusão da transação, a evasão do golpista, o alucinado desespero do ludibriado. Quando a trama chegou ao Brasil, aqueles que a interpretavam certamente já tinham razoável experiência em sua encenação. E nem por isso o esquema havia deixado de ser aplicado nos países de onde viera: ainda na década de 1930, da mesma forma que os brasileiros, muitos norte-americanos continuavam a pagar caro para adquirir seu modelo da *money-making machine*, então comercializada com especial frequência pelo "conde" Victor Lustig, refinado golpista que atuava em escala internacional e que voltaremos a encontrar em um capítulo seguinte.[16]

Por ora, o que importa é chamar a atenção para o fato de que esse paralelismo entre Estados Unidos e Brasil em questões de vigarice não deixava de ser bastante significativo. Porque havia outros golpes que manobravam com os signos da modernidade e que desembarcaram em solo brasileiro vindos diretamente da América do Norte, como certo esquema que será colocado em destaque algumas páginas adiante; antes disso, entretanto, talvez seja apropriado comentar algo a respeito das condições em que se dava o transplante: vale dizer, em que medida o terreno cultural do país estava preparado para receber e fazer florescer enganos cultivados originalmente no ambiente social dos Estados Unidos.

Em outras palavras, isso envolve enfocar a questão relacionada à maneira como os brasileiros enxergavam os norte-americanos: na década de 1930, por exemplo, os primeiros já se deixavam influenciar tão expressivamente pelos segundos a ponto de importar deles não apenas aparelhos de barbear, mas também aparelhagens mentais com as quais ler o mundo?

Em pelo menos um caso, a resposta não deixa dúvida. No volume intitulado *América*, que publicou em 1932 e no qual relatava suas viagens pelos Estados Unidos, Monteiro Lobato não hesitava em exaltar a experiência norte-americana como um caso espetacular e único de desenvolvimento econômico e de dinamismo social, que poderia e deveria servir de exemplo ao Brasil. No curtíssimo "Prefácio" que escreveu para a obra, ele chegava a sugerir que a posição de vanguarda assumida pelos Estados Unidos em termos civilizatórios era de tal ordem, que sequer poderia ser corretamente entendida por aqueles que insistiam ainda em se apegar a modelos ultrapassados:

> A incompreensão do fenômeno americano pode filiar-se à natural incompreensão que o carro de trás sempre há de ter da locomotiva. Há muito pouco "Hoje" no mundo. Na própria Europa o "Ontem" ainda atravanca a maior parte dos países. Naturalíssima, pois, a geral incompreensão relativa ao único povo onde o "Amanhã" da humanidade já vai adiantado.[17]

A perspectiva lobatiana, portanto, enxergava nos Estados Unidos o futuro fazendo-se presente, ao passo que na Europa o presente se imobilizava pelo peso do passado: a proposta de que o Brasil passasse a seguir o primeiro modelo, afastando-se do segundo, era clara. Seria preciso, como vinham fazendo os norte-americanos, multiplicar a geração de riquezas e promover a prosperidade coletiva por meio da adoção generalizada da mecanização; e para isso tornava-se indispensável desenvolver os setores siderúrgico e petrolífero – produzir *ferro* para construir máquinas e *petróleo* para fazê-las funcionar. Não haveria outro caminho para a superação do atraso brasileiro, imaginava Lobato; as combativas campanhas às quais ele se dedicaria daí em diante eram claramente inspiradas pela lembrança do que tinha visto na parte norte da América.

Mas Monteiro Lobato, lido e aceito que fosse, sempre foi um polemista de atitudes muito próprias e estilos de argumentação personalíssimos. Se quisermos saber se seu entusiasmo pela cultura norte-americana era seguido em termos mais gerais, seria conveniente procurar por indícios em outras esferas – nos filmes a que os brasileiros assistiam, por exemplo. Porque, como foi comentado acima, o cinema logo fincara raízes no país como entretenimento dos mais populares; na década de 1930, era certamente uma das atividades de lazer preferidas dos moradores dos centros urbanos, atraindo públicos de diferentes idades e situações sociais. Levando em conta o mais do que conhecido poder de catequização cultural próprio do cinema, parece pertinente indagar: era grande o espaço então ocupado pela produção cinematográfica norte-americana nas salas de exibição do país?

Não é preciso avançar muito no exame das evidências documentais da época para concluir que esse espaço não era apenas grande – era predominante. Não havia outra cinematografia nacional que pudesse competir com a dos Estados Unidos na preferência dos brasileiros, e um indício eloquente disso era o extraordinário prestígio entre eles da dupla Stan Laurel e Oliver Hardy, ou O Gordo e o Magro, como ficou conhecida no Brasil (em uma apresentação que invertia a ordem original, posto que na realidade Hardy era o Gordo e Laurel era o Magro). Cada nova produção que trazia os comediantes era anunciada pela imprensa, e recebida pelos espectadores, como um verdadeiro acontecimento; e no intervalo entre um lançamento e outro, o público podia, por vezes, procurar matar as saudades deles assistindo a espetáculos ao vivo, nos quais intérpretes nacionais tentavam simular, tanto quanto possível, quadros e situações tirados dos filmes da dupla – esse era o caso dos atores que rodavam o país com o nome de Lord e Leo, e que eram apresentados pelos anúncios de jornal como "os perfeitos imitadores" de Laurel e Hardy.[18]

O espaço ocupado pelo cinema norte-americano também pode ser avaliado, no sentido inverso, pelos comentários de quem se opunha a ele. Em *Parque industrial*, romance publicado em 1933, Patrícia Galvão descreve em tom crítico a imagem de Greta Garbo que ilustrava o cartaz colocado à porta de um cinema: "Cabelos desmanchados. O sorriso amargo. Prostituta alimentando, para distrair as massas, o cáften imperialista da América".[19] E em outra passagem do livro, quando um grupo de operárias se decepciona com o engajado "filme russo tirado de Górki" a que tinham assistido, e que em nada se parecia com as adocicadas produções vindas de Hollywood, a autora não deixa de condená-las duramente pela atitude que equivalia a uma verdadeira traição de classe:

> Um grupo de garotas sai lastimando os dez tostões perdidos numa fita sem amor. As inconscientes que o proletariado carrega. Aturdidas pelo reflexo do regime burguês, pelo deslumbramento de *toilettes* que não podem ter mas desejam. Dos automóveis de todas as cores, das raquetes e das praias. Alimentadas pelo ópio imperialista das fitas americanas. Escravas amarradas à ilusão capitalista.[20]

Mas a melhor maneira de demonstrar o peso adquirido pela produção cinematográfica vinda dos Estados Unidos talvez seja aquela que envolve a apresentação de um panorama quantitativo que, se não é completo, é dotado de um grau mínimo de representatividade. Vejamos o exemplo do que acontecia na cidade de São Paulo – mais especificamente, a situação retratada por um de seus jornais mais lidos, a *Folha da Noite*, em sua edição de 6 de julho de 1935: dos 49 filmes ali mencionados com destaque na seção Programas de Hoje, nada menos do que 40 eram norte-americanos (contra apenas quatro filmes alemães, dois filmes franceses, um filme português, um filme inglês e uma coprodução anglo-francesa).[21] É verdade que o jornal, nessa sua seção informativa diária, não trazia a programação de *todos* os cinemas de São Paulo, mas apenas dos 32 considerados mais importantes e de maior respeitabilidade; o Cine Tabaris, uma precoce sala de exibição de filmes pornográficos que se dava a conhecer exclusivamente por meio de anúncios pagos, por exemplo, não merecia qualquer menção, da mesma forma que outras salas menores ou mais distantes do centro da cidade.[22] Mas é exatamente por se tratar de uma seleção que esse universo ganha significado: no que se referia aos filmes oferecidos ao público nos cinemas tidos como de maior prestígio, as produções importadas dos Estados Unidos dominavam na proporção de praticamente quatro quintos.

O exemplo aqui escolhido para ilustrar a influência da cultura norte-americana não foi tomado ao acaso. A mesma edição da *Folha da Noite* que tanto destaque dava às películas produzidas em Hollywood veiculava também notícia sobre a chegada ao Brasil de processo revolucionário de ajuda mútua, que deveria funcionar com a precisão e a regularidade das máquinas para, à semelhança delas, proporcionar riqueza e conforto a número cada vez maior de pessoas – e que apresentava, como garantia maior de confiabilidade, o fato de ter sido trazido diretamente dos Estados Unidos: mais uma modernidade importada, a exemplo da máquina de fazer dinheiro. Tratava-se da chamada Corrente da Prosperidade, esquema que o tempo tornaria conhecido também – e significativamente – como Conto da Pirâmide.

Poucos golpes viriam a adquirir tanto apelo e, consequentemente, tanta capacidade de multiplicar vítimas entre os brasileiros ao longo dos anos que se seguiriam; exatamente por isso, não deixa de ser curioso registrar que a notícia publicada pela *Folha da Noite* em 1935 descrevesse a iniciativa não como o embuste que de fato era, mas como um procedimento sério e digno de atenção. Era mesmo com o realce típico das matérias exibidas em primeira página (ainda que concluídas nas páginas internas do jornal, como era comum na época) que o texto trazia o que se revelava uma verdadeira tentativa de *convencimento* das supostas virtudes do empreendimento. Com o título de "A Corrente da Prosperidade", a exortação, que aliás não era assinada, começava com o devido elogio da criatividade e da capacidade de mobilização do povo norte-americano em meio a uma época de dificuldades:

> Nestes tempos que os italianos denominaram, aliás muito pitorescamente, de "finanças ao luar", e em que, apesar das revelações de melhorias que aparecem nas estatísticas, o cidadão faz incríveis acrobacias para ganhar o seu magro pão, o único recurso é apelar para a imaginação popular.
> A imaginação popular é fecunda. Nos Estados Unidos, o "C.C.C.", a mais estupenda organização coletiva de bem-estar individual, está fazendo mais, para a prosperidade do país, do que todos os ramos do "N.R.A." reunidos. [...] Além do "C.C.C.", os Estados Unidos, que são o país dos geômetras dos negócios, inventaram outro processo para que, com uma pequena contribuição da parte de cada um, todos consigam formar o seu pecúlio, desde que todas as pessoas se proponham a agir honestamente. Esse novo processo é o que agora se denomina "Corrente da Prosperidade" ou "Corrente da Fortuna".[23]

A menção inicial às "finanças ao luar" era uma referência aos persistentes efeitos da crise provocada pela quebra da Bolsa de Nova York, em 1929 – crise que a administração Roosevelt vinha tentando combater por meio de medidas como as que o texto também cita – NRA era a sigla para National Recovery Act, lei aprovada em 1933 e que colocava em prática um amplo programa organizado para estimular a produção, a oferta de emprego e a redução geral dos preços; e CCC era a sigla para Civilian Conservation Corps, ação decorrente de tal programa e que se voltava para a criação de frentes de trabalho e acampamentos em benefício das multidões de desempregados. Mas, meritórias que fossem, não seriam essas, ou quaisquer outras das linhas de atuação do New Deal, que proporcionariam o impulso para transformar pobreza em riqueza. Prodígio dessa natureza fundamentava-se em bases muito diferentes, ainda de acordo com a *Folha da Noite:*

> A "Corrente da Prosperidade" está baseada no princípio geométrico do cooperativismo. Consiste do seguinte: um cidadão escreve uma carta contendo uma lista de cinco nomes, numerados de um a cinco. Os nomes devem ser, indefectivelmente, de pessoas reconhecidamente honestas, otimistas, confiantes, dotadas de boa vontade para "continuar" a "corrente". Dessa carta, envia cinco cópias a cinco amigos, ou pessoas de reconhecida idoneidade moral.
>
> Quem recebe a cópia deve fazer, por sua vez, as seguintes coisas: risca o nome que figura em primeiro lugar, e remete, ao mesmo tempo, de acordo com o endereço que figura na carta, a quantia de cinco mil réis; elabora nova lista, de maneira que o nome que figura em segundo lugar passe para o primeiro, o que está em terceiro passe para o segundo, o que está em quarto passe para o terceiro, o que está em quinto passe para o quarto. O quinto nome é o da pessoa que escreve. Esta faz, da carta que recebeu, cinco cópias, e por sua vez as envia a cinco amigos ou pessoas de reconhecida idoneidade moral. Os que recebem estas cópias fazem o mesmo, e assim por diante. Quando o nome que figura em quinto lugar chegar ao primeiro, já estarão em circulação, só daquela lista, daquela "corrente", 3.125 cartas. Para ser suprimido esse nome haverá nova rodada, a qual multiplica esse número por cinco, dando, portanto, 15.625 cartas, cada qual contendo a contribuição de 5$000, o que perfaz um total de 78:125$000.
>
> Assim uma pessoa de idoneidade moral, que recebe uma carta da "corrente da prosperidade", ao colocar o seu nome em quinto lugar, paga 5$000 ao nome que estiver em primeiro e que suprime. Quando o seu nome chegar ao primeiro, para ser suprimido, receberá, em troca da sua contribuição, 15.625 contribuições de 5$000, ou seja... 78:125$000.[24]

O indivíduo que recebesse por carta a lista com os cinco nomes numerados, portanto, deveria enviar para o primeiro deles a sua contribuição e em seguida elaborar nova lista, da qual este nome estaria eliminado. Nessa nova relação, cada nome restante galgaria uma posição (o segundo agora em primeiro, o terceiro agora em segundo, e assim sucessivamente); e no espaço aberto em quinto e último lugar, o destinatário da carta deveria colocar seu próprio nome. Bastaria então mandar a nova lista, com as devidas explicações, a cinco pessoas que ele considerasse capazes de levar o negócio adiante, e esperar: por força da multiplicação do número de participantes, quando seu nome atingisse a posição de ser contemplado com as contribuições, ele receberia 15.625 delas.

Em outras palavras, em tese, o feliz cidadão que recebesse a fantástica correspondência e que seguisse todas as instruções nela contidas investiria 5$000 (cinco mil réis) para depois embolsar, em retorno, 78:125$000 (setenta e oito contos e cento e vinte e cinco mil réis). O que significavam tais valores? Se levarmos em conta que naquele mês de julho de 1935 a entrada de cinema em São Paulo custava entre 700 e 4 mil réis, pode-se admitir que seu preço médio correspondia a algo próximo dos 2$300 (dois mil e trezentos réis) que o Cine Paratodos cobrava do espectador que, na ocasião, estivesse disposto a se emocionar às lágrimas (posto que o filme que então exibia era o melancólico *Imitação da vida*, com Claudette Colbert).[25] Ou seja, os 5$000 da contribuição individual do participante da corrente equivaliam ao valor aproximado de duas entradas de cinema (e talvez ainda alguma pouca guloseima comprada com o troco para acompanhar o filme). Por outro lado, os 78:125$000 de lucro correspondiam praticamente ao valor declarado do palacete construído pela Cia. City e que a mesma *Folha da Noite* oferecia como primeiro prêmio de sorteio que faria na mesma época: 80:000$000.[26] O que a Corrente da Prosperidade prometia era algo de realmente extraordinário: dinheiro suficiente para a aquisição de um palacete novo em folha em troca de uma contribuição que equivalia ao preço de duas entradas de cinema.

Havia, naturalmente, uma condição indispensável para que o empreendimento fosse bem-sucedido: ele não poderia, de maneira alguma, ser interrompido. Daí os repetidos avisos de que só deveriam tomar parte nele pessoas íntegras e responsáveis:

> O mais curioso é que essa "corrente da fortuna" está baseada no princípio da honestidade de todos. [...] Quem recebe uma carta dessas deve preocupar-se com a idoneidade moral das pessoas às quais vai mandar as suas cinco cópias. Quem põe o seu nome em quinto lugar e suprime o que se encontra em primeiro manda, a este, 5$000. Este não sabe de quem recebeu a contribuição. Só quem lhe paga é que sabe a quem manda o dinheiro, mas não saberá nunca de quem receberá as contribuições; todavia, em virtude da honestidade a que outros estão obrigados, está certo de as receber. É importantíssimo, pois, para o bem próprio, o pagamento da contribuição de 5$000 quando se entra para a "corrente".[27]

Essa repetida exigência de honestidade ocultava uma ironia colossal, se levarmos em consideração que o esquema, no final das contas, era fraudulento. Mas seria melhor deixar os comentários sobre o caráter enganoso do negócio para mais adiante; porque há ainda outros trechos da matéria publicada pela *Folha da Noite* que merecem destaque. Por exemplo, os que descrevem que alturas a iniciativa poderia atingir:

> As "correntes" se fazem com base em mil réis. São as mais pobrezinhas. Há-as de dois mil réis, de cinco, de dez. No Canadá, uma "corrente" entre milionários tinha por base a quantia de cem dólares, dando, para cada inscrito em quinto lugar que passava para primeiro e vinha a ser suprimido, 15.625 vezes cem dólares, ou seja, um milhão, quinhentos e sessenta e dois mil e quinhentos dólares![28]

Não seria de surpreender, assim, que atividade tão notável em sua capacidade de multiplicar riquezas provocasse uma cascata de efeitos sensacionais, na medida em que se disseminasse mundo afora:

> Em virtude dos milhões de cartas que se estão escrevendo, para a continuidade da "corrente da fortuna", o movimento dos Correios dos Estados Unidos teve um aumento calculado em 43,02%; no Canadá, o aumento foi ainda maior, elevando-se a quase 50%; na Argentina e na Austrália, o acréscimo das rendas postais tem subido a 31,07 e a 32,1%, respectivamente. A fabricação de selos teve de ser acelerada em quase todos os países do mundo, pois, além dos selos para as cartas, há compras de selos para as remessas que muitos não gostam de fazer em dinheiro.
> Acresce que, na maioria das vezes, as remessas, seja de dinheiro, seja de selos em importância correspondente, se fazem sob registro, para perfeita segurança, o que torna ainda maior a renda postal. Quer isso dizer que a "corrente da prosperidade", além de contribuir para o bem coletivo, serve também para melhorar as rendas dos Correios.[29]

Além de promover a prosperidade de seus participantes, a corrente estendia seus benefícios a toda a coletividade, já que movimentava a economia e fazia mesmo aumentar a atividade dos Correios: o que mais se poderia esperar de uma ação tão múltipla em consequências positivas? Um toque de charme e sofisticação, talvez; porque ela estaria se tornando moda até entre os que faziam moda em escala internacional:

> O entusiasmo pela "corrente da prosperidade" em quase todas as partes do mundo é tão avassalador, que o "bridge", as corridas de cavalos, as palavras cruzadas, os "quebra-cabeças" e até as reuniões esportivas de fino tom estão ficando na sombra. Qualquer mulher elegante em

> Paris não seria digna do seu renome social, se não se preocupasse, a sério, com a "corrente" em que entrou.[30]

Publicado por um respeitado veículo da imprensa paulistana, em princípio o texto parecia bastante convincente – em especial para quem sonhava com um meio de multiplicar seu investimento na proporção de um por 15.625. E a força de persuasão do esquema certamente se tornaria ainda maior quando, duas semanas depois, a mesma *Folha da Noite* voltou ao assunto, trazendo em sua edição de 19 de julho de 1935 nada menos do que um *modelo* de corrente, capaz de ilustrar o hipotético funcionamento do negócio:

> Recorte cinco exemplares do quadro abaixo, preencha a lista de nomes e endereços, obedecendo às indicações das circulares que já houver recebido.

	NOMES	ENDEREÇOS
1º	....	....
2º	....	....
3º	....	....
4º	....	....
5º	....	....

Este inteligente mecanismo foi iniciado com base na honestidade de cada um para o bem de todos. Ponha nele os seus melhores amigos, a que mais preze e em quem mais confie.

Suprima da lista que houver recebido o primeiro nome e endereço e ponha em último lugar o seu próprio nome, que será o 5º. Passando o 2º nome dessa lista para o primeiro lugar, e assim por diante, preencha cinco vias do presente quadro e remeta-as a cinco amigos seus, eleitos dentre os de maior idoneidade moral.

À pessoa cujo nome e endereço foi suprimido, remeta a quantia de ......$......, em dinheiro ou selos do correio, como sua honesta e consciente contribuição. Esta remessa é para todos questão de honra.

Quando seu nome chegar a ser suprimido, à sua vez, V. S. terá recebido 15.625 cartas, com as respectivas contribuições, que serão proporcionais, em seu total, ao valor dado à corrente.

Tenha a confiança que os seus amigos tiveram e seja correto como eles foram. A corrente ininterrupta fará a prosperidade de todos, com a pequenina contribuição de cada um.

ATENÇÃO – Se V. S. já tiver recebido uma circular destas, passe a presente a um amigo ou devolva-a ao último nome e endereço que nela figurar, salvo se desejar entrar em nova corrente.

———————— o ————————

Não interrompa a corrente! Não contrarie a sorte! Ajude a fortuna!

Seja correto e expedito: redistribua suas listas dentro de 48 horas, depois de remeter a sua contribuição ao primeiro nome da lista recebida.

IMPORTANTE – Não inicie novas correntes, salvo para quantias elevadas. Se cada qual quiser ter a sua, em breve serão elas muitos milhões e nem mais haverá quem possa recebê-las e continuá-las. São tantas as que se acham em curso que dão para todos. Aguarde a sua vez. Ela chegará, sem dúvida, rapidamente.

Não ponha mais de cinco nomes. Do contrário irá a multiplicações fantásticas e inviáveis.[31]

Havia mesmo certa elegância na visualização de uma estrutura que, no seu desdobrar contínuo, lembrava de fato a formação de uma pirâmide, além do belo apelo comunitário constituído pela atitude de ajudar a si próprio ajudando aos outros ao mesmo tempo. Da maneira como era apresentada, a Corrente da Prosperidade era uma iniciativa inovadora, que acenava com a possibilidade de enriquecimento rápido, importada do país que representava o modelo da modernidade e da eficiência, onde aliás teria sido testada com sucesso, e que além de tudo – aspecto que não se poderia desprezar –, aparentemente, não constituía ilegalidade. Por que não aproveitar a ocasião de sua chegada ao Brasil para tomar parte nela?

III

O motivo pelo qual não convinha tomar parte na Corrente da Prosperidade não demorava a se revelar. Os que enxergavam no negócio mecanismo infalível em que todos ganhavam e ninguém perdia acabavam por descobrir, frustrados, que ali acontecia coisa bem diferente: aquele era esquema em que alguns poucos ganhavam e muitos perdiam, como aliás ocorre com os golpes bem aplicados. Era a própria lógica matemática em que se baseava o empreendimento que decretava sua inviabilidade e incapacidade de cumprir as promessas que fazia.

Não é difícil demonstrar os motivos disso. Basta ter em mente que o plano se fundamentava no recrutamento de novos participantes no andamento correspondente ao de uma progressão geométrica – um para 5, daí para 25, daí para 125, daí para 625, e assim sucessivamente. Se levarmos em conta que, além disso, seria necessário a cada rodada somar os novos integrantes do negócio aos antigos, como forma de obter o total de participantes naquele estágio determinado, então não é difícil concluir que cedo ou tarde faltariam pessoas para dar continuidade à iniciativa.

Alguns cálculos simples ajudam a entender a velocidade com que esse ponto de saturação seria atingido. Em uma primeira rodada, o iniciador da corrente enviaria cartas a 5 conhecidos, o que resultaria em 6 participantes; em uma segunda rodada, novos e antigos participantes somados atingiriam o total de 31 pessoas; em uma terceira rodada, atingiriam o total de 156 pessoas; em uma quarta rodada, o de 781 pessoas, e assim por diante. Quanto a corrente atingisse a nona rodada, ela precisaria da participação de 2.441.406 pessoas – mais do que a cidade de São Paulo, com seus cerca de 1.120.000 habitantes, tinha condições de oferecer naquele ano de 1935.[32] Na décima rodada, a corrente exigiria 12.207.031 integrantes – e nesse caso sequer toda a população do Estado de São Paulo seria suficiente, posto que esta atingia então cerca de 6.600.000 habitantes.[33] Na décima primeira rodada, com a voraz necessidade de 61.035.156 participantes, a corrente teria se tornado exigente demais para o próprio país – posto que a população brasileira andava, na época, por volta de 41.500.000 habitantes.[34] E de sua décima terceira para sua décima quarta rodada, quando saltava da demanda de 1.525.878.906 para a de 7.629.394.531 participantes, a corrente apequenava todo o planeta – uma vez que a população mundial em 1935 atingia, segundo estimativas da Liga das Nações, pouco mais de 2 bilhões de indivíduos.[35] Mesmo que todas as pessoas do mundo se unissem à Corrente da Prosperidade, ela não teria condições de completar sequer catorze rodadas.[36]

Tampouco adiantaria tentar solucionar o problema fazendo com que participantes de rodadas passadas entrassem em rodadas novas, levando assim o esquema adiante, porque a corrente não podia alimentar a si própria unicamente com reinvestimentos por parte de seus antigos integrantes – ela apresentava a rigorosa imposição de novos contribuintes em número sempre crescente, em uma espiral que tendia ao infinito. Um empreendimento dessa natureza que pudesse funcionar como um circuito fechado em si mesmo era tão impossível quanto o moto-contínuo, fantasia descartada pelas leis da física.

O certo é que, em algum momento, a corrente começaria a se desfazer: já não seria mais possível encontrar quem ainda não a integrasse e estivesse disposto a se associar a ela. Isso passaria a ocorrer, obviamente, muito antes de ser atingida a hipotética nona rodada, em que os paulistanos já não seriam suficientes para contemplar suas necessidades. Para recorrer novamente à imagem da pirâmide, tendo alcançado certo número de rodadas, a estrutura começava a se desorganizar em sua base, exatamente na posição em que se localizava o maior número de participantes – pessoas que haviam enviado suas contribuições aos nomes indicados pelas listas que tinham recebido e que agora passavam por dificuldades cada vez maiores, em suas tentativas de encontrar quem fizesse o mesmo por elas. Segundo M. Allen Henderson, calcula-se que, em média, menos de um décimo dos que se envolvem com iniciativas desse tipo conseguem obter retorno satisfatório; mais da metade não chega a obter retorno algum.[37]

Em outras palavras, em termos gerais, mais de 90% dos participantes de ação organizada nos moldes da Corrente da Prosperidade arrecadam pouco ou nada; menos de 10% embolsam valores de fato compensadores. Quem são esses últimos? Os iniciadores do negócio, evidentemente: aqueles que, combinados entre si, dão início ao esquema e passam a acumular contribuições enquanto ainda há quem as queira e as possa enviar. A tramoia é montada em benefício dos que souberam se colocar no topo da pirâmide; aos demais, resta lamentar a perda de tempo, de dinheiro e – talvez o mais amargo de tudo – das esperanças de enriquecimento rápido.

E apesar do caráter de prática que multiplicava muito mais desilusões do que capitais, a Corrente da Prosperidade chegaria a se transformar em uma verdadeira mania brasileira. Ela não seria colocada em execução com a mesma constância diária com que era aplicado o Conto do Bilhete Premiado, para citar um exemplo; assumiria antes feitio de calamidade que reaparecia a intervalos mais ou menos regulares, à semelhança das enchentes e dos surtos de gripe. Às vezes, depois de uma fase em que o esquema se espalhava tal qual febre em algum ponto do país, tinha-se a impressão de que seu potencial de aplicação estava próximo do esgotamento. Em 1951, por exemplo, um jornal paulistano mencionava o ardil como assunto já ultrapassado, em uma confusa recapitulação dos acontecimentos:

> Tivemos em São Paulo a "corrente da prosperidade". Lembram-se? Escrevia-se cinco nomes de amigos numa lista, a começar pelo nosso. Mandava-se a cada um deles uma cópia da lista acompanhada de cinco mil réis. Os amigos recebiam as circulares contendo cinco mil réis cada uma e mandavam copiá-las, remetendo-as adiante. Era um nunca mais acabar. Muita gente pensou em fazer fortuna à custa da "corrente da prosperidade". Algumas pessoas chegaram a receber muito dinheiro. Mas não deu certo a brincadeira. No fim de três ou quatro meses estava quebrada a "corrente", e o nosso povo foi obrigado a sepultar mais um lindo sonho.[38]

O texto embaralhava as coisas, porque, como vimos, o participante da Corrente da Prosperidade não recebia dinheiro de quem lhe mandava a correspondência, e sim – e em tese – dos novos participantes que deveriam entrar no negócio graças à sua iniciativa. A descrição do jornal, ao imaginar o envio de cartas *contendo* cinco mil réis aos convidados a levar a mobilização adiante, é a de uma corrente feita às avessas. Incompreensões à parte, sequer a sugestão de que empreendimentos do tipo constituíam ações em desuso se sustentava; porque aquela mesma matéria tinha sido escrita para divulgar uma *nova* corrente, a da "cordialidade", esquema destinado a promover hipotéticos contatos internacionais e trocas de imagens turísticas – se o interessado seguisse as instruções oferecidas, afirmava-se, obteria a recompensa: "No fim de 15 dias o senhor receberá 256 cartões postais de todos os pontos da Europa ou do mundo".

A Corrente da Prosperidade estava longe do declínio. Rodas de amigos, locais de trabalho, círculos familiares, bares e outros pontos de encontro: onde quer que houvesse um aglomerado mínimo de pessoas que pudessem ser convencidas, ali existiriam condições potenciais para o surgimento de uma corrente – que, não obstante sua já significativa trajetória no Brasil, continuava a ser continuamente reapresentada como novidade recém-inventada por obscuros mas confiáveis gênios das finanças do exterior. Receber a proposta de se unir a ela era como receber o honroso convite para passar a fazer parte de uma confraria secreta, formada por felizes e cada vez mais endinheirados integrantes.

Não surpreende, portanto, que a fraude tenha atravessado a segunda metade do século XX com a vivacidade das ilusões mais sedutoras. Em 2000 lá estava ela, agora adaptada à internet, como explicava então o teatrólogo e novelista Walcyr Carrasco:

> Confesso: já caí no conto da corrente. Deveria depositar 1 real para cada um dos primeiros cinco nomes de uma lista. Remeter o e-mail a cinquenta outras pessoas, incluindo meu nome no final da lista. Havia até um dispositivo legal no texto, para garantir a honestidade do empreendimento. Em quinze dias, receberia 315.000 reais em notas de 1. Não resisti. Mandei. Minha única preocupação era como contaria e ensacaria a fortuna. Quase avisei os amigos para me ajudarem. Nunca vi um tostão, é claro. Passei o mês seguinte ouvindo piadas dos conhecidos que receberam a proposta. Analisando melhor a lista, descobri que um dos participantes era um presidiário carioca![39]

O uso das mensagens eletrônicas como forma de propagar o canto de sereia do embuste não foi a única novidade surgida nas últimas décadas do século XX. Ambientando-se aos novos tempos, a corrente original se desdobrou em variações surpreendentes e criativas, como comentava Stephen Kanitz em um esclarecedor artigo publicado em 1979 para alertar contra os perigos do ardil:

> Todas as correntes se baseiam no princípio do crescimento, em que os primeiros a entrar ganham muito às custas dos milhares que chegam depois e sobretudo por último. Infelizmente, a corrente da felicidade – geralmente alheia – tem várias modalidades. Não é somente na base de

> multiplicação de cópias de carta. Pode ser também um "bizu" (como é conhecida na gíria da bolsa uma informação pretensamente confidencial) de que a ação de uma certa empresa vai disparar em alta.[40]

Além da corrente organizada a partir de falsas informações privilegiadas obtidas na bolsa de valores, a versão que provavelmente mais se disseminou no final do século envolvia uma curiosa combinação de estrutura em forma de pirâmide e suposta iniciativa empresarial. Aqui, cabia ao candidato a fazer fortuna tornar-se revendedor dos produtos de uma empresa qualquer, entregando os lucros que conseguisse a quem o tinha apresentado ao negócio e procurando arranjar certo número de conhecidos que passassem a atuar da mesma forma (cada indivíduo que se associasse à atividade, obviamente, deveria conseguir recrutar quantidade mínima de novos participantes). Quando, por fim, era obrigado a admitir que não conseguira atrair outras pessoas para integrar o empreendimento, o desventurado revendedor era forçado também a encarar o fato de que, durante todo o tempo em que estivera envolvido com ele, trabalhara de graça.

A Corrente da Prosperidade, assim, demonstrou a extraordinária capacidade de mudar de maneira contínua para permanecer essencialmente a mesma, desde seu ponto de partida no Brasil – a matéria que a explicava e exaltava, publicada pela *Folha da Noite* em julho de 1935. Mas não seria justo concluir a apresentação de mais esse engano que atravessou décadas sem deixar registrado um devido reconhecimento. Ao menos uma das alegações presentes na citada matéria era verídica: a que dizia que o esquema havia sido desenvolvido nos Estados Unidos. Não exatamente como resultado das virtudes de imaginação e iniciativa do povo norte-americano, como afirmava o jornal, porém, e sim como fruto da inspiração e da capacidade de ação de um vigarista ítalo-americano cujo nome ficaria gravado nos anais da trapaça internacional: Carlo Ponzi.

Filho de agricultores, Ponzi era ainda bastante jovem quando emigrou da Itália para a América do Norte, em 1899. Circulando inicialmente entre os Estados Unidos e o Canadá, ele inauguraria sua carreira de golpista procurando fazer vítimas entre outros imigrantes italianos, aqueles que desejavam enviar parte do que já tinham conseguido economizar aos familiares que haviam deixado no país natal. Ponzi garantia a eles que faria as remessas para a Itália com rapidez e segurança; em seguida, simplesmente embolsava a maior parte do dinheiro. A atividade foi descoberta e conduziu-o à primeira passagem pela cadeia; a segunda viria poucos anos depois, quando ele foi pego tentando fazer passar dois imigrantes clandestinos do Canadá para os Estados Unidos.[41]

Tendo conseguido desembaraçar-se de tais dificuldades com a justiça, Ponzi se estabeleceu na cidade de Boston e chegou a arranjar um emprego respeitável, como funcionário de uma casa de corretagem que atuava no ramo do comércio exterior. Em 1919, entretanto, ocorreu-lhe colocar em andamento o golpe que faria dele um multimilionário. Em meio à febre de especulação financeira que então tomava conta dos Estados Unidos, Ponzi imaginou, em linhas gerais, a organização de um esquema pelo qual a aplicação de um primeiro investidor fosse restituída, com lucros, com os recursos captados junto a outros investidores, que por sua vez teriam suas aplicações remuneradas com recursos vindos de outros investidores ainda, e assim por diante. Em outras palavras, ele colocou em prática o mecanismo pelo qual contribuintes antigos recebiam dinheiro vindo de contribuintes novos, princípio que se tornaria tão básico para o funcionamento da Corrente da Prosperidade – com a diferença de que, nesse caso, o próprio Ponzi servia como elo de ligação entre os que entravam, rodada após rodada, para o negócio.

A tramoia, em si, não era exatamente original. Já em 1899 um contador de Nova York, William Miller, tinha montado negócio estruturado nas mesmas bases, chegando a arrecadar mais de um milhão de dólares de bom número de investidores antes de ser, ele próprio, enganado por dois outros vigaristas e finalmente preso.[42] Mas mesmo que não seja possível atribuir a paternidade do esquema a Ponzi – soubesse ele ou não dos feitos passados de Miller –, o fato é que nas suas mãos o empreendimento seria levado a outra escala de grandeza. Com a fala fluente e persuasiva característica dos grandes golpistas, Ponzi iniciou sua trajetória convencendo alguns vizinhos a entregar-lhe 50 dólares, com a promessa de que dentro de três meses ele os converteria em 75 dólares: uma aplicação com a notável margem de lucro de 50%. Quando, rigorosamente no prazo estipulado, Ponzi entregou a cada investidor a quantia prometida, seu estratagema começou a levantar voo.

Elegância e prosperidade: Carlo Ponzi em seus dias de glória, em foto de 1920

The Granger Collection/Other Images

Alguns desses primeiros investidores decidiram reaplicar imediatamente o capital que tinham aumentado. Outros, no entanto, fizeram coisa mais importante ainda, para os propósitos de Ponzi: espalharam seu nome – e as notícias dos fenômenos financeiros que ele seria capaz de realizar – para muito além de sua vizinhança. Em pouco tempo, em vez de precisar procurar, Ponzi começou a ser procurado por levas e levas de pessoas ansiosas por multiplicar rapidamente suas economias. O negócio passou a caminhar em ritmo tal que, além do escritório central localizado em Boston, filiais foram abertas em outras cidades próximas. Em certa altura de 1920, *em um único dia*, o empreendimento chegou a captar mais de 2 milhões de dólares, vindos sobretudo de pequenos aplicadores – assalariados que constituíam sua poupança moeda a moeda, e que só passavam a dispor delas porque acreditavam ter descoberto uma maneira de participar da onda de ventura de um mercado financeiro que, em princípio, existia somente para beneficiar os ricos.[43]

O caráter vertiginoso assumido por essa escalada teve efeitos mais ou menos previsíveis sobre o próprio Ponzi. Ele passou a desfrutar de sua prosperidade enquanto empresário bem-sucedido ostentando trajes do melhor corte – seu guarda-roupa chegou a incluir centenas de ternos e dezenas de alfinetes de gravata adornados com diamantes –, mudando para uma mansão cheia de serviçais e gastando parte de sua fortuna na aquisição de outras empresas, como um banco e mesmo a casa de corretagem em que havia trabalhado (consta que ele teria realizado o sonho dourado de tantos empregados mundo afora, chamando à sua sala o antigo e autoritário chefe apenas para demiti-lo pessoalmente).[44] Os acontecimentos, porém, também trouxeram desdobramentos um tanto surpreendentes, como quando Ponzi se viu subitamente elevado à condição de herói da comunidade italiana de Boston e região, que enxergava nele o exemplo do patrício que tinha enriquecido e que, além disso, demonstrava a generosidade de ajudar as pessoas a melhorar de vida.

Assim, durante a fase em que as operações financeiras coordenadas por Ponzi andaram em ritmo crescente, ele pôde desfrutar de uma vida faustosa e mesmo dos privilégios reservados às celebridades. Como é da própria natureza do negócio que administrava, enquanto os investimentos aumentavam em número e volume, era possível remunerar aqueles que haviam feito suas aplicações em estágios anteriores; mas quando o ponto de saturação foi atingido – e ele o seria inevitavelmente –, o empreendimento desmoronou como um castelo de cartas, fazendo com que milhares de pessoas perdessem todos os recursos que tinham aplicado. Nesse caso, a crise foi apressada por reportagens publicadas pelos jornais de Boston, que conseguiram descobrir as passagens mais comprometedoras da vida de Ponzi, como as temporadas passadas na cadeia. Investigado e processado novamente, ele seria dessa vez condenado a um total de onze anos de prisão.

O grande erro de Carlo Ponzi foi não saber o momento certo de desaparecer com o muito que já havia arrecadado. A bolha de prosperidade criada por seu esquema de investimentos que remuneravam investimentos estouraria forçosamente, mais cedo ou mais tarde; ele, melhor do que ninguém, deveria saber disso. No entanto, talvez levado pelo entusiasmo e pela confortável vida feita de fama e fortuna, adiou aquela que deveria ser sua retirada estratégica; quando se deu conta disso, era tarde demais.

Seja como for, sua aventura deixaria marcas profundas no mundo da vigarice. O *modus operandi* da Corrente da Prosperidade, com todas as suas variações futuras, teria como inspiração direta o esquema de multiplicação de contribuintes que, se não foi criado, foi organizado por Ponzi com graus inéditos de ousadia e ambição – bem como outro dos legados que ele deixaria para uso de golpes desenvolvidos com base em seu exemplo, a sedutora argumentação sobre as fantásticas possibilidades de enriquecimento rápido por meio de mobilizações aparentemente infalíveis. Ainda que provavelmente sequer suspeite disso, o anônimo golpista que em pleno século XXI distribui mensagens via internet, tentando convencer o maior número possível de incautos a entrar para algum negócio em forma de pirâmide, é um legítimo descendente intelectual e criminal do persuasivo vigarista italiano que conheceu seus momentos de maior glória nos Estados Unidos entre 1919 e 1920.

É claro que Ponzi teve também seguidores mais ilustres. O mais famoso deles certamente foi Bernard Madoff, cujo fundo de investimentos desmoronou em 2008, causando prejuízo da ordem de 50 bilhões de dólares entre seus clientes – um verdadeiro terremoto financeiro que despertou perplexidade mundo afora e fez evaporar grande parte do dinheiro de várias corporações e celebridades. O irônico é que, em princípio, Madoff – que tinha antes exercido o cargo de presidente da Nasdaq, a bolsa de valores eletrônica formada por empresas de alta tecnologia – parecia ser o próprio modelo da confiabilidade. Tido como verdadeira autoridade em Wall Street, ele organizou empresa que prometia a seus investidores rendimentos de 10% a 12% ao ano, qualquer que fosse a situação da economia internacional. O que fundamentava semelhante garantia era a sabedoria e a experiência daquele que se apresentava como um dos maiores conhecedores do funcionamento do mercado financeiro.[45]

Na prática, o que Madoff fez foi recorrer ao velho artifício de usar o dinheiro dos aplicadores novos para remunerar o investimento dos aplicadores antigos: exatamente o que Ponzi fizera cerca de noventa anos antes. O negócio prosperou durante algum tempo; mas quando o acirramento de uma crise econômica global provocou o aumento do número de pedidos de saque, o empreendimento desabou com o estrondo da maior fraude financeira da história. Em junho de 2009, Madoff foi condenado pela justiça norte-americana a 150 anos de prisão; e daí em diante seu nome passaria a ser inevitavelmente associado ao de seu antecessor, uma vez que nos Estados Unidos o tipo de embuste por ele praticado é conhecido como Ponzi's Scheme, ou seja, Trapaça de Ponzi.

Quanto ao próprio Ponzi, a derrocada teve como consequência um período de prisão e a deportação para a Itália, em 1934. Ali, ele teria tentado convencer o próprio Mussolini – a quem, consta, admirava intensamente – de que poderia ser útil ao regime fascista, graças à sua ampla experiência na área de administração financeira. Mas desse ponto em diante as versões passam a se tornar um tanto divergentes, o que não é propriamente de admirar em se tratando de acontecimentos que envolvem um profissional da vigarice.

Há quem afirme que Ponzi conseguiu de fato conquistar a confiança de Mussolini, e que graças a isso teria sido nomeado representante de uma companhia aérea italiana no exterior, tendo caído em desgraça apenas por ocasião da queda do ditador, em 1943. Outros consideram bastante questionável que tenha chegado a existir essa relação de proximidade pessoal entre ele e Mussolini, sustentando que Ponzi de fato trabalhou para a filial de uma empresa aérea italiana, mas só até 1939, ano em que teve início a Segunda Guerra Mundial.[46] O autor do estudo mais completo sobre a trajetória de Ponzi, Mitchell Zuckoff, afirma que ele de fato conseguiu o emprego na companhia aérea graças à intervenção do filho de Mussolini, Bruno, mas que em pouco tempo desperdiçou a oportunidade – por volta de 1942 já estaria afastado da empresa.[47]

Seja qual for a versão correta, o fato é que Ponzi terminou seus dias em situação de pobreza e abandono, bem longe dos Estados Unidos ou da Itália – em lugar que, por sua distância de Boston, talvez lhe proporcionasse como maior consolo a reduzida possibilidade de um indesejado encontro com algum de seus antigos e frustrados investidores. Carlo Ponzi morreu em janeiro de 1949, paralisado por um derrame cerebral e quase cego, na ala dos indigentes de um hospital localizado na cidade do Rio de Janeiro.

CAPÍTULO 4

O célebre pistolão

Multidão em comício da candidatura de Getúlio Vargas a presidente, 1950
Lacand/CPDoc/FGV, Rio de Janeiro

Maria Candelária
É alta funcionária
Saltou de pára-quedas
Caiu na letra ó, ó, ó, ó, ó

Começa ao meio-dia
Coitada da Maria
Trabalha, trabalha,
Trabalha de fazer dó, ó, ó, ó, ó

À uma vai ao dentista
Às duas vai ao café
Às três vai à modista
Às quatro assina o ponto e dá no pé
Que grande vigarista que ela é!

"Maria Candelária", música carnavalesca de Armando Cavalcanti e Klécius Caldas, tornada famosa na interpretação de Blecaute, 1952

Estamos dispostos a nos empenhar por sua pessoa junto às forças econômicas e políticas deste país. E por intermédio do pistolão – o célebre pistolão, mola propulsora de todas as forças vivas da nação, sem exceção –, o que é que nós não podemos arranjar? Poderão me dizer?

Fala de personagem do filme O *homem dos papagaios*, de Armando Couto, 1953

I

No Brasil do século XX, um hábito antes restrito quase que exclusivamente à esfera das elites abonadas e letradas – o de discutir abertamente as idas e vindas do mundo da política – caiu de vez no gosto popular. Na era em que as notícias começaram a circular com a velocidade crescente dos jornais diários, dos boletins radiofônicos e dos informativos televisivos, acontecimentos como medidas governamentais e mobilizações partidárias passaram a ser acompanhados com atenção muito maior, sobretudo nos cada vez mais povoados centros urbanos. Comentá-los com os conhecidos, ainda que de passagem, se tornaria algo tão rotineiro quanto a espera pela condução ou a pausa no trabalho para o cafezinho.

Seria com graus variados de envolvimento e paixão, naturalmente, que amigos, vizinhos e familiares adotariam o costume de trocar ideias a respeito desses assuntos, ao sabor das reviravoltas que marcaram o período; ainda assim, as práticas de exaltar as virtudes de líderes e partidos aos quais se admirava – ou, no sentido oposto, de criticar os defeitos daqueles com os quais se antipatizava – acabariam por se tornar atitudes definitivamente incorporadas ao correr da vida cotidiana.

É verdade que houve épocas – como quando o chamado Estado Novo se mostrava forte, organizado e atento – em que convinha procurar expressar eventuais divergências com redobrada cautela, moderando o tom da voz, a ênfase dos argumentos e mesmo a sua apresentação diante de pessoas menos conhecidas. Mas em outros momentos – como o que se seguiu à queda daquele mesmo Estado Novo, em 1945 – as discussões podiam ganhar constância e animação extraordinárias. Qualquer que fosse o caso, porém, havia um certo tema que parecia haver adquirido lugar de grande destaque, quando a conversa girava em torno das coisas da política brasileira: o problema da *corrupção*.

Em termos gerais, esse era tido como um dos maiores males nacionais – mais grave até que a ação nociva da saúva, que, segundo alguns, ameaçava acabar com o Brasil. Era com um sentimento misto de reprovação e indignação que a maior parte da opinião pública encarava as denúncias de que o Estado estaria dominado por verdadeiros bandos de parasitas e aproveitadores, empenhados em sangrá-lo de todas as maneiras possíveis. Havia mesmo grupos políticos que tentavam explorar esse sentimento de repulsa como forma de chamar a atenção: entre a década de 1950 e a primeira metade da década de 1960, por exemplo, a União Democrática Nacional, UDN, ganhou fama tanto pela frequência com que era derrotada em suas tentativas de conquistar o poder no plano federal quanto pela fúria com que passava a atacar aqueles que a derrotavam. Uma facção parlamentar do partido, conhecida pelo pitoresco apelido de Banda de Música, se encarregava de alardear aos quatro ventos, com ou sem fundamento, a existência de escândalos variados, em acusações que atingiriam por igual o segundo governo Vargas e as administrações de Juscelino Kubitschek e de João Goulart.

Ironicamente, na única vez em que conseguiu chegar à Presidência da República levada pelo voto popular, a UDN o fez por meio de um candidato que renunciaria ao cargo poucos meses depois. Jânio Quadros, no entanto, era uma prova viva de como o eleitorado vinha se tornando sensível ao discurso dos que sabiam cultivar a imagem de paladinos da moralidade administrativa. Ele tinha construído uma vertiginosa carreira política manobrando com atitudes e símbolos destinados a apresentá-lo como um cidadão austero e incorruptível: o exemplo mais lembrado, até porque mais marcante, é o da "vassourinha" que lhe servia de emblema e com a qual prometia alegoricamente "varrer a bandalheira" das administrações que declarava viciadas. A eficiência dessa estratégia de propaganda falava por si própria. Tendo realizado sua estreia em campanhas eleitorais em 1947, quando disputou – e perdeu – cargo de vereador em São Paulo, Jânio elegeu-se presidente apenas treze anos depois, em 1960: trajetória que não poderia ter adquirido semelhante velocidade se não houvesse ambiente social que lhe desse sustentação.[1]

Tornava-se, portanto, mais e mais intensa a animosidade contra aqueles que fossem identificados como saqueadores dos cofres públicos – ou, para usar o vocabulário da época, os "tubarões" que exploravam a miséria do povo –, e havia correntes de opinião que chegavam mesmo a considerar suspeitos de desonestidade não alguns, mas *todos* os políticos, indistintamente. Certamente não era casual o fato de que na chanchada *Os dois ladrões*, produzida pela Atlântida em 1960, o larápio interpretado por Oscarito se pusesse de repente a reclamar daquilo que julgava uma verdadeira concorrência desleal: "Ah, eu não gosto de ler jornal. É só desfalques, desvios de verbas, roubos em orçamentos, negociatas, contrabandos, tudo oficializado. A nossa profissão perdeu a graça, a poesia!"[2] A tirada fazia rir exatamente porque refletia a convicção de grande parte da população de que os assaltantes de colarinho branco tinham passado a roubar em escala sequer imaginada pelos bandidos comuns.

Havia, no entanto, quem revelasse atitude diversa – e bem mais cínica – em relação à questão da corrupção. Alguns viam nela não exatamente prática condenável, mas manifestação de esperteza característica dos que sabiam defender com propriedade seus interesses. Para os que adotavam esse ponto de vista, a realidade social brasileira assumia aspecto um tanto selvagem, que reservava lugar apenas para os que *enganavam* e os que *eram enganados:* quem não se encaixasse na primeira categoria deveria, forçosamente, pertencer à segunda. Obter vantagens em negócios escusos, desviar recursos, pagar ou receber subornos, assim, não representariam imoralidades – seriam mesmo procedimentos comuns e perfeitamente justificáveis na luta diária pela sobrevivência.

Tal ética às avessas era, na realidade, como que o elogio do descaramento; fosse como fosse, ela tinha seus seguidores, e para demonstrar isso seria possível recorrer a outro exemplo tirado do cinema brasileiro da época. Em um surpreendente filme de 1959 intitulado *Moral em concordata,* Armando Bogus interpretava um jovem suburbano que, em discussão com os amigos, fazia uma enfática defesa da extorsão: "Eu tenho um tio que é fiscal de imposto e está cheio de propriedades por aí. Até prédio de apartamento ele tem. É na inteligência... Faz ele muito bem. Só ladrão de galinha é que vai para a cadeia".

E quando ouvia que isso era equivalente a roubar, o jovem se exaltava e renovava seus argumentos:

> Eu não disse que meu tio roubava, eu disse que ele era fiscal de imposto. Você sabe, ninguém paga imposto... Meu tio é camarada aí com os comerciantes, com os fabricantes; ele ajuda a vida deles e também defende o seu... É, meu filho, a gente tem que dançar conforme a música.

Esse ardoroso discurso em favor da propina, feito por quem sequer se beneficiava dela, contrastava com outra cena do filme, em que uma senhora, moradora do mesmo subúrbio, lamentava o que lhe parecia ser um mundo feito de valores invertidos:

> Sujeito que rouba pouco está lesado: é ladrão. Quem rouba muito tem a massa para dividir: é inteligente. Às vezes não sabe nem assinar o nome, e olhe lá: chamam ele de 'seu doutor'. Esse tem tudo. E se roubar ainda mais, vira cavalheiro, oficial, comendador, conde...[3]

A atitude de conivência para com as ilicitudes, assim, tinha criado raízes na cultura política nacional, e para demonstrá-lo de outra maneira basta lembrar a popularidade que chegou a atingir um dos mais espantosos *slogans* já veiculados em toda a história eleitoral brasileira, o "Rouba Mas Faz" atribuído ao estilo de administração de Ademar de Barros.[4] Para muitos brasileiros, o grande problema não era propriamente a existência dos circuitos de corrupção – era o fato de que eles mesmos ainda não tinham conseguido encontrar colocação em tais circuitos. Era como se esses brasileiros tomassem a sério a fingida indignação com que certa vez o humorista Aparício Torelly – mais conhecido como Barão de Itararé – divertia Graciliano Ramos, ao comentar o que definia como um caso de "volumosa ladroeira oficial": "Patifes! Canalhas! Para uma transação como essa não me convidam!"[5]

Havia, portanto, os que participavam dos círculos dos privilégios oficiais e os que gostariam de passar a participar deles: eventualmente, uns e outros se encontravam e chegavam a estabelecer algum tipo de acordo. O importante era que o pretendente a ingressar nessa esfera feita de favorecimentos e regalias fosse conduzido a ela por alguém que já a integrasse, e que lhe pudesse servir de guia, protetor e comparsa a um só tempo – autoridade ou pessoa ligada a autoridade, que gozasse de prestígio e força junto ao poder e que, por isso mesmo, pudesse tomar sob sua proteção quem viesse a cair em seu agrado. Talvez se torne mais fácil visualizar, a partir de um exemplo concreto, como se desenvolviam – ou, em tese, deveriam se desenvolver – relações de tal natureza.

No início do ano de 1947, o gerente de uma certa empresa de transportes de São Paulo travou relações com indivíduo a quem conhecera casualmente, Osvaldo Rodrigues dos Santos, um funcionário bem colocado junto à cúpula administrativa da Secretaria de Estado da Fazenda. O ambiente cordial que rapidamente se estabeleceu entre eles logo conduziu a um diálogo franco, por meio do qual Osvaldo acabou por confidenciar a seu novo camarada um importante segredo – o de que graças ao cargo que ocupava, e com a cumplicidade de seus superiores, tinha condições de desviar e vender mercadorias apreendidas pelo governo do Estado antes que estas fossem levadas a leilão público, como determinavam as normas. Apresentada em tom reservado, a revelação quase que equivalia a um convite. O gerente se interessou de imediato pela possibilidade e não demorou a acertar com Osvaldo a aquisição de um lote de produtos particularmente valorizados naqueles tempos: várias dezenas de pneus para caminhões e automóveis de passeio, algumas caixas de autêntico azeite de oliva e outras tantas caixas de bom vinho quinado.

Combinado o negócio, era como se a relação de cordialidade que os ligava passasse agora a estar baseada em vínculos muito mais firmes

– um declarava-se feliz por poder propiciar ao amigo mercadorias de boa qualidade a preços irrisórios, e o outro fazia questão de pagar-lhe escrupulosamente quantia equivalente a 10% do total da transação, como ditava o costume. Um abria as portas das negociatas às quais apenas as altas esferas governamentais davam acesso, e o outro retribuía o favor com a mais canina e duradoura fidelidade pessoal e política. Dali em diante, a prosperidade de um conduziria à prosperidade do outro; e o fato de que seus entendimentos se fundamentassem em uma óbvia ilegalidade serviria para reforçar os laços de confiança e discrição que deviam unir os beneficiários dos mais eficientes esquemas de corrupção. Era preciso mostrar-se à altura do código de honra do mundo do suborno para poder associar-se a ele.

O episódio só não ilustra com perfeição o processo de formação dos canais de favorecimento próprios de um determinado domínio estatal porque o gerente mencionado acima foi, na realidade, pateticamente enganado. O homem que ele havia conhecido – e a quem tinha pagado adiantadamente o valor solicitado pelos produtos que deveria receber – não se chamava Osvaldo Rodrigues dos Santos, não possuía cargo algum junto à Secretaria de Estado da Fazenda e não tomava parte em qualquer esquema de desvio de bens apreendidos. Tratava-se, na realidade, de um vigarista: um habilíssimo impostor que se tinha especializado na aplicação do chamado Conto da Mercadoria.[6]

Esse é um caso curioso em que é possível tomar a fantasia como exemplo da realidade: o golpe pode ser usado para descrever as relações de apadrinhamento exatamente porque sabia imitá-las com admirável competência. A reprodução em gestos e palavras do que antes já existia, fosse como prática, fosse como imaginário, constituía, como sempre, a base da encenação; e esta propiciaria o surgimento de um personagem verdadeiramente notável, dentro da galeria de figuras vi-

vidas pela vigarice brasileira: seria razoável chamá-lo de "o amigo dos poderosos", tendo em vista o prestígio que alegava possuir junto aos altos escalões governamentais.

Cidadão de destaque, o tipo exigia um minucioso trabalho de composição por parte do golpista que se dispusesse a interpretá-lo. Importante porque ligado a gente importante, ele deveria exibir a desenvoltura dos que estavam habituados a frequentar gabinetes e a segurança de quem lhes conhecia todos os segredos, bem como os devidos sinais externos de sucesso financeiro, como roupas elegantes, familiaridade em relação aos lugares da moda e apego a artigos de fina qualidade. Além disso, convinha dotar o tipo de um comportamento orgulhoso que facilmente podia se converter em postura plena de arrogância.

Porque o amigo dos poderosos não se relacionava por igual com todas as suas vítimas; aquelas que não tivessem condição social equivalente à que ele simulava ter eram tratadas mesmo com certo desprezo, transformando o favor que fingia fazer-lhes em generosa condescendência: em outra ocasião em que colocou o conto em andamento, o mesmo vigarista que enganou o gerente da empresa de transportes – e que agora adotava o nome de Valdemar Rodrigues dos Santos – se fazia chamar altivamente de "doutor" pelo sujeito a quem engambelava, um humilde motorista de situação muito mais modesta.[7]

O Conto da Mercadoria, assim, não exigia pouco dos que se dispunham a aplicá-lo; mas desde que o tom da interpretação e os detalhes da encenação fossem bem ajustados, tinha potencial para atingir proporções surpreendentes. O que quer que fosse desejado e que parecesse mais facilmente alcançável por meio do tráfico de influência podia servir de isca para sua execução. Claro está que o melhor palco para a encenação da trama seria aquele colocado no espaço que abrigava as maiores escalas de poder. Era isso o que explicava a maior frequência de aplicação do engodo na Capital Federal, nas vizinhanças da Presidência da República, do Senado e da Câmara dos Deputados. Por muito tempo, foi o Rio de Janeiro o cenário perfeito para as representações mais ousadas do enredo.

Um exemplo disso é o caso cheio de reviravoltas noticiado em 1952, em que dois vigaristas – um deles no papel de ilustre advogado, o outro no de conceituado comandante militar – prometiam conseguir automóveis fabricados nos Estados Unidos a preços extraordinariamente vantajosos, uma vez que estes chegariam ao Brasil pela ação de intermediários com livre trânsito junto à própria sede do governo federal, o Palácio do Catete. Vale a pena transcrever parte da matéria jornalística relativa ao caso:

> Dulfes fazia passar-se por advogado e insinuava, junto às pessoas interessadas na compra do automóvel, que tudo conseguiria com o auxílio de um oficial do Exército com grande prestígio junto ao Catete. Era-lhe fácil, assim, arranjar novas vítimas. Estas, entretanto, ao fim de certo tempo, começaram a reclamar contra a excessiva demora na vinda dos automóveis que haviam encomendado. Vendo-se em situação difícil, Dulfes pôs-se em comunicação com Domingos Gonzales, concertando ambos, então, um plano para despistar os lesados. O falso capitão iria para a Bahia, e de lá mandaria comunicar que estava mal de saúde e, finalmente, que havia morrido. O plano foi fielmente executado, tanto que chegou a ser rezada missa de 7º dia por intenção do "morto", na Igreja Cruz dos Militares, no Rio de Janeiro. Acontece, entretanto, que uma das vítimas da dupla não acreditou na história do falecimento do "capitão", e tratou de promover investigações. Apurou, assim, que dos anuários militares não constava o nome dado pelo malandro e que na Alfândega nenhum carro havia, dos por ele prometidos. Encaminhada queixa à polícia, esta deteve Dulfes Pais de Barros, que confessou todas as falcatruas, mas insistiu em que seu companheiro de aventura era realmente oficial do Exército e que havia morrido na Bahia, de um enfarte cardíaco. Dulfes foi posteriormente posto em liberdade, tal como

> hoje se encontra. Três anos se passaram, sem que se tivesse notícia do "capitão" Andrade Neves. Recentemente, entretanto, surgiu em São Paulo, operando também no ramo de automóveis, um indivíduo que se intitulava coronel do Exército. O falso oficial foi preso em flagrante por elementos da 2ª Região Militar, quando preparava um golpe. Apurou-se, então, que era o mesmo "capitão" Andrade Neves, "morto" na Bahia, "ressuscitado" e "promovido" a coronel, com o nome de Newton Castelo Branco de Castro.[8]

Pouco tempo depois da divulgação do incrível caso do capitão que voltara do mundo dos mortos promovido a coronel, era ainda no Rio de Janeiro que mais um pretendente a autoridade militar circulava oferecendo benefícios resultantes do prestígio político. Dizendo-se segundo tenente da Reserva da Aeronáutica – e apresentando a devida carteira de identificação para comprová-lo –, esse outro oficial tinha mercadoria diferente a oferecer, como resultado de sua intimidade com os altos escalões das forças armadas: tecidos importados da mais alta qualidade, como casemira inglesa, ao custo baixo que apenas os bem-relacionados podiam conseguir. Chegou a propor o negócio ao ator Anselmo Duarte, que o recusou. O suposto segundo tenente acabou sendo desmascarado pelo jornal carioca *Última Hora*, que provou que ele não passava de um antigo aluno da Escola Técnica da Aeronáutica que exibia uma carteira adulterada.[9]

Não se pode deixar de comentar que havia casos, bem mais raros, em que os golpistas invertiam o jogo, tentando vender os préstimos dos cidadãos comuns aos poderosos, em vez dos préstimos dos poderosos aos cidadãos comuns. A mercadoria a ser negociada, nessa variação do embuste, eram hipotéticos apoios a políticos interessados em aumentar sua popularidade. Em 1984, por exemplo, circulava por Brasília – desde sua inauguração, a nova meca dos que sonhavam com simpatias e favores governamentais – a roliça e afável figura de um cidadão que se apresentava como bispo de São João do Meriti, no

Rio de Janeiro, e que trajava pomposamente como se de fato o fosse. Em visita às sedes dos partidos e aos gabinetes dos parlamentares, distribuía bênçãos e elogios em troca de donativos e contribuições. No escritório do deputado Paulo Maluf, então postulante à Presidência da República, fez-se fotografar ao lado do candidato e declarou com solenidade aos jornalistas: "Deus é malufista, e Jesus Cristo também!". As coisas se tornaram bastante constrangedoras quando foi divulgada a informação de que aquele indivíduo jamais pertencera à Igreja Católica.[10]

Maluf recebe o apoio do falso bispo a sua candidatura à Presidência da República

BG Press

A prática de enganar gente importante, porém, era evidentemente muitíssimo mais arriscada, já que trazia o perigo de que o enganado usasse de sua influência para procurar revide. Para o vigarista consciente dos riscos de seu ofício, prudente mesmo era continuar a interpretar o tradicional papel de amigo dos poderosos para fazer vítimas entre pessoas mais simples e simplórias – até porque, no que se referia a elas, as possibilidades de engodo não se limitavam ao Conto da Mercadoria. Muitas vezes, o favor que o golpista fingia intermediar era a agilização de algum trâmite burocrático ou a remoção de um empecilho administrativo qualquer, coisa que só seria possível graças a sua hipotética situação privilegiada. Nessa versão, a tramoia se revelava eficientíssima no plano do poder local, como demonstram dois episódios extraordinariamente ilustrativos ocorridos em São Paulo no final da década de 1940.

No primeiro deles o trapaceiro, que se dizia secretário de gabinete do governador do Estado, assegurava que por prerrogativa do cargo podia obter, livre de burocracia, os papéis necessários para a emissão da carteira de habilitação como motorista; em pelo menos uma ocasião, fechou negócio com um adolescente que sequer tinha idade para dirigir automóveis.[11] No segundo caso, outro vigarista dava um passo além, no terreno do uso arbitrário da autoridade que não possuía: a uma mulher cujo filho era prisioneiro na Casa de Detenção, garantia ser funcionário graduado do Palácio do Governo e capaz de conseguir a soltura do moço – mediante o pagamento da devida propina, evidentemente.[12] A promessa era das mais audaciosas, mas a tranquilidade com que era apresentada tinha explicação. Afinal, não se poderia supor que houvesse limites para os poderes imaginários daqueles que sabiam como levar vantagem sobre os que queriam levar vantagem.

II

O que havia de comum entre esses golpes era o fato de que eles se fundamentavam em uma tradição cultural que enxergava a proximidade ao poder como a fonte de todo o bem – e o afastamento dele, em contrapartida, com a causa de todo o mal. Essa maneira de ver as coisas estava ligada a usos e costumes tão antigos quanto a própria história brasileira, e para procurar entendê-los melhor vale a pena procurar apoio junto ao pensamento dos que estudaram o assunto com maior profundidade. Nessa área, um nome destaca-se invariavelmente: o de Raimundo Faoro. Sua obra mais importante, *Os donos do poder*, foi publicada em uma primeira versão em 1958, e em uma segunda, revista e ampliada, em 1975; nela, é apresentado um impressionante painel do processo de formação nacional, enfocado do ponto de vista das lógicas e dos procedimentos dos seus chefes políticos. Talvez nenhum outro estudo tenha desnudado de forma tão completa o contexto social em que surgiram e prosperaram os laços de favor.

Em sua análise, Faoro chega a recuar até a fase de organização da monarquia portuguesa, em um minucioso trabalho de reconstituição, para identificar o surgimento de uma estrutura política básica que, com os devidos ajustes e adaptações, seria depois transplantada ao Brasil – o *Estado patrimonial*. Capaz de se tornar independente da sociedade que o sustenta para se concentrar no objetivo de servir a si próprio, este é um Estado que proporciona tudo àqueles que acolhe e nada àqueles que rejeita: aos segundos, as possibilidades de ascensão social seriam drasticamente reduzidas, exatamente pela exclusão dos esquemas de proteção e auxílio mantidos para privilégio dos primeiros.

Um dos traços mais característicos de tal ordem seria a tremenda desenvoltura com que dirigentes e burocratas tratam o governo: como algo que lhes pertence e que portanto existe, antes de tudo, para seu próprio usufruto. O *poder* tem *donos* habituados a não fazer distinção entre o patrimônio público e o patrimônio privado, posto que, no final das contas, ambos deveriam servir aos mesmos propósitos. Da prática veio o costume que a consolidou: onde alguns, com o tempo, passariam a ver corrupção e desvio de recursos, a tradição estava habituada a enxergar apenas o simples e legítimo exercício do direito de propriedade.

Raimundo Faoro demonstra que essa forma de organização estatal teria revelado uma extraordinária capacidade de sobrevivência; nem mesmo a influência histórica das ideias liberais e democráticas teria sido capaz de alterar fundamentalmente seu caráter, provocando no máximo processos de acomodação e rearranjo – desenvolvimentos que talvez fizessem lembrar o famoso personagem do livro *O leopardo*, de Lampedusa, para quem era preciso que tudo mudasse para que tudo continuasse igual. As teias do Estado patrimonial continuariam a envolver os brasileiros mesmo no decorrer do século XX.

E não era difícil identificar a presença de semelhantes teias. Porque ainda que no período a noção de *direitos* tivesse sido incorporada aos discursos políticos, seu eventual atendimento continuava a se apresentar na forma de *concessões* oficiais que dependiam, como sempre, da magnanimidade das autoridades: que outro sentido se poderia ver nas claques montadas para aplaudir o governante do momento e agradecer-lhe quando da entrega de alguma benfeitoria ou do anúncio de um melhoramento qualquer, como se tornaria tão comum? Certamente não o da satisfação de uma prerrogativa popular finalmente atendida, e sim o da celebração populista de um presente generosamente entregue.

Tampouco seria casual que práticas não muito diversas dessas, fundamentadas em um mecanismo de troca – apoios e votos por melhorias pontuais e vantagens pessoais –, viessem a caracterizar uma certa política de clientela que muito se desenvolveria, em especial na fase que acabou por constituir um intervalo entre ditaduras, de 1945 a 1964. O Estado tratado como propriedade particular daqueles que o dominavam estava bem vivo, quer como realidade política, quer como meta a ser atingida pelos que gostariam de se tornar bons companheiros dele.

Em qualquer hipótese, adotada essa perspectiva, não havia salvação para os que estivessem colocados longe do poder – em especial quando entrava em pauta aquele que talvez fosse o mais tradicional e ambicionado dos favores oficiais: um bom *emprego público* capaz de garantir uma vida feita de sossego e prosperidade a quem o recebia. Nesse caso, o que se manifestava era muito mais do que uma aspiração: era mesmo um ideal de proporções quase míticas dentro da cultura brasileira, uma meta que se renovava geração após geração e que, para muitos, chegava a constituir o sonho de toda uma existência. Tão forte era a imagem da sinecura maravilhosa que ela surgia quase que inevitavelmente, nas ocasiões em que os governantes encontravam pessoalmente os governados.

Foi o que ocorreu, por exemplo, em janeiro de 1938, quando o interventor federal em São Paulo, José Joaquim Cardoso de Melo Neto, decidiu realizar sua primeira audiência pública, em evento que atraiu mais de 150 pessoas: "Como é usual, o maior número de pedidos recebidos pelo interventor federal foi relativo a empregos", comentaria então o jornal que noticiou o acontecimento.[13] Treze anos depois, em fevereiro de 1951, situação idêntica se formaria, no dia em que o então prefeito de São Paulo, Armando de Arruda Pereira, abriu seu gabinete para receber quem quer que o procurasse – ocasião em que "atendeu cerca de oitenta pessoas, a maioria das quais lhe solicitou empregos na Prefeitura".[14] E, em perfeita coerência para com a lógica que regia tais fenômenos, movimentação muito maior seria registrada junto àquele que parecia mais apto a satisfazê-la: quando Ademar de Barros – um dos campeões da política de clientela – assumiu a Prefeitura paulistana, em abril de 1957, as dependências em que ele despachava se transformaram em cenário de vastas romarias diárias, como noticiou então o *Diário Popular*:

> Novamente se povoou o gabinete do prefeito em Ibirapuera. Formaram-se outra vez multidões à procura de emprego. Não adianta o quadro colocado em lugar bem visível, informando que o prefeito não pode dar colocações e é escusado insistir. Teimam em ser re-

> cebidos e expõem seus casos. Todos são ouvidos e suas aspirações, devidamente registradas, apresentam certo pitoresco. Além de 1.125 pedidos de emprego, 115 pediam dinheiro para os mais diversos fins. Até para o pagamento de promessas que não podem cumprir.[15]

Não seria justo, evidentemente, apresentar tais acontecimentos à luz de generalizações indevidas. É claro que entre os que procuravam as autoridades havia quem de fato estivesse à procura de uma honesta oportunidade de trabalho, ainda que obtida pelos tortuosos caminhos do clientelismo. Mas também havia aqueles cujo objetivo não era outro a não ser conquistar a tão ambicionada nomeação que permitiria, afinal, a realização do sonho dourado de ganhar sem trabalhar. Não seria de surpreender, assim, que o tema acabasse por se tornar mais e mais frequente nas criações artísticas do período.

O cinema nacional – para recorrer a ele uma vez mais – passaria a consagrar, talvez como o mais popular de seus tipos cômicos, o anti-herói malandro e ocioso, que recorria a todo tipo de expediente para poder levar uma vida sem esforço. Em *O camelô da rua Larga*, de 1958, por exemplo, era com uma aversão exemplar que Zé Trindade reagia, ao ouvir aquele que parecia ser o vocábulo maldito: "Não me fala essa palavra, 'trabalho'. Só de ouvir falar em 'trabalho', olha só como eu fiquei: parece que vou receber santo, estou todo arrepiado! Olha aí!"

No mesmo filme, Catalano interpretava um desocupado que alegava estar à procura de emprego, mas que fazia uma distinção fundamental quando sua irmã o criticava por não conseguir trabalho: "Eu falei em emprego, não falei em trabalho. Uma coisa é bem diferente da outra". A diferença, obviamente, era a de que um bom *emprego* não deveria exigir *trabalho* – coisa que só seria possível no serviço público, como ele mesmo se encarregaria de sugerir ao explicar os motivos pelos quais recusava um possível cargo de escriturário em uma fábrica de sabão: “Fábrica de sabão? Ah, isso não. Não fica bem para mim, você compreende... E depois, o negócio comigo é na base de assinar o ponto e receber, no fim do mês, um ‘bolinho’...”.[16] O *bolinho* a que o personagem se referia, em uma gíria toda própria, era evidentemente a remuneração assegurada pelo contracheque – os vencimentos a que teriam direito até servidores tão completamente relapsos quanto a Maria Candelária, que, de acordo com o sarcástico sucesso carnavalesco de 1952, chegava à repartição ao meio-dia para, daí em diante, fazer de tudo menos cumprir os seus deveres profissionais.

Dentro do universo cômico e crítico das chanchadas, era mesmo como se não houvesse lugar para funcionários públicos pontuais, que trabalhassem de fato e que não se envolvessem em negociatas variadas. No filme *Família Lero-Lero*, de 1953, a esposa do servidor interpretado por Walter D’Ávila tem uma verdadeira crise de indignação ao saber que ele estava enrascado em um caso de desvio de dinheiro público – não exatamente pelo ato em si, mas pelo montante em questão: “Cinquenta mil cruzeiros e quarenta centavos... Então isso é desfalque que se dê em uma caixa de milhões de cruzeiros, seu palerma? Só mesmo um imbecil como você! Desgraçado! Cretino!”[17]

Reação equivalente à da esposa de outro servidor – este vivido por Oscarito em *Esse milhão é meu*, de 1958 –, que considerava o marido inepto justamente por não saber tirar partido do cargo que ocupava. A acusação era incisiva: “Você é um funcionário de última categoria, que não sabe dar os golpes que qualquer funcionário sabe dar. Você é a vergonha da classe, compromete a repartição em que trabalha. Eu teria vergonha de chamá-lo de colega!” E quando esse mesmo servidor recebe um prêmio oferecido por uma tal Liga de Assiduidade do Funcionário Público, é apenas porque – de acordo com o solene discurso feito por seu chefe – conseguiu o feito de "atravessar uma semana sem faltar um dia".[18] A idéia de que aquele era um mundo feito de regalias não poderia ser apresentada de maneira mais clara.

Mas se esse mundo efetivamente existia, qual o caminho para se chegar a ele? Por meio das rotas estabelecidas pelas sólidas e costumeiras práticas de apadrinhamento, naturalmente. Era indispensável que o candidato a um emprego público minimamente compensador fosse indicado para ocupá-lo por alguém que, se não exercesse cargos oficiais de importância ele mesmo, fosse tido em alta conta pelos que os exerciam: se não um dos donos, um bom amigo dos donos do poder. Essa figura era mais conhecida, em termos informais, como *pistolão*, eminência cujo prestígio pessoal e político – um indissociável do outro, como impõe a cultura do Estado patrimonial – se manifestava precisamente por meio das colocações que conseguia para seus protegidos.

Quaisquer semelhanças entre o *pistolão* e o *amigo dos poderosos* constituíam bem mais do que meras coincidências. A personalidade capaz de conduzir às tão desejadas nomeações era muito próxima daquela que tinha condições de arranjar negócios de ocasião nas transações com o poder público; e claro está que, tanto quanto esta, também podia ser transformada em personagem de encenações destinadas a enganar. Saber simular intimidade com algum figurão da política nacional era a base teatral de enredo conhecido como Conto do Emprego, golpe que passaria a se expandir na mesma proporção que as práticas da política de clientela que procurava mimetizar. Vejamos como se desenvolvia o logro por meio da apresentação de um caso mais ou menos típico.

Nos primeiros meses de 1949, os frequentadores de uma padaria paulistana localizada no bairro da Mooca começaram a se familiarizar com a fisionomia de um novo freguês que passara a circular por ali, um jovem bem-apessoado e de fala fluente. Entre um cafezinho e outro o rapaz se apresentava, àqueles com quem puxava conversa, como um tenente aviador que chegara a exercer o cargo de piloto do governador do Estado. Tais credenciais provocavam uma impressão inicial das mais favoráveis, em especial por pertencerem a alguém que, com tão pouca idade, convivia já com autoridades de semelhante estatura. Mas isso não era tudo. Demonstrando certa modéstia – característica talvez de um temperamento avesso às ostentações –, era apenas depois de algum tempo de convivência que o tenente acabava por revelar, em tom mais reservado, que sua influência política era muito maior do que se poderia supor em princípio: ela resultava, na realidade, da existência de fortíssimos laços de proximidade com um destacado parlamentar paulista, Lincoln Feliciano.

Este era um nome que impunha respeito. Lincoln Feliciano da Silva não era apenas um político importante: era também uma liderança que estava, naquele momento, em particular evidência. Deputado estadual eleito pelo Partido Social Democrata, PSD, Feliciano participara ativamente dos trabalhos da Constituinte estadual reunida em 1947; após o encerramento destes, tinha sido conduzido ao prestigioso cargo de presidente da Assembleia Legislativa de São Paulo.[19] Em abril de 1949, na mesma época em que o jovem tenente começava a se fazer popular entre seus novos amigos, Lincoln Feliciano era homenageado em um concorrido jantar de gala, amplamente noticiado pela imprensa e realizado no elegante Automóvel Clube de São Paulo. Na ocasião, teve sua atuação no Parlamento paulista exaltada por representantes de vários partidos, sobretudo dos maiores, PSD, PTB e UDN; foi, aliás, o líder da bancada udenista na Assembleia Legislativa, o deputado Auro de Moura Andrade, quem abriu a sessão de saudações ao homenageado com um caloroso discurso.[20]

Privar da intimidade de político de tamanha envergadura era sinal inequívoco de distinção, inclusive porque era preciso levar em conta ainda que Lincoln Feliciano tinha um irmão, Antônio, que exercia mandato como deputado federal, e que ambos pertenciam ao mesmo PSD pelo qual tinha sido eleito o presidente da República, Eurico Dutra. A alguém que acompanhasse com um mínimo de atenção a vida política nacional, essa corrente de associações ocorreria naturalmente, inclusive com o que ela trazia de implícito – a ideia de que quem estivesse, de alguma maneira, inserido naquele circuito estava colocado muito próximo das mais altas esferas de poder.

Logo se tornou conhecido, portanto, o simpático rapaz que passara a frequentar a padaria da Mooca. Ele podia demonstrar certo recato ao comentar tão vantajosa situação pessoal; mas aparentemente não hesitava em recorrer a ela, quando tomava conhecimento de que aqueles a quem considerava próximos estavam enfrentando algum tipo de dificuldade. Ao saber que os donos da padaria corriam o risco de serem despejados pelo proprietário do prédio onde esta funcionava, declarou-se indignado e disposto a agir. Como explicaria depois uma testemunha dos acontecimentos, o tenente afirmou então que "iria acertar isso para eles, falando primeiramente com o deputado Lincoln Feliciano, que por sua vez falaria com seu irmão Antônio Feliciano, deputado federal, e assim resolveria o problema da locação sem a menor dificuldade".[21]

Um observador mais cético poderia alegar que talvez houvesse certo exagero na disposição de mobilizar um integrante do Congresso Nacional para resolver um simples caso de renovação de aluguel comercial; a veemência do jovem tenente, porém, certamente desviara a atenção de semelhante consideração, e mais do que isso: servira também para tornar visível um aspecto fundamental, o de que ele parecia ser um indivíduo sempre determinado a fazer uso de sua formidável rede de influências para socorrer os que tomava como protegidos.

Firmada essa reputação, a armadilha estava quase completa. Em alguns atos, interpretados com habilidade e senso de oportunidade, o moço havia construído a imagem de militar bem-relacionado, defensor do povo simples e amigo de seus amigos. Faltava agora apenas lançar a isca com a qual planejava atrair certo número de vítimas diretamente para o centro da arapuca que vinha montando. Isso foi feito quando ele, com aquela eloquente discrição que sabia simular tão bem, fez circular entre seus conhecidos da Mooca uma notícia verdadeiramente espetacular – a de que dali a alguns dias, e graças às suas conexões políticas, deveria ser nomeado como o novo fiscal-chefe da Alfândega de Santos. Seria desnecessário dizer, não obstante seu empenho em não deixar de dizê-lo, que para exercer cargo de tal importância ele obviamente teria que se fazer cercar de auxiliares leais, nos quais pudesse confiar inteiramente.

A outro jovem com quem se encontrava com relativa frequência na padaria – um rapaz vindo de Portugal e que vivia com dificuldade, trabalhando como empregado do comércio –, o tenente chegou a afirmar que dispunha de imediato de duas vagas para preencher, oferecendo-lhe uma e pedindo ainda que ele indicasse para a outra alguém que considerasse digno da colocação. Ambas as vagas, ressaltou, estavam reservadas a funcionários que, sob sua supervisão direta, deveriam cuidar da seção de contrabandos.

A oportunidade parecia única. Garantiam as posições os irmãos Feliciano, que haviam nascido em Santos e ali conservavam importantes bases políticas; fazia sentido que eles mantivessem a repartição aduaneira de sua cidade natal como sua área de influência administrativa. E o setor que seria entregue aos auxiliares do novo fiscal-chefe era de fazer a imaginação voar nas alturas: a seção de contrabandos seria, com toda a probabilidade, o paraíso das mercadorias apreendidas e desviáveis em benefício próprio – o tipo do lugar em que verdadeiras fortunas poderiam ser formadas em prazo relativamente curto.

E que pedia em troca o tenente para abrir as portas que conduziam a esse reino de opulência? Em comparação com os benefícios que ele oferecia, muito pouco: ninharias, deveras. Apenas o dinheiro para cuidar da regularização da situação dos candidatos aos cargos, posto que ambos – tanto o jovem comerciário português quanto o amigo que este havia indicado, de nacionalidade espanhola – eram estrangeiros, o que inviabilizava suas nomeações. Era absolutamente indispensável encaminhar o quanto antes seus processos de naturalização, e para tanto o tenente recolheu 600 cruzeiros de um e 500 cruzeiros de outro, além de tomar deles algumas outras prendas com as quais como que selava simbolicamente os vínculos de intimidade e confiança que passavam a uni-los: um anel que não valia menos que 400 cruzeiros e um pequeno revólver avaliado em 800 cruzeiros, por exemplo.[22]

O golpe só não se completou com êxito porque, para azar do tenente aviador, as coisas acabaram escapando ao seu controle. Foi descoberto que os mesmos empregos haviam sido prometidos a outras pessoas, que por sua vez também tinham pagado valores variados para a remoção de dificuldades burocráticas convenientemente inventadas. Isso levou a algumas averiguações, que revelaram que a alegada proximidade do jovem militar para com os irmãos Lincoln e Antônio Feliciano, ou quaisquer outras autoridades, era completamente fictícia – como também o era, evidentemente, a nomeação para chefiar a Alfândega de Santos. E, no final das contas, nem mesmo tenente era o tenente: quando finalmente descoberto e interrogado pela polícia, ele confessou que sua verdadeira profissão era a de escriturário, e na ocasião, além de tudo, desempregado.[23] A queda da máscara, sem dúvida, é sempre mais vexatória para os vigaristas que gostam de passar por gente de poder e prestígio.

III

Fracassos como o do falso tenente, porém, não desencorajavam as tentativas dos aplicadores do Conto do Emprego de ampliar sua participação na vida política nacional. Naquele mesmo ano de 1949, em um caso particularmente inusitado, a constatação de que o golpe havia sido executado novamente se deu quando a própria sede do Governo do Estado de São Paulo – então localizada no Palácio dos Campos Elíseos – recebeu a visita de um entusiasmado grupo de pessoas prontas a assumir os cargos pelos quais já tinham pagado.

Os envolvidos com o episódio – inclusive o golpista, localizado pela polícia no mesmo dia – foram encaminhados para a Delegacia Especial de Repressão à Vadiagem. Ali, uma das vítimas do engodo, um jovem mecânico vindo de Piracicaba, não se sentiu constrangida em contar como tinha tentado entrar para as fileiras do serviço público. Ao policial que tomou seu depoimento, ele explicou

> que, estando atualmente de férias, procurava o declarante conseguir melhor emprego quando foi informado por seu colega [...] que conhecia um indivíduo influente no Palácio dos Campos Elíseos; que, assim sendo, foi o declarante apresentado a esse indivíduo [...], o qual alegava ser chefe dos cinematografistas do Palácio do Governo; que, entrando em entendimentos com esse indivíduo, o mesmo lhe pediu seis fotografias, carteira profissional, alistamento militar e mais a importância de cento e vinte e cinco cruzeiros; que, segundo lhe informou o acusado presente, o declarante iria ganhar por mês o ordenado de CR$ 1.650,00; que, assim sendo, não teve dúvidas o declarante em entregar ao acusado presente todos os documentos solicitados pelo mesmo, bem como a importância já referida...[24]

Não se pode deixar de registrar que o "chefe dos cinematografistas do Palácio do Governo" era um vigarista que vinha operando de maneira um tanto atabalhoada – algo pouco comum em se tratando da execução de esquema que, normalmente, demandava cuidadosa preparação e paciência durante seu desenvolvimento. Na ocasião, porém, era com imprudente precipitação que as possíveis vítimas eram abordadas, quase que ao acaso e em plena rua, como revelaria o depoimento de outro dos visitantes do Palácio do Governo. Segundo ele,

> estando certa ocasião em companhia de seu amigo e colega [...] à espera de condução, na Praça João Mendes, [...] foi interpelado pelo acusado presente se estavam trabalhando; que, à vista da resposta do declarante e de seu amigo, o acusado presente declarou ser tenente reformado da Força Expedicionária Brasileira e chefe dos cinematografistas do Palácio do Governo e que poderia conseguir emprego para o declarante e seu amigo [...]; que, assim sendo, por solicitação do acusado presente, o declarante lhe deu em duas parcelas a importância de trezentos cruzeiros, um anel com as iniciais J. N., um relógio de pulso marca Nimra, cinco fotografias, o certificado militar e a carteira profissional...[25]

É certo que o golpista não mentia totalmente, quando afirmava possuir certa experiência no mundo do cinema. De acordo com informações prestadas por companhia cinematográfica que anos antes o tivera como empregado, ele efetivamente havia trabalhado em várias das salas de exibição da empresa – como "auxiliar de limpeza", é bem verdade.[26] Mas a maneira relativamente descuidada como atuava – inclusive sem se preocupar muito com a preparação da fuga estratégica, depois de completado o embuste – certamente facilitou bastante sua detenção por parte da polícia.

Um outro vigarista especializado na aplicação do golpe, e que fez pelo menos três vítimas em 1950, era bem mais meticuloso em seus movimentos. Esse escolheu como cenário uma pensão, onde se instalou e passou a alardear, segundo o depoimento de uma das pessoas a quem enganou, "que era funcionário público municipal e que gozava de grande prestígio, haja vista que facilmente ele conseguiria arranjar colocação para amigos que desejassem trabalhar na Prefeitura, mediante a entrega de determinada importância".[27] Sua rota de fuga, no entanto, estava bem planejada desde o início. Quando não conseguiu mais protelar a entrega dos supostos empregos, declarou às suas vítimas que devolveria escrupulosamente cada centavo que havia recebido delas, e aparentemente cumpriu a promessa passando-lhes cheques preenchidos com os devidos valores. Com isso, ganhou o tempo de que precisava para desaparecer; porque os cheques, naturalmente, não tinham fundos. Dois anos depois disso, era com nítida contrariedade que o delegado adjunto de Repressão à Vadiagem ainda era obrigado a admitir, em relatório escrito sobre o caso, que "o indiciado, apesar das diligências procedidas por esta Delegacia, não foi localizado".[28]

A tramoia, assim, vinha sendo executada com diferentes graus de eficiência e de profissionalismo – e com frequência cada vez maior. O Conto do Emprego ganhava espaço no repertório da dramaturgia do engano praticada no Brasil entre o final da década de 1940 e o início da década de 1950, e havia um excelente motivo para que isso acontecesse: o ambiente político vivido na época. Um período de abertura e democracia se iniciara com a queda da ditadura do Estado Novo, mas aqueles tempos de mudança também tinham favorecido a recriação de uma idéia antiga – a de que o triunfo nas urnas conferia, ao partido político vencedor, o direito de ocupar como bem entendesse a esfera de poder que havia conquistado.

Colocada novamente em pauta com o retorno das disputas eleitorais, essa era uma concepção que se manifestava, em termos práticos, na considerável liberalidade com que muitos dos governantes eleitos abriam as portas da administração para acomodar seguidas levas de correligionários e apadrinhados, chamados para tomar posse dos cargos existentes e dos que viessem a ser criados. Fosse no âmbito municipal, estadual ou federal, mudança de governo costumava ser, antes de qualquer outra coisa, sinônimo de amplas movimentações de troca de pessoal.

Em 1955, eleitores fazem fila à espera da hora de votar. Entre eles, quantas vítimas potenciais do Conto do Emprego?

Domício Pinheiro/Agência Estado/AE

Algumas vezes, esses processos de tomada das repartições públicas por novos ocupantes eram conduzidos com disposição que chegava a lembrar a voracidade dos exércitos de ocupação. Neles, o que menos importava era a preocupação com a racionalidade administrativa, evidentemente. Nos pantanosos domínios do clientelismo, fatores como qualificação profissional ou competência técnica tinham peso praticamente inexpressivo, comparados aos poderes soberanos da indicação e da carta de recomendação. O que contava mesmo era a certeza de que o escolhido para assumir o posto estivesse colocado *do mesmo lado* que seus protetores: que soubesse manter lealdade permanente e incondicional às forças políticas que o beneficiavam. Instalar aliados por todos os lados, assim, servia para formar legiões de seguidores fiéis e combativos, sempre preparados para colocar as estruturas governamentais a serviço das conveniências pessoais e partidárias.

Tais práticas estavam associadas a uma lógica que podia ser expressa de maneira bastante simples: *apoiar* um governo significava *integrá-lo*. Atitudes como a adesão desinteressada ou o aplauso sem contrapartida seriam próprias dos ingênuos, dos tolos e dos ineptos; o verdadeiro jogo político-partidário estaria reservado a participantes astutos o suficiente para negociar nomeações e vantagens junto à gestão que passavam a defender. Ao ônus do apoio formal deveria corresponder o bônus dos cargos na administração: indecorosa que fosse, essa visão dava repetidas mostras de vitalidade, e foi exatamente a ela que recorreram os responsáveis por aquele que certamente foi um dos casos mais espetaculares de aplicação do Conto do Emprego de toda a história brasileira – um episódio em que colocações oficiais foram vendidas em nome de um partido político que, a bem da verdade, jamais chegou a existir.

O ato inicial dessa encenação extraordinária foi apresentado em meados do ano de 1953, quando começaram a circular país afora rumores de que um renomado político, o ex-ministro e deputado federal Danton Coelho, vinha desenvolvendo um discreto mas intenso trabalho de articulação, tendo como objetivo criar uma nova agremiação. O Partido Social Radical deveria ser formado por parlamentares vindos de outras legendas e destacadas lideranças sindicais, e, dizia-se, surgiria para atingir metas ambiciosas. A maior delas seria assumir gradualmente a função de principal base de sustentação parlamentar e política do governo de Getúlio Vargas, que dois anos antes – e dessa vez consagrado pelo voto popular – voltara à Presidência da República. Os mesmos rumores asseguravam ainda que Vargas planejava até realizar uma reforma ministerial, como modo de assegurar ao partido espaço proporcional à sua importância.

A boataria foi seguida pela entrada em cena de alguns indivíduos de modos decididos e oratória entusiasmada, que se apresentavam como representantes do deputado Danton Coelho e por ele encarregados da montagem de núcleos da nova organização partidária. Quando identificavam um ouvinte que demonstrasse algum sinal de interesse em sua conversa, esses indivíduos tratavam de convidá-lo para encontros mais reservados, nos quais as vantagens de tomar parte na iniciativa eram expostas e discutidas. Em princípio, sua argumentação tinha um tom vagamente cívico, que mencionava o elevado papel que os seguidores do movimento social-radical deveriam desempenhar na condução dos destinos nacionais. Mas a parte mais atraente de sua fala, seguramente, era a que chamava a atenção para as excepcionais perspectivas de ascensão que se abririam em um futuro próximo: cargos e mais cargos a serem preenchidos livremente por aqueles que se tornassem pioneiros do Partido Social Radical.

E não seriam quaisquer cargos. As colocações na administração federal eram as mais cobiçadas: aquelas que tinham maior expressão e que melhor remuneravam. Com um pouco de determinação e entusiasmo, um militante mais arrojado talvez pudesse mesmo atingir a altura das posições de chefia, aquele escalão encantado que assegurava o conforto do carro oficial, o direito ao tratamento de "doutor" e a sensação de onipotência que decorria do poder de decidir destinos a golpes de caneta. Garantir desde logo o acesso a oportunidades dessa natureza – mesmo que isso implicasse o pagamento de algum valor, como que para lhes garantir a reserva – parecia negócio dos mais lucrativos. Os supostos representantes do deputado Danton Coelho exigiam essa contrapartida, naturalmente; mas antes de examinar com maior detalhe de que modo envolveram algumas das vítimas que conseguiram engambelar, valeria a pena verificar qual era o terreno em que baseavam a dramatização que vinham executando.

Porque, nesse caso, nem tudo era invenção. Em primeiro lugar, é importante levar em conta que Danton Coelho de fato havia sido um dos homens da mais absoluta confiança de Getúlio Vargas. Ele desempenhara papel crucial, por exemplo, nas negociações que levaram o Partido Social Progressista (PSP), dominado por Ademar de Barros, a apoiar a candidatura presidencial de Vargas em 1950, em aliança com o Partido Trabalhista Brasileiro (PTB); e tal era então sua autoridade como interlocutor do getulismo que, na época em que o acordo estava em discussão, um jornal chegou a defini-lo como "os olhos e os ouvidos" de Getúlio Vargas nas conversações com os representantes do PSP.[29] Tendo obtido cadeira na Câmara dos Deputados nas mesmas eleições que reconduziram Vargas ao poder, Danton sequer chegou a ocupá-la em um primeiro momento, uma vez que foi escolhido para assumir o Ministério do Trabalho do novo governo – cargo que passou a dividir com a presidência do PTB, que vinha exercendo desde agosto de 1950.

E em segundo lugar, é preciso lembrar que apesar de tudo isso, em uma fase posterior de refluxo político, Danton realmente chegou a cogitar a formação de uma nova legenda. Isso aconteceria depois que, como resultado de acirradas disputas desenvolvidas no interior do PTB, ele foi afastado da presidência do partido, em junho de 1951, em uma crise que o levaria também a renunciar ao Ministério do Trabalho, poucos meses depois. Descontente tanto com o partido quanto com o governo – nos quais enxergava o mesmo abandono das linhas programáticas do que considerava o autêntico trabalhismo –, Danton e a facção que o tinha como líder passaram a discutir a organização de uma Frente Trabalhista Brasileira, como primeira etapa de criação de outra agremiação política.

A escolha de João Goulart para a presidência do PTB, em junho de 1952, serviu para apaziguar os ânimos e afastar temporariamente essa possibilidade de cisão, mas o assunto não desapareceria por completo. Em julho de 1953, quando Danton Coelho participou de uma reunião aberta com líderes sindicais e militantes petebistas, o jornal *O Dia* apressou-se em alardear que aquele encontro equivalia ao ato de fundação de legenda intitulada, precisamente, Partido Social Radical.[30]

Se é que naquela ocasião Danton Coelho estava de fato empenhado em viabilizar uma nova alternativa partidária, não o conseguiu: nunca um tal Partido Social Radical chegaria a funcionar ou a ser organizado em termos formais, como bem se sabe.[31] Mas o que inexistia na prática já vivia na imaginação, e isso é tudo de que necessitam os vigaristas de talento para dar forma a um enredo plausível. Além disso, os golpistas que alegavam estar envolvidos com a formação dos núcleos pioneiros do partido tinham um aguçado senso de oportunidade. Eles não só compareceram à reunião que *O Dia* havia colocado em destaque como, em outras reportagens publicadas pelo mesmo jornal, fizeram o possível para associar seus nomes ao do deputado. Se se tratava de militantes políticos que se fizeram vigaristas ou de vigaristas que se fizeram militantes políticos, pouco importa; o fato é que toda a movimentação que desenvolviam tinha um objetivo claro: o de criar condições para que o Conto do Emprego pudesse ser aplicado em escala inédita.

Coube a um comerciário que passava então por dificuldades financeiras explicar como o logro foi aplicado em um primeiro momento.

Segundo o depoimento que prestou à polícia, um dos golpistas, sabendo de sua situação de penúria, afirmara que "tinha um amigo muito íntimo do deputado Danton Coelho e poderia por intermédio dele arranjar para o declarante um emprego federal, mediante a importância de Cr$ 15.000,00, quantia essa que seria dada ao Dasp, a fim de evitar concurso".[32] Dasp era a sigla que correspondia ao Departamento Administrativo do Serviço Público, órgão que, em tese, deveria cuidar dos processos de seleção de pessoal conduzidos pela administração federal. Sua existência, como o obstáculo que só poderia ser removido por meio do suborno, era extraordinariamente conveniente para os propósitos do golpe. Ela servia para justificar o pedido de dinheiro e para tornar crível a argumentação de que, depois que este fosse entregue, tudo seria resolvido. Até porque – como assegurava o mesmo golpista a outra das pessoas a quem tentou envolver –, o negócio era avalizado por gente da mais alta importância, "da copa e cozinha do Catete".[33]

Nessa versão inicial, assim, o esquema já possuía alto poder de persuasão, como aliás demonstraria inadvertidamente o desventurado comerciário, que de fato pagou os Cr$ 15.000 solicitados pela colocação que não recebeu. Um folhetim político com tantas possibilidades de desenvolvimento, no entanto, sempre podia ser aprimorado em termos dramáticos – e dessa forma tornado mais rentável. Pois se ao Partido Social Radical estava reservado lugar de destaque junto ao governo federal, por que não sustentar, afinal, que *toda uma autarquia* estava sendo criada com o único objetivo de abrigar seus integrantes?

A alegação já havia sido apresentada antes, mas de maneira incidental; colocada no centro da trama, tornava a história muito mais sedutora e chegava a dobrar o valor a ser pago pelo suposto emprego, conforme revela o depoimento de outra vítima do golpe. A ela, o vigarista

> declarou que era quem estava investido de plenos poderes para a organização do Tombamento de Terras, região de São Paulo, Mato Grosso

> e Minas Gerais, e bem como indicar as pessoas a serem nomeadas; [...] que após essas explicações, [...] lhe fez ver que seria necessário contudo que o declarante contribuísse com a importância de Cr$ 30.000,00 (trinta mil cruzeiros), importância que seria distribuída a "pessoas" do Dasp, a fim de que esse órgão não impugnasse as nomeações e nem exigisse qualquer concurso; [...] que, dias depois, foi o declarante esclarecido [*por dois dos golpistas*] de que estavam eles incumbidos pelo ex-ministro Danton Coelho de fundar [...] o Partido Social Radical, e que as vagas para os cargos no Tombamento de Terras seriam para aqueles que daquela facção política fizessem parte como dirigentes.[34]

Uma colocação magnífica, em uma autarquia federal criada na medida do interesse partidário, e que além de tudo lidava com processos de tombamento de terras, o que deixava entrever possíveis oportunidades para a cobrança de propinas e outras formas de extorsão: em sua versão final, o golpe tinha adquirido um apelo fabuloso. A investigação policial que fundamentou a abertura do processo judicial relativo ao caso não conseguiu, em suas averiguações, determinar com maior precisão por quanto tempo o ardil foi praticado, nem quantas pessoas se tornaram vítimas dele.[35] O certo é que, por motivos óbvios, o esquema não pode ter ultrapassado o mês de agosto de 1954, quando Getúlio Vargas cometeu suicídio. No final das contas, por mais bem concebidos que sejam, os embustes também têm seus prazos de validade, e o desse expirou automaticamente com o desaparecimento do líder em cujo governo o Partido Social Radical deveria exercer tanta influência.

Digno mesmo de registro, no entanto, é o desfecho jurídico do episódio. Em que pesassem as queixas de várias das vítimas e mesmo a confissão parcial de um dos vigaristas de que o golpe realmente vinha sendo aplicado, os acusados foram absolvidos em uma decisão de primeira instância. O juiz encarregado do caso foi claro em sua sentença:

> Além das declarações das vítimas, não existem outros elementos de convicção pelos quais se possa concluir que os denunciados, efetivamente, as tivessem enganado, prometendo-lhes empregos, mediante o recebimento de determinadas quantias.[36]

Indignado, um promotor público decidiu apelar contra essa decisão. Em maio de 1960 – sete anos depois dos acontecimentos –, um tribunal de instância superior confirmou, por unanimidade de votos, a deliberação anterior, com a seguinte argumentação:

> A impressão que se colhe da leitura das provas é que acusados e vítimas refletem a mentalidade de uma época em que se organizavam partidos políticos com base em criação de autarquias federais: os primeiros vendiam e os segundos compravam os empregos públicos a serem criados. Estes disputavam os futuros empregos e pagavam o preço estipulado. Aqueles gozavam de bafejo oficioso e almejavam prestígio eleiçoeiro. Era o fruto da mentalidade e dos costumes políticos dominantes. Os disputantes e compradores de cargos não foram felizes, porque o plano dos vendedores não se concretizou. Não podiam ignorar os primeiros que apenas compravam um bilhete de loteria, pois os empregos dependiam da criação de uma nova autarquia federal.
> Não se configurou, portanto, o crime de estelionato.[37]

A manifestação chama a atenção por dois motivos. Em primeiro lugar, porque considerava não ter existido intenção de enganar por parte dos acusados, motivo pelo qual não se poderia então condená-los pelo crime de estelionato. Em segundo lugar, e mais importante ainda, porque enxergava nos acontecimentos a marca de usos e costumes talvez condenáveis, mas pertencentes a um passado inteiramente superado. Naquele início da década de 1960, era com serenidade e certeza que se divulgava o anúncio oficial de que antigas mazelas brasileiras – práticas como a corrupção, o desmando e o empreguismo – tinham desaparecido para sempre.

CAPÍTULO 5

Aqui não há direito

Pronto para entrar em ação:
policial acompanha
manifestação de protesto, 1968.
Agência Estado/AE

Virei-me, enxerguei um tipinho de farda branca, de gorro branco, a passear em frente às linhas estateladas. [...] O discurso, incisivo e rápido, com certeza se dirigia aos recém-chegados:

– Aqui não há direito. Escutem. Nenhum direito. Quem foi grande esqueça-se disto. Aqui não há grandes. Tudo igual. Os que têm protetores ficam lá fora. Atenção. Vocês não vêm corrigir-se, estão ouvindo? Não vêm corrigir-se: vêm morrer.

Graciliano Ramos, *Memórias do cárcere*,
publicado postumamente em 1953

Quando um político diz nos seus discursos que está ao lado do povo, que visa incluir-se na política para melhorar as nossas condições de vida pedindo o nosso voto prometendo congelar os preços, já está ciente que abordando este grave problema ele vence nas urnas. Depois divorcia-se do povo. Olha o povo com olhos semicerrados. Com um orgulho que fere a nossa sensibilidade.

Carolina Maria de Jesus, *Quarto de despejo: diário de uma favelada*, 1960

I

A IMAGEM DE UM ESTADO GENEROSO E AMIGO, SEMPRE PRONTO A SOcorrer seus protegidos, serviu como base cultural para o desenvolvimento de grande quantidade de golpes. Ocorre que nem todos os brasileiros conseguiam ver o mesmo, quando dirigiam o olhar ao poder público; para muitos, o que se podia enxergar nele não era propriamente aquela maravilhosa fonte de inesgotáveis benesses – reais ou imaginárias –, mas coisa bem diferente: uma temível maquinaria permanentemente mobilizada para segregar e restringir, intimidar e punir. Do ponto de vista desses, o ânimo demonstrado pelo aparelho governamental não lembrava em nada a materna benevolência dedicada aos filhos – lembrava antes a madrasta intolerância reservada aos enjeitados.

É evidente que o Estado que acolhia e o Estado que expulsava eram, na realidade, como que diferentes faces da mesma moeda. Tomadas ao avesso, as práticas de apadrinhamento tinham como perfeita contrapartida a lógica contida naquele que se tornaria um dos aforismos mais famosos da política nacional: "aos amigos, tudo; aos inimigos, a lei". A frase já foi atribuída tanto a Artur Bernardes quanto a Getúlio Vargas, e provavelmente não foi dita por nenhum deles; ainda assim – *si non è vero, è ben trovato* –, exprime com fidelidade não apenas seus estilos particulares de governar, mas a própria essência do Estado patrimonial brasileiro. Porque o reverso do privilégio é a discriminação: para lidar com aqueles que fossem tidos como adversários ou, ao menos, estranhos aos círculos de confiança do poder, os instrumentos oficiais de coerção e controle estavam constantemente preparados.

Bem se vê, assim, que para quem o Estado era ameaça, tudo se invertia: em vez da proteção, o que se manifestava era o perigo da perseguição e da violência; em vez da facilidade, o risco do surgimento de todo tipo de obstáculo e dificuldade; em vez do benefício, o prenúncio da ruína e do mais amargo dano. Todos os contos do vigário apresentados até agora se valiam, de uma maneira ou de outra, de mecanismos de sedução para ludibriar suas vítimas, prometendo a elas belas e atraentes miragens. Aqui, no entanto, estamos colocados em atmosfera psicológica bem diferente, dentro da qual a delícia do sonho é substituída pela angústia do pesadelo. Seria possível imaginar o desenvolvimento de esquemas de engano eficientes em terreno tão carregado de negatividade?

Como sempre, o melhor é tentar proporcionar resposta a partir de um exemplo concreto. No ano de 1959, um antigo cabo da Força Pública de São Paulo, expulso da corporação por indisciplina, decidiu continuar a usar o uniforme que não mais lhe pertencia – fazendo-se passar pelo que deixara de ser, portanto. Decidiu manter também o comportamento autoritário que julgava inerente à farda que vestia: parava transeuntes escolhidos ao acaso para submetê-los a ásperos interrogatórios, exigir deles a apresentação dos documentos pessoais e mesmo, algumas vezes, para passá-los em revista. Suas arbitrariedades, contudo, não se limitavam a isso. Certa feita, deteve um padeiro que vinha caminhando pacificamente pela rua para, sem maiores explicações, dar-lhe voz de prisão. Em seguida, e sempre fazendo uso de mais força do que seria necessário, o conduziu pelo braço ao interior de uma confeitaria localizada no largo da Concórdia, no centro de São Paulo.

Ali, entre insultos e empurrões, anunciou afinal qual era a acusação que, supostamente, justificava suas atitudes: a de que o passante levava com ele um rádio portátil roubado. Ordenou então que o atônito padeiro esvaziasse os bolsos e colocasse tudo o que trazia neles sobre um pedaço de papel, que colocou sobre o balcão do estabelecimento. Obedecida a determinação, embrulhou tudo – mil cruzeiros em dinheiro, documentos de identificação, um maço de cigarros e alguns outros objetos miúdos – , sem se esquecer de tomar posse também do rádio portátil, que preferiu carregar separadamente. Ele forçaria ainda sua vítima a acompanhá-lo a outro local, um bar localizado no largo General Osório, onde mandou que esta fosse telefonar a alguém que pudesse trazer a nota de compra do aparelho de rádio, naquela que deveria ser uma prova de sua posse legítima. Quando o padeiro voltou, o suposto cabo havia desaparecido, levando consigo o rádio e o dinheiro.[1]

O terror, portanto, também podia ser aproveitado como alicerce das tramas dos contos do vigário. O episódio certamente impressiona pela brutalidade e pelo descaramento do golpista; e não se pode deixar de imaginar a aflição da vítima, confrontada com um policial que, em vez de proteger, agredia. Situação tão adversa sugere a colocação de segunda questão, ainda mais incômoda: no ambiente social brasileiro, imposturas dessa natureza teriam a durabilidade que costuma caracterizar os golpes mais eficientes?

Rio de Janeiro: os falsos agentes da Polícia Federal e seu "preso"

Fabio Motta/Agência Estado/AE

Uma vez mais, cabe fundamentar a resposta com base nos acontecimentos. Em 2007, uma equipe de reportagem do *Jornal da Tarde* que passava por uma rua da Barra da Tijuca, no Rio de Janeiro, testemunhou por acaso um inesperado tumulto que se formou no local. Subitamente, um indivíduo – que foi posteriormente identificado como empresário, proprietário de uma casa de câmbio e turismo – teve o automóvel parado por uma viatura da qual saíram três homens vestindo uniformes nos quais aparecia com destaque a inscrição "Polícia Federal". Os supostos policiais anunciaram, de maneira bastante agressiva, sua detenção pela acusação de "lavagem de dinheiro", enquanto faziam questão de mostrar as armas e os distintivos que portavam – mas não o devido mandado de prisão, indispensável em tais ocasiões.

O empresário chegou a esboçar resistência, mas não conseguiu se desvencilhar dos homens que já torciam seu braço, como forma de imobilizá-lo. Estava prestes a ser algemado e levado preso, quando algo de estranho ocorreu. Assim que os policiais perceberam que a equipe de reportagem se aproximava e, mais do que isso, tirava fotos do que se passava, mudaram rapidamente de comportamento. Desistiram da detenção e se contentaram em apreender os 30 mil reais que o empresário trazia consigo; em seguida, fugiram, levando também o carro da vítima. Não fosse a providencial presença dos repórteres, os vigaristas que se fingiam agentes da Polícia Federal teriam, mais do que o roubo, realizado um sequestro.[2]

Os 48 anos que separam os casos do falso cabo da Força Pública de São Paulo dos falsos agentes da Polícia Federal do Rio de Janeiro proporcionam certa perspectiva histórica, no que se refere à manobra de assustar para enganar. É certo que no segundo caso existe maior grau de elaboração cênica, como o uso da viatura com sirene, a movimentação de uma equipe coordenada e uniformizada, a exibição dos hipotéticos distintivos e assim por diante. Mas, em essência, tratava-se da mesma representação – que, a propósito, é conhecida como Conto do Policial. Ambos os episódios recorriam aos mesmos elementos culturais para viabilizar o engodo: era precisamente porque as práticas de violência policial faziam parte do cotidiano, fosse em 1959, fosse em 2007, que enredos tão kafkianos quanto esses podiam ser encenados em plena rua. Uma vez instalada a ideia de que muito frequentemente o poder se fazia presente por meio da prepotência, bastava saber imitar bem tal prepotência para parecer o poder. Tanto quanto os uniformes, era a conduta arbitrária dos falsos policiais que permitia que eles assumissem a aparência de perniciosos mas autênticos representantes da lei e da ordem.

Para os vigaristas que gostavam da sensação de importância dos que podiam impor obediência, portanto, havia mais essa possibilidade; e era sem dúvida com perversa satisfação que eles se dedicavam a abusar da autoridade que jamais lhes pertencera. Caso característico é o do trapaceiro conhecido como "Mancha Negra", apelido certamente inspirado pelo famoso personagem das histórias em quadrinhos,[3] como se pode verificar pela notícia de sua prisão, em julho de 1954:

> Segundo se apurou, "Mancha Negra", visando extorquir dinheiro de comerciantes, intitulava-se agente do Departamento de Investigações. Em seu poder, foram apreendidos dezenas de distintivos com o emblema da República e contendo os dizeres "Fiscal do PSP". Tais distintivos são semelhantes aos usados pelos delegados de polícia.
> Após as formalidades legais, "Mancha Negra" foi recolhido ao xadrez.[4]

O Conto do Policial funcionava sobretudo porque evocava fantasmas de antiga existência dentro da vida brasileira, assustadoras imagens de relações sociais historicamente marcadas por um grosseiro autoritarismo. A elas estava associada uma frase que bem poderia servir-lhe de divisa, e que se apresentava na forma de uma interrogação famosa – *você sabe com quem está falando?* A resposta estava implícita na própria formulação da questão. Quem a ouvia devia reconhecer que estava falando com um superior, um poderoso, um maioral cuja autoridade não podia ser desafiada e a quem convinha obedecer de maneira imediata e incondicional.

Daí a importância de que o vigarista que pretendesse interpretar o personagem do policial de maus bofes soubesse incorporar os traços dessa tradição cultural de mandonismo, com especial atenção para os detalhes do modelo comportamental que lhe correspondia. O desempenho do papel demandava cenho franzido, olhar ameaçador, falar impositivo, ares de sujeito de muita influência e pouca paciência. Assim procurava apresentar-se, por exemplo, o golpista que se proclamava "investigador" e que certa vez tentou entrar, sem pagar, em uma casa noturna – barrado, ele não teve dúvidas em dar voz de prisão ao porteiro que lhe impedia o acesso. "Em altos brados, ameaçava chamar o plantão do Dops", revelava o jornal que registrou o incidente, em agosto de 1954.[5] (Na ocasião, alguns integrantes do plantão policial foram de fato chamados, constataram a fraude e acabaram por prender a falsa autoridade, o que serve para demonstrar uma vez mais que, por mais envolvido que esteja em seu esforço de interpretação, um vigarista profissional precisa saber a hora de suspender a atuação e sair imediatamente de cena, quando perde o domínio da situação.)

Por vezes, o golpista envolvido com a execução do ardil decidia promover a si mesmo e, em vez de simular o papel de policial ou de investigador, dava-se a conhecer pelo título mais imponente de "delegado". Em março de 1943, um desses golpistas improvisou um falso livro de registro de ocorrências e partiu para a realização de uma série de batidas na região suburbana de São Paulo, como revela a notícia então publicada pela *Folha da Manhã*:

> A delegacia da Penha, há dias, recebeu uma denúncia de moradores do subúrbio de S. Miguel, declarando que no referido local um indivíduo, que se fazia passar por delegado de Ordem Política e Hotéis, havia procurado vários negociantes, de preferência donos de bares e pensões, e, sob o pretexto de que os seus livros de assentamento não estavam em ordem, lançava multas que eram cobradas no ato. O dr. Manoel Ribeiro da Cruz mandou dois investigadores da delegacia da Penha averiguar o fato no local, e os policiais encontraram o referido indivíduo, que foi preso e levado à presença da autoridade. Tratava-se do conhecido malandro José Antonio Lyra. Depois das diligências preliminares, o delegado mandou abrir inquérito sobre o fato, apurando que José Antonio Lyra em princípios de fevereiro deste ano

> dormiu no Hotel Braz Cubas, na rua Couto de Magalhães, de onde furtou o livro de registro de hóspedes. Com esse livro o malandro foi a S. Miguel, munido de um carimbo que tinha os dizeres "Registro de Hóspedes – Delegado Especial de Ordem Política e Hotéis". No referido local, o malandro procurou os donos de bares e pensões e depois de exigir a exibição de uma licença especial lançava a multa que era cobrada no ato. Batia o carimbo nas folhas do livro roubado e assinava um nome qualquer.[6]

A exibição de documentos falsos e credenciais forjadas acabaria por assumir papel importante no desenrolar da trama, como forma de proporcionar maior credibilidade às autoridades de mentira. Também aqui, a exemplo do que ocorria no caso do Conto do Bilhete Premiado, a arte da falsificação continuaria a prosperar, como descobriu de maneira surpreendente o delegado da cidade de Nilópolis, no Estado do Rio de Janeiro, em 1955. Ele começou a desconfiar que havia alguma coisa errada quando passou a ouvir repetidos comentários sobre o aumento do número de integrantes da Guarda Municipal que comandava – o que era sobremaneira estranho, posto que o delegado sabia bem que não tinha acontecido aumento algum. Não demorou até que descobrisse que os "novos" policiais eram vigaristas que vinham fazendo rondas pelas ruas da cidade. Detido, um deles acabou por confessar: "O negócio é o seguinte: há um rapaz aí que por cinquenta pratas vende as carteiras funcionais, novinhas em folha". O falsificador também foi detido, e, segundo o jornal que noticiou o episódio, "confessou o delito, lamentando apenas que fosse descoberto tão cedo..."[7]

É claro que, na falta dos documentos arranjados, a solução era colocar maior ênfase nos modos autoritários do personagem: tentar fazer com que as exibições de arrogância e superioridade fossem suficientes para afastar possíveis dúvidas. O risco de tal procedimento, como vimos, era o da superatuação, ou seja, o da insistência no desempenho do papel mesmo quando ele deixava de ser convincente. Foi o que aconteceu com o sujeito embriagado detido pela polícia do Rio de Janeiro em 1956, que alegou com toda a imponência que, na condição de sargento da Marinha, não podia seguir preso sem a presença de uma escolta oficial. Por alguns instantes, instalou-se certo impasse. "Mas tanto o homem gritava que resolveram solicitar uma escolta", escreveu o jornalista que publicou matéria a respeito do acontecido. Levado com a pompa que exigia para a delegacia, foi ali afinal desmascarado: operário de profissão, sequer pertencia às Forças Armadas. "O sargento 'de araque' foi trancafiado no xadrez."[8]

Fosse como fosse, era bastante significativo o fato de que, ainda que frustrada, a tentativa de blefe tivesse sido realizada. A figura fantasmagórica de um oficial da Marinha impaciente e vingativo, determinado a prejudicar gravemente quem não se curvasse às suas imposições, podia ser muitíssimo assustadora: tão pavorosa mesmo quanto a de um policial irritadiço e truculento, habituado a fazer uso de toda forma de violência com base em uma triste e conhecida tradição de impunidade. Personagens de semelhante estirpe certamente proporcionavam oportunidades para interpretações intensas e marcantes, para aqueles vigaristas que demonstravam vocação especial para encarnar figuras carregadas de baixeza e vilania. Porque, no final das contas, era disso mesmo que se tratava: no plano do fazer teatral dos estelionatários brasileiros, os enredos que falavam de intimidação e abuso de autoridade eram os mais típicos, no repertório daquela que podia ser definida como uma autêntica dramaturgia do medo.

II

Há um aspecto que logo se torna evidente quando são colocados em destaque os golpes que exploravam a convicção de que era tremendamente perigoso contrariar as expectativas e os humores oficiais:

quanto mais autoritário fosse o regime em vigor, maiores eram as possibilidades de criação de contos do vigário que tivessem como tema básico o temor aos poderosos. Vejamos, a título de exemplo, o que dizia nota veiculada por jornal paulistano em setembro de 1943, em pleno período da ditadura do Estado Novo:

> Comunicam-nos da Superintendência de Segurança Política e Social:
> "Vem chegando ao conhecimento desta Superintendência, quase diariamente, que indivíduos inescrupulosos, na qualidade de representantes de revistas que se publicam nesta Capital ou nos Estados, têm percorrido estabelecimentos comerciais e industriais desta Capital, e mesmo do interior, dos quais vêm extorquindo importâncias, geralmente consideráveis, a pretexto de números especiais de homenagem a altas autoridades ou ainda para obras de propaganda do Estado Nacional, impondo 'quotas de cooperação' através de ameaças diversas, feitas expressa ou veladamente.
> "Esta Superintendência cumpre o dever de prevenir a todos contra tais indivíduos, solicitando a colaboração dos interessados no sentido de identificá-los e denunciá-los para que contra esses espertalhões possa agir com todo o rigor que a lei penal prevê para a punição de delitos dessa natureza."[9]

O caso é tão inusitado que chega a ser cômico: vigaristas de ar circunspecto procuravam o comércio e a indústria pedindo patrocínio para a publicação de revistas que, supostamente, fariam a exaltação dos figurões do regime e de suas realizações – e deixavam claro que a falta de colaboração para com essas iniciativas seria encarada como atitude suspeita e sujeita a represálias. E, ao que tudo indica, o golpe vinha sendo aplicado com enorme sucesso, ou não seria necessário veicular pela imprensa uma advertência oficial contra ele, assinada pela própria Superintendência de Segurança Política e Social. Simular a imposição de uma bajulação forçada resultava em um conto do vigário dos mais rentáveis.

O engano sabia bem o que imitava. Naqueles dias em que a contínua mobilização cívica servia a propósitos de controle político, peças de elogio e glorificação ao governo – e, em especial, ao governante – eram produzidas em série pelo Departamento de Imprensa e Propaganda, órgão federal talvez então mais conhecido por sua sigla, DIP. A figura de Getúlio Vargas parecia inabalável, colocada entre a reverência das manifestações de ufania e a proteção do aparato estatal de vigilância e repressão. O fortalecimento do Estado Novo gerava uma atmosfera policial dentro da qual as ações das autoridades de fato se revelavam altamente inspiradoras para as invenções das autoridades de ficção, como demonstra um outro engodo que surgiu e prosperou na mesma época.

Para apresentar com propriedade mais esse ardil, seria interessante mencionar rapidamente algumas das situações criadas por influência da Segunda Guerra Mundial. Em janeiro de 1942, como se sabe bem, o governo brasileiro rompeu relações com os países do Eixo – Alemanha, Itália e Japão –, em decisão que marcava o processo de aproximação aos chamados Aliados. A declaração formal de guerra só seria anunciada em agosto daquele ano, mas mesmo antes disso algumas determinações já haviam sido tomadas contra alemães, italianos e japoneses residentes no país. Em março de 1942, por exemplo, foi decretado o confisco de seus bens, ao mesmo tempo em que começavam a ser divulgadas medidas oficiais destinadas a controlar-lhes a movimentação pelo território brasileiro – como a ordem de que eles passassem a portar salvo-condutos emitidos pelas autoridades competentes, quando de seus deslocamentos e viagens.

Daí em diante, os jornais passariam a trazer praticamente todos os dias, como que em uma seção permanente, uma relação das providências a serem tomadas pelos que também eram conhecidos como “súditos do Eixo” (fossem eles naturalizados cidadãos brasileiros ou não). Vejamos como eram apresentados alguns dos itens de tal relação, então publicada pela imprensa com o título de “Informações úteis”:

A exigência de salvo-conduto

A exigência de salvo-conduto só atinge os cidadãos de nacionalidade alemã, italiana e japonesa, inclusive os naturalizados brasileiros. Para conseguir o salvo-conduto, o interessado deve apresentar uma fotografia tamanho 3 x 4.

É gratuita a expedição de salvo-conduto e atestado de nacionalidade.

A propósito da concessão de salvo-conduto e atestados de nacionalidade, temos recebido repetidas denúncias de que em determinados municípios estão ainda sendo exigidos dos interessados selos, firmas reconhecidas, etc.

A respeito, temos a informar que tal procedimento está em absoluto desacordo com uma portaria assinada pelo superintendente da Segurança Política e Social, major Olyntho de França, e publicada pela imprensa em dias do mês passado.

Nessa portaria é recomendado expressamente às autoridades policiais em exercício que o fornecimento do salvo-conduto e o da declaração de nacionalidade devem ser inteiramente gratuitos, não se devendo exigir selos, estampilhas ou firmas reconhecidas dos interessados.

A validade do salvo-conduto

A validade do salvo-conduto terá a duração estritamente necessária ao percurso da viagem a ser realizada pelo interessado. Processar-se-á a revalidação, mediante nova solicitação.

Aos que necessitam viajar constantemente, como operários, empregados, caixeiros viajantes, etc., desde quando provem essa circunstância em declaração expressa da firma em que trabalham ou por duas pessoas idôneas, cujas firmas deverão ser reconhecidas, serão fornecidos salvo-condutos com validade especial de 30 dias.

[...]

Hospedagem particular aos cidadãos do "Eixo"

Os chefes de famílias ou donos de casas particulares que hospedarem cidadãos italianos, alemães ou japoneses, mesmo naturalizados brasileiros, devem fazer uma comunicação a respeito à Superintendência de Segurança Pública e Social, dentro do prazo de 24 horas.[10]

Passava a haver, portanto, uma série de normas a serem respeitadas (ainda que, aparentemente, alguns dos representantes dos poderes locais já começassem a demonstrar a costumeira tendência de ir muito além do que elas previam, com suas exigências arbitrárias e excessivas de selos, estampilhas, firmas reconhecidas e outras miudezas burocráticas para a emissão dos salvo-condutos). Os cidadãos nascidos nos países com os quais o Brasil tinha rompido relações ficavam obrigados a portar os devidos documentos de identificação e a exibi-los aos representantes do poder público, quando quer que eles os exigissem: não seria tal situação quase que um convite para que alguns assumissem por conta própria o papel de autoridades, como forma de tirar partido daquela oportunidade?

Os que encararam as coisas dessa maneira agiram com uma rapidez impressionante; porque, pouco adiante, naquele mesmo mês de março de 1942, surgia pela imprensa a primeira de uma série de advertências:

Comunicam-nos da Superintendência de Segurança Política e Social: "Tendo sido comunicado à Superintendência de Segurança Política e Social que diversos indivíduos, intitulando-se investigadores, estão usando de expedientes condenáveis para extorquir dinheiro de cidadãos e firmas comerciais pertencentes aos países do 'Eixo', o major Olyntho de França Almeida e Sá, superintendente, previne que os

> funcionários e investigadores da Polícia são portadores de carteiras profissionais e distintivos que os identificam.
> "Qualquer indivíduo, portanto, que se intitule inspetor ou funcionário da Polícia e que não exiba seus documentos deve ser considerado chantagista e, como tal, preso e encaminhado àquela Superintendência.
> "Mesmo aqueles que exibam documentos de identidade igualmente devem ser detidos e encaminhados à Superintendência de Segurança Política e Social, quando exigirem dinheiro."[11]

Com uma agilidade digna de registro, os vigaristas haviam já desenvolvido a trama de acordo com a qual, no papel de rigorosos representantes das forças policiais, interpelavam alemães, italianos e japoneses para, invariavelmente, descobrir alguma irregularidade na documentação que eles apresentavam. A isso se seguia, obviamente, a cobrança imediata de valores em dinheiro, a título de multa ou propina.

A execução do golpe era favorecida, é claro, pela tradição de solicitações desmedidas ou absurdas que caracterizava as formalidades oficiais; porque, no emaranhado das normas baixadas pelo governo, sempre se podia encontrar – ou fingir encontrar – um problema qualquer, na forma ou no conteúdo do salvo-conduto: a ausência do selo que no final das contas não era necessário, a falta de um carimbo cuja existência era inventada, a alegação de que a validade do documento tinha expirado por força de um novo e imaginário decreto, e assim por diante, em uma espiral infindável de estorvos. O mundo da burocracia é extraordinariamente inspirador, para uma mente criativa empenhada em fabricar dificuldades.

Nesse caso específico, entretanto, não seria justo culpar exclusivamente os estelionatários pelos sofrimentos a que eram submetidas as vítimas de tais procedimentos. Chama a atenção, no comunicado transcrito acima, o trecho final, em que se afirma que mesmo os achacadores que exibissem documentos de identificação como policiais deveriam ser detidos: indício claro de que alguns dos autênticos representantes da lei e da ordem *também* vinham se dedicando a espoliar os estrangeiros. Isso se tornaria ainda mais evidente no texto de outra advertência, publicada poucos meses depois:

> Continua a ação da Superintendência de Segurança Política e Social contra os falsos investigadores que, sob vários pretextos, procuram extorquir dinheiro dos súditos das nações do "Eixo".
> Em virtude das medidas enérgicas adotadas pelo major Olyntho de França, não mais se verificou nenhum caso de extorsão realizado por qualquer funcionário policial. Todavia, algumas pessoas estranhas ao mesmo, surpreendidas em flagrante, foram detidas e processadas.[12]

Ao afirmar que a intervenção do major fizera cessar ocorrências envolvendo policiais, a nota, evidentemente, admitia que elas haviam existido. Mas mesmo que tal forma de abuso de autoridade tenha de fato terminado aí, sua cópia por parte dos golpistas de rua seguiu adiante com desenvoltura cada vez maior. Em maio de 1943, por exemplo, surgiu a notícia de que uma dupla de vigaristas, dotados de desfaçatez acima da média mesmo para os padrões dos profissionais da área, tinha montado um pequeno escritório de despacho de documentos falsos *ao lado* do prédio onde funcionava o Serviço de Salvo-Contudos:

> O delegado Furtado de Mendonça, que dirige o Serviço de Salvo-Condutos da Superintendência de Segurança Política e Social, em diligência que realizou ontem, conseguiu surpreender em flagrante dois indivíduos que haviam instalado uma agência clandestina de despachante, à porta daquele departamento. Os mesmos, que são Luiz Cuesca e Francisco Alves Collaço, postavam-se no largo General Osório, e abordavam os que necessitavam obter salvo-conduto. Mediante o pagamento de quantias que iam de 5, 10 a 20 cruzeiros, comprometiam-se eles a retirar o documento desejado. O mais grave, porém, é que, conhecendo o funcionamento do serviço, não tinham o menor escrúpulo em atestar, eles

> mesmos, a nacionalidade brasileira para quem era estrangeiro. Com esse procedimento criminoso, conseguiram fazer passar por nacionais até súditos do "Eixo" e assim procediam porque sabiam que o processo para salvo-conduto de brasileiros era muito mais fácil, pois bastava a apresentação de cidadãos portadores da carteira de identidade oficial. Para despistar a Polícia, ambos davam o seu endereço errado. Na ocasião de serem presos, os malandros se interessavam por Carmo Palermo, italiano, e Bolesiavas Debesys, lituano, apresentados como brasileiros.[13]

E em setembro daquele mesmo ano um novo comunicado informava que os vigaristas que se dedicavam a enganar italianos, japoneses e alemães vinham diversificando o golpe, agora impondo a eles a exigência de que abandonassem suas próprias moradias – ponto de partida, certamente, para a realização de novas e, com toda a probabilidade, ainda mais pesadas cobranças:

> Comunicam-nos da Superintendência de Segurança Política e Social: "Tendo chegado ao conhecimento desta Superintendência que indivíduos inidôneos, aproveitando-se da situação atual e intitulando-se funcionários da polícia, estão intimando estrangeiros a mudar de residência, visando com isso satisfazer a interesses próprios ou de terceiros, o major superintendente da Segurança Política e Social faz público que tais intimações, quando do interesse da segurança nacional, serão feitas por escrito, convidando o estrangeiro a comparecer à Delegacia de Ordem Política e Social, seção de transferências de residência, onde serão atendidos pela autoridade encarregada do serviço".[14]

Não deixa de ser fascinante o exercício de acompanhar, por meio da leitura das linhas e entrelinhas dos comunicados oficiais, o nascimento e o desenvolvimento de um conto do vigário. Teria tal enredo baseado na intimidação sido aplicado por igual entre as três comunidades nacionais atingidas pelas restrições dos tempos de guerra?

O mais provável é que não. Em seu livro sobre o cotidiano paulistano durante os anos da Segunda Guerra Mundial, Roney Cytrynowicz demonstrou que naquela época, em termos gerais, os japoneses sofreram bem mais do que os italianos e os alemães, por conta de um clima de preconceito e perseguição que era reforçado pelas próprias linhas de atuação do Estado Novo.[15] Parece plausível a hipótese de que os vigaristas que se faziam passar por policiais preferissem assediar em especial os imigrantes japoneses, tentando tirar partido da situação de maior fragilidade e desamparo em que eles estavam colocados. Um indício de que isso acontecia viria de um triste incidente, ocorrido já no período do pós-guerra.

Entre julho e outubro de 1949, um indivíduo que se apresentava como funcionário da Delegacia Especializada de Estrangeiros realizou diversas rondas nas regiões de Itaquera, Guaianazes e Poá, em São Paulo, nas quais existiam significativos núcleos da comunidade japonesa.[16] A cada integrante desta que interpelava, a suposta autoridade ordenava a exibição do documento oficial exigido dos estrangeiros residentes no país – a chamada *carteira modelo 19*. Invariavelmente, após um breve exame, contestava sua validade. Por determinação de certo decreto governamental, afirmava, o documento teria que passar por processo de renovação; e caso isso não fosse providenciado sem mais demora, seu portador estaria sujeito a penalidades que variavam da multa à detenção. Ele mesmo se encarregava de regularizar a situação, desde que recebesse em dinheiro o valor correspondente ao serviço – a um homem de quem tirou 350 cruzeiros, por exemplo, tomou a carteira modelo 19 e escreveu no seu verso: "Revalidada em 7-8-1949. Decreto 30 de 20-8-38". Com cuidadoso zelo burocrático, não se esqueceu de assinar um nome falso pouco abaixo dessa anotação.[17]

O vigarista – um comerciário desempregado – fez várias vítimas antes de ser finalmente identificado e preso. Parece não haver qualquer sinal de que, na mesma época, esquema semelhante estivesse ainda em aplicação entre os integrantes das colônias italiana e alemã. Para os integrantes da colônia japonesa, no entanto, aquele pesadelo feito de exigências incompreensíveis, ameaças de violência e economias arrancadas à força continuava a existir.

III

Dentro da categoria dos contos do vigário que funcionavam com base na reprodução dos climas de constrangimento criados pelas autoridades públicas, entretanto, o golpe mais comum era provavelmente também o mais antigo. Suas primeiras manifestações retrocedem mesmo ao século XIX, como se pode ver por nota publicada, em novembro de 1885, pelo jornal paulistano *Diário Popular*:

> O dr. delegado de polícia teve ontem denúncia de que alguns italianos, residentes no Bom Retiro, queixavam-se de haverem sido iludidos por um indivíduo que intitulara-se ajudante de fiscal da Câmara Municipal, e, nessa qualidade conseguiu receber dos mesmos italianos impostos municipais.[18]

Tratava-se já de uma primeira versão de esquema destinado a atravessar décadas, para tornar-se trama de execução quase que diária entre os brasileiros: o Conto do Fiscal passaria a fazer número cada vez maior de vítimas sobretudo entre o comércio, expandindo-se mais ou menos na mesma proporção em que se multiplicavam as normas legais a serem respeitadas e o aparato oficial de fiscalização destas. Vejamos que forma tomava o logro em um episódio ocorrido em março de 1952, descrito pela própria vítima, o proprietário de uma lavanderia, em seu depoimento à polícia. A esta, ele declararia que

> no dia 26 do corrente apareceram no seu estabelecimento dois indivíduos que eram fiscais da Campanha Governamental contra a Sonegação de Impostos; que depois de pedirem os livros do estabelecimento, ditos indivíduos, que são ainda jovens, ficaram exaltados e disseram que iam fechar o estabelecimento do declarante, porquanto haviam constatado diversas irregularidades; que depois taxaram ao declarante uma multa de duzentos cruzeiros, do que passaram recibo, firmado por um dos jovens; que depois disso retiraram-se, constatando então o declarante que fora vítima de dois espertalhões...[19]

Nesse caso, os vigaristas que pareciam tão impressionantes em sua fingida indignação lavraram e cobraram a multa no próprio local visitado, em procedimento que não seria lá dos mais regulares, mas que não pôde ser contestado por uma vítima aturdida e devidamente aterrorizada. Mas o golpe tinha algumas variações, e a mais frequente delas trazia final um pouco diferente – um desfecho que preferia apelar para a conhecida prática do pagamento de *suborno* a fiscais desonestos. Essa outra modalidade de desenvolvimento do embuste pode ser apresentada pelo exemplo de um proprietário de uma casa de produtos alimentícios, enganado em fevereiro de 1957 por três homens:

> Um deles, que se achava fardado, permaneceu à porta, ao passo que os outros dois, que se diziam fiscais de renda, passaram a examinar os livros contábeis da firma. Em seguida, os dois começaram a remexer gavetas, concluindo depois que [...] poderia ser imposta uma vultosa multa, tantas e tamanhas eram as irregularidades encontradas. Alegaram os dois, ainda, que poderiam deixar de aplicar a multa devida,

> caso lhes fosse dada a importância de Cr$ 50.000,00. O certo é que [*a vítima*] aceitou a proposta dos dois homens, entregando-lhes a importância de Cr$ 20.000,00 e mais dois cheques, um de Cr$ 20.000,00 e outro de Cr$ 10.000,00, ambos ao portador e emitidos contra o Banco América do Sul S.A.[20]

A prática do pagamento da "caixinha" a fiscais corruptos tinha se tornado tão comum que o golpista que conseguisse se fazer passar por um deles podia perfeitamente arrecadar bom dinheiro, sem outro esforço além do necessário para a apresentação de um desempenho teatral convincente. Em certas ocasiões, o comerciante só viria a descobrir que havia sido logrado por falsas autoridades subornáveis ao ser abordado, certo tempo depois, pelas *verdadeiras* autoridades subornáveis – caso em que, além de ver seu prejuízo ser multiplicado por dois, podia então constatar que algo de totalmente fora do previsto tinha ocorrido.

Mas quando isso não acontecia e o engano passava despercebido, era como se tudo tivesse transcorrido dentro de uma relativa normalidade. Mesmo porque os vigaristas que executavam a tramoia se esmeravam em reproduzir, com toda a fidelidade, os modos de agir e de falar característicos dos fiscais versados na cobrança de propinas: ao dono de uma loja que ameaçava multar, em outubro de 1948, o golpista afirmou que "podia dar um jeito";[21] ao proprietário de um armazém que chamou de lado, em fevereiro de 1957, outro golpista se limitou a sussurrar: "Qual é o meu?";[22] ao possuidor do bar em que teria encontrado múltiplos problemas, em março de 1960, outro golpista ainda indagou: "Como é, quer que eu multe a firma ou quer acertar comigo mesmo?".[23] *Um jeito, o meu, acertar* – era o próprio vocabulário da corrupção que se apresentava, tal qual dialeto próprio que não existisse para outro propósito.

Muitas vezes, o realismo da encenação era suficiente para envolver as vítimas e arrancar delas as contribuições forçadas. Em outras tantas vezes, porém, os vigaristas encontravam alvos mais renitentes, e nesses casos a solução podia ser tornar o ambiente da dramatização ainda mais carregado e ameaçador. Para tanto, sempre era possível promover a entrada em cena de novos personagens, fazendo com que o falso funcionário do serviço de fiscalização se fizesse acompanhar, por exemplo, de uma falsa autoridade policial, nas suas visitas de inspeção aos estabelecimentos comerciais. O relato do proprietário de um armazém de secos e molhados, em outubro de 1953, é bastante significativo em relação a essa possibilidade de desenvolvimento da trama; contava ele então à polícia que

> determinara que o seu empregado [...] fosse entregar quatro sacos de carvão a uma freguesa, residente nas proximidades; que, entretanto, logo depois de haver dito serviçal deixado o empório, ali retornava, agora em companhia de dois senhores, sendo um deles em traje civil, e outro militar – Força Pública do Estado; que, uma vez no armazém, o civil perguntara ao declarante onde estava a nota fiscal referente ao carvão, ao que o declarante respondeu que havia se esquecido de expedi-la; que, diante disso, dito indivíduo lhe disse ser fiscal do Estado e por isso iria autuá-lo, cuja multa a ser aplicada era de cinco mil cruzeiros, mas, sendo o declarante pequeno comerciante, poderia "facilitar" desde que lhe desse a quantia de três mil cruzeiros, como "propina"; que não concordara com essa proposta, não só por não possuir a quantia pedida, bem como por estar desconfiado com o referido indivíduo, visto ele não ter exibido documento que provasse ser ele fiscal do Estado, como se dizia; que, por isso, o militar que acompanhava o mencionado "fiscal" lhe ameaçara de prisão, chegando mesmo a segurar-lhe por um dos braços, tirando-o dessa maneira de dentro do balcão onde se encontrava[...][24]

O proprietário do armazém acabou por pagar a propina exigida: a presença do homem de farda minava as resistências e fazia empalidecer os argumentos. Em um interessante caso de fusão de tramas que existiam separadamente, aqui o Conto do Fiscal era misturado ao Conto do Policial, somando a um os poderes de convencimento do outro. Tornava-se muito mais difícil negar as solicitações de um fiscal corrupto quando elas eram reforçadas por manifestações de intimidação vindas de um representante das forças policiais; até porque, além da ameaça da violência física direta, havia também o risco da detenção por conta da alegação genérica de "desacato à autoridade" – o que, no mais das vezes, significava simplesmente não demonstrar submissão imediata e completa ao que quer que a autoridade resolvesse ordenar. No final das contas, o mais prudente mesmo seria aceitar suas determinações, arbitrárias que fossem.

É claro que essa justaposição de dramaturgias conferia ao golpe força redobrada. Não fazia dele uma arapuca infalível, contudo. Houve pelo menos um caso em que o comerciante assediado conseguiu resistir bravamente aos repetidos avanços dos vigaristas, levando-os quase que ao desespero. O episódio é tão notável que vale a pena relatar: em especial porque a atitude do comerciante em questão – um japonês vindo de Mie e que tinha se estabelecido como vendedor de carvão em São Paulo – não resultava da desconfiança de que aqueles que o perseguiam fossem golpistas, mas da simples convicção de que nada fizera de errado, e que, portanto, nada devia. O carvoeiro foi procurado pelos estelionatários que aplicaram o golpe no armazém de secos e molhados, aliás naquele mesmo dia; mais tarde, em uma delegacia de polícia, ele contaria sua história.

Tudo começou quando estacionou em frente à sua carvoaria um veículo ocupado por três homens. Dois deles, seguindo o roteiro a que já estavam acostumados, tomaram a iniciativa de abordá-lo: um se apresentou como fiscal e o outro como militar da Força Pública do Estado. Sem perda de tempo, foram logo exigindo a exibição da documentação que deveria demonstrar que as atividades comerciais do estabelecimento estavam em ordem. Como era bastante cuidadoso na administração de seu negócio, o carvoeiro não hesitou em entregar o que lhe foi pedido, certo de que não havia problema algum com os registros que mantinha. Aparentemente, porém, algum problema havia, porque depois de passar os olhos pela papelada o fiscal intimou o comerciante a acompanhá-lo imediatamente a certa repartição pública localizada no centro da cidade – sem informar que lugar era esse ou que tipo de erro havia identificado nos documentos que examinara tão superficialmente.

Os movimentos seguintes da encenação são dignos de uma peça de Ionesco. Partiram em direção à hipotética repartição, em um caminhão pertencente à carvoaria, o comerciante, seu irmão, o fiscal e o militar; e, seguindo-os no veículo das ditas autoridades, o terceiro homem que surgira com elas. Nas proximidades da ponte do rio Tietê, subitamente, o fiscal deu a ordem de que o caminhão fosse parado. Em tom mais conciliador, propôs então ao carvoeiro que lhe pagasse ali mesmo a importância de 2.500 cruzeiros, posto que assim "o negócio seria resolvido sem que fosse necessário irem até a repartição competente". O comerciante, sem qualquer hesitação, rejeitou a proposta.

Agindo com a indignação de quem enxergava em tal recusa algum tipo de insulto, o fiscal determinou de imediato que o caminhão fosse novamente colocado em movimento. Alguns quilômetros adiante, contudo, ordenou mais uma parada. Simulando a magnanimidade dos maiorais que, por benevolência, decidem proporcionar segunda chance aos insensatos, ofereceu outro acordo ao carvoeiro: o encerramento do caso em troca de 1.500 cruzeiros. O comerciante recusou mais essa e, depois dela, outras duas propostas ainda, na já estapafúrdia alternância das paradas e partidas ordenadas pelo cada vez mais exasperado fiscal. Quando a oferta final – 500 cruzeiros – foi igualmente repudiada, os vigaristas foram obrigados a entregar os pontos. Derrotados, os pretendentes a fiscal e a militar não tinham outra coisa a fazer a não ser descer do caminhão e partir no veículo que os seguia.[25]

O incidente tem importância que vai além dos limites da prática do Conto do Fiscal, porque revela aspecto fundamental em relação ao funcionamento de todos os contos do vigário: quando o escolhido para assumir a função de enganado não aceita tal papel, o embuste fracassa da maneira mais patética. Já foi comentado aqui que a teatralização característica do estelionato só se realiza inteiramente quando a própria vítima incorpora o personagem e adota as atitudes que lhe são reservadas pelo enredo do golpe – caso contrário, todos os esforços dos golpistas resultam em nada. Pois não poderia haver melhor demonstração disso que o exemplo do corajoso japonês de Mie, que rejeitou a condição de comerciante intimidado e explorado por desonestos representantes do poder público. Na dramatização que lhe foi apresentada, aquele papel não era para ele.

Tal disposição de resistir às arbitrariedades parecia, porém, pouco comum. Até porque trabalhava a favor do Conto do Fiscal a proliferação de relatos sobre as irregularidades cometidas pelos que de fato tinham como atribuição oficial vigiar o comércio. Não raro surgiam acusações contra os funcionários da Comissão de Abastecimento e Preços, Coap, órgão governamental de fiscalização. Em 1961, por exemplo, um jornal do Rio de Janeiro publicou a denúncia de que ninguém menos que o consultor jurídico da entidade no Estado era "acusado de ter pleiteado 30 mil cruzeiros de panificadores de Niterói para reduzir multas orçadas em cerca de 280 mil cruzeiros".[26]

Escândalos como esse certamente serviam como inspiração e exemplo para a ação dos vigaristas que ambicionavam extorquir em nome do governo. A tal ponto chegaram as coisas que, mais ou menos na mesma época, a Coap de São Paulo viu-se na necessidade de emitir uma incisiva declaração pública por meio da imprensa, alertando contra os impostores que se valiam de seu nome:

> Tendo chegado ao conhecimento do Departamento de Policiamento Econômico deste órgão que indivíduos inescrupulosos têm se apresentado no comércio em geral e em particular nos açougues dizendo-se fiscais, aplicando multas e praticando verdadeiras chantagens, a Coap torna público o seguinte:
> Só são realmente fiscais da Coap os possuidores de cartão de identificação firmada pelo presidente, general José de Sousa Carvalho.
> Ninguém e nenhum fiscal tem autoridade para aplicar ou receber multas. Estas só são aplicadas em processos regularmente feitos, iniciados com documento de autuação (este sim, a cargo dos fiscais) e amplo direito de defesa dos autuados, e recolhida, posteriormente, na forma de lei.
> No interesse do próprio comércio, deve ser sempre exigida a apresentação do referido cartão de identidade fornecida pela presidência da Coap.
> No caso de recusa dessa formalidade, que evidenciará tratar-se de pessoa estranha a este órgão, o fato deve ser imediatamente comunicado pelo telefone 36-5211 ou, se necessário, até mesmo à polícia.[27]

O comunicado dizia muito, mas não dizia tudo. Além de agir junto aos comerciantes integrados à chamada economia formal, aos quais o aviso da Coap era dirigido, os golpistas vinham avançando também sobre os que atuavam naquela que se tornaria conhecida como economia informal, um setor que se expandira tanto quanto o crescimento dos grandes centros urbanos brasileiros durante o século XX.[28] Esse era um processo, aliás, que costumava gerar insatisfações e protestos variados; de tempos em tempos, surgiam reclamações contra os camelôs que tomavam as regiões centrais das cidades com suas barracas improvisadas, suas mercadorias de procedência duvidosa e suas barulhentas técnicas de venda.

E era justamente porque agiam fora das normas legais, uma vez que em geral não tinham qualquer tipo de autorização e não pagavam impostos ou taxas, que os ambulantes ficavam em situação de maior fragilidade diante das investidas dos fiscais corruptos – fossem eles verdadeiros ou falsos. Estes últimos chegavam mesmo a parecer ainda mais rigorosos na apresentação das ameaças de enquadramento e punição àqueles que se negassem a pagar as devidas gratificações.

Camelôs anunciam seus produtos, 1957: o problema eram os fiscais – os verdadeiros e os falsos

Antonio Lúcio/Agência Estado/AE

Foi o que descobriu um modesto vendedor de frutas que, durante vários meses ao longo de 1949, foi obrigado a entregar parte de seus ganhos a um tipo rabugento que alegava ser "fiscal da Prefeitura", e que aparecia pontualmente a cada quinzena apenas para realizar a coleta – só parou de fazê-lo depois que descobriu, casualmente, que o tipo não passava de um enganador.[29] Já o vendedor de mel que circulava oferecendo sua mercadoria em 1959 acabou passando por uma experiência mais traumática, posto que foi procurado em sua própria casa por dois indivíduos mal-encarados que, à maneira dos mafiosos, vinham impor-lhe a oferta de *proteção*, argumentando que "quebrariam qualquer galho, uma vez que eram os encarregados da fiscalização desse comércio" – isso depois de assustar toda a vizinhança com uma chegada espetacular, em que um dos estelionatários, colocando-se "à porta da casa do declarante em altos brados, afirmava: 'Viemos aqui prender todos'".[30]

Simples e funcional em suas várias possibilidades de aplicação, o Conto do Fiscal adquiriu a condição de autêntico clássico da vigarice brasileira. Continuava firme e forte na virada do século XX para o século XXI, como revelavam dois autores com experiência policial que publicaram, em 1999, um pequeno catálogo dos golpes que mais faziam vítimas na época. O livro *Contos do vigário: vacine-se contra eles*, de Wagner Tomás Barba e Jorge Rodrigues da Silva, mencionava não apenas uma, mas três versões diferentes e então correntes do Conto do Fiscal: aquela em que o golpista finge identificar irregularidades na documentação de um estabelecimento comercial, aquela em que alega existirem problemas de falta de higiene em bares e restaurantes, e aquela em que procura casas em construção ou em reforma para simular a descoberta de certo trâmite burocrático não seguido, como a falta de alguma planta ou da autorização exigida pela prefeitura. Em todos os três casos, as encenações continuavam a conduzir ao mesmo ato final: o pagamento de suborno ao suposto funcionário encarregado da fiscalização.[31]

O Conto do Policial e o Conto do Fiscal são exemplares, na condição de tramas que exploram com sucesso a tradição de prepotência que tão frequentemente caracterizou as relações entre governantes e governados no país – tradição que, para lembrar outro aforismo célebre, se expressa perfeitamente na frase segundo a qual "manda quem pode e obedece quem tem juízo". Para encerrar as observações aqui apresentadas sobre o jogo histórico estabelecido entre as práticas e as representações de poder, bem como sobre os processos por meio dos quais elas foram copiadas pelos trapaceiros de profissão, contudo, seria interessante mencionar incidente relacionado a outra criação do teatro do engano – um golpe que, com as fabulosas inversões que gerou, pode bem servir de caso emblemático: tanto das possibilidades de ilusão próprias dos contos do vigário quanto das lógicas daquela cultura de mandonismo estatal, tão afeita a ignorar direitos individuais e aspirações de cidadania.

Em certa manhã de 1969, os motoristas habituados a passar pelo Túnel Rebouças, localizado no então Estado da Guanabara, foram surpreendidos por um gigantesco congestionamento. O que explicava o trânsito tão completamente engarrafado era o começo da cobrança de um "pedágio experimental" no valor de um cruzeiro, medida um tanto arbitrária e que trazia as marcas da desconsideração: não tinha sido anunciada anteriormente, havia sido colocada em prática com desleixo e improviso, e vinha agora transtornar a vida de milhares de pessoas. Forçados a tolerar tanto abuso e o desrespeito por parte das autoridades, os motoristas não tiveram alternativa a não ser encontrar colocação nas enormes filas que se formavam com dificuldade, enquanto aguardavam a vez de pagar a nova taxa. Nem mesmo o governador do Estado, Francisco Negrão de Lima, que vinha transportado por carro oficial, escapou da espera e do pagamento do novo tributo.

Passada a confusão, tornou-se conhecido o fato, deveras espantoso, de que na verdade as autoridades não tinham coisa alguma a ver com o ocorrido. O pedágio havia sido inventado por um vigarista ousado o suficiente para colocá-lo em prática em nome do executivo estadual, e que por certo colheu arrecadação das mais rentáveis com a iniciativa.[32] No fim das contas, a atitude de se fingir responsável pelo cumprimento de uma ordem oficial abusiva demonstrara-se extraordinariamente eficiente: a manobra, tão bem encenada, havia enganado o próprio governador da Guanabara. Entre a fantasia e a realidade, o caso revela o que talvez seja uma autêntica originalidade nacional: no Brasil, em se tratando de questões de mando e desmando, por vezes até o poder público de verdade se submete ao poder público de mentira.

CAPÍTULO 6

Interpretar a fantasia dos outros

Joe "Yellow Kid" Weil em 1959, aos 84 anos

Bettmann/Corbis/LatinStock

As mentiras serviam de base para as minhas tramas. A mentira é um encantamento, uma invenção que pode ser adornada até chegar a ser uma fantasia. Ela pode mesmo ser vestida com os trajes de uma concepção mística.

A verdade é o fato frio, sóbrio, não tão confortável de assimilar. Uma mentira é muito mais agradável. A pessoa mais detestável do mundo é aquela que sempre diz a verdade, que nunca romanceia.

Joe "Yellow Kid" Weil, vigarista norte-americano,
em sua autobiografia, 1948

Tenho certeza de que a humanidade sempre desempenhou papéis; trata-se de um instinto inerente a todos nós. Algumas pessoas são melhores, outras piores, mas todas fazem isso. A criança brinca de faz de conta, chora quando lhe convém, faz gracinhas para evitar críticas e sorri quando necessário; ela prevê as reações que esperamos dela. Quem olha bem nos olhos de alguém que conseguiu provocar a risada que esperava certamente perceberá o véu do ator. Todos nós já fizemos isso uma vez na vida, e muitos continuam fazendo – políticos, playboys, *cardeais e reis. Nós assumimos os papéis que melhor nos convêm e então interpretamos a fantasia dos outros.*

Laurence Olivier, *Ser ator,* 1986

I

ENGANOS, TRAPAÇAS E ILUSÕES ENVOLVEM PRÁTICAS COMPLEXAS, QUE podem ser estudadas de muitas maneiras diferentes. Logo de início, este livro procurou explicar com clareza qual era o caminho que pretendia seguir, ou seja, de que maneira planejava apresentar e situar na história o vastíssimo universo da vigarice brasileira. E procurou também ressaltar que isso seria feito de acordo com dois princípios básicos – primeiro, o de que os contos do vigário funcionam porque seus enredos estão de acordo com o ambiente cultural da sociedade em que são aplicados; segundo, o de que os vigaristas são profissionais da mentira porque sabem recorrer a autênticas teatralizações quando da realização de seus engodos.

Agora – vistos alguns capítulos, vários golpes e quantidade ainda maior de casos que mostram de que forma eles eram colocados em execução –, seria interessante tentar verificar em que medida os princípios propostos e os exemplos apresentados se colocaram de acordo, em um esforço final de discussão e análise. Procedimento, aliás, que parece bastante adequado para um capítulo de conclusão, posto que, como se sabe, *concluir* significa tanto formar algum tipo de opinião sobre o que foi dito quanto atingir o ponto em que as coisas se encaminham para o seu final. Vejamos, então, o que seria possível concluir antes de concluir.

Talvez seja melhor começar pela questão potencialmente mais controversa, a que tem a ver com a maneira pela qual a cultura brasileira, em termos gerais, encara o significado social da prática do conto do vigário. Isso porque não é incomum encontrar manifestações de uma crença bastante depreciativa para o país, a que sustenta que seus habitantes teriam vocação particular para a vigarice; a habilidade para a trapaça, desse ponto de vista, atingiria mesmo a condição de um dos grandes traços do caráter nacional. Em visões um tanto confusas e contraditórias, muitos brasileiros enxergam seu próprio país como lugar de segunda categoria, exatamente porque ali viveriam cidadãos permanentemente empenhados em enganar uns aos outros – *levar vantagem* seria, por excelência, obsessão comum a praticamente todos os integrantes de uma nação.

Paradoxalmente, isso seria ao mesmo tempo motivo de vergonha e de orgulho: se por um lado o embuste e a velhacaria fundamentariam práticas obviamente condenáveis em termos éticos, por outro representariam também expressões de um suposto espírito de molecagem, irreverência e esperteza que diferenciaria o brasileiro de todos os outros povos do mundo. Entre uma vergonha orgulhosa e um orgulho envergonhado, essas autorrepresentações aceitariam alegremente a ideia de que o Brasil, por sua própria natureza, produz mais e melhores vigaristas.[1]

Essa nunca foi a perspectiva adotada por este livro. E para contestar a existência de uma hipotética primazia brasileira em assuntos de vigarice, não seria necessário realizar grande esforço: na falta de estudos comparativos aos quais recorrer, bastaria recordar a frequência com que os temas da artimanha, do engodo e da mentira se fizeram presentes nas páginas das mais variadas literaturas nacionais. O que se verifica com isso é que não há, de modo algum, tradição cultural isolada que possa reclamar supremacia ou destaque na matéria – como comentava o filósofo e crítico literário alemão Walter Benjamin, é possível encontrar em relatos e fabulações das mais diversas procedências aquela mesma "simpatia que, tradicionalmente, o narrador sente pelos malandros e tratantes".[2]

Para mencionar um primeiro e ilustre exemplo, é bem sabido que no *Decameron*, de Boccacio, boa parte das histórias está repleta de ardis e imposturas – a primeira de suas cem novelas, aliás, já descreve a lábia de um vil pecador que, em seu leito de morte, engambela o frade confessor e passa a ser tido e proclamado como o mais virtuoso dos santos. Narrativas desse tipo – contando casos em que a esperteza renderia vantagens a serem desfrutadas neste mundo mesmo – comporiam uma significativa vertente literária da Renascença italiana, na pena de autores como Manetti, Bandello, Lasca e mesmo Maquiavel.[3] E ainda no século XVI surgiriam obras anônimas, mas extraordinariamente significativas, exaltando as proezas de protagonistas que fariam da patifaria, da tramoia e da tapeação um eficiente meio de vida, como o Till Eulenspiegel, na Alemanha, e o Lazarillo de Tormes, na Espanha – este último transformado em modelo de todo um gênero, o picaresco, no qual o próprio Cervantes chegaria a exercitar seu talento.[4]

Seguindo a mesma linha, seria difícil imaginar um charlatão tão completo quanto o que Molière apresentaria em 1664, o Tartufo, que se escondia sob a máscara de devoto religioso para procurar as melhores oportunidades de colocar as mãos tanto na fortuna quanto na esposa de seu muito ingênuo protetor. E caso tais exemplos pareçam excessivamente afastados no tempo, seria então possível recordar que, em 1836, Nikolai Gógol lançaria *O inspetor geral* – considerada por Vladímir Nabokov como "a maior peça já escrita em russo"[5] –, tendo como personagem principal um espertalhão que saberia se fingir de alta autoridade governamental para explorar os moradores de um certo vilarejo; ou que, em 1842, o mesmo autor publicaria a primeira parte do igualmente admirável *Almas mortas*, romance em que o protagonista agia como um autêntico vigarista – seu golpe consistia em comprar de proprietários rurais, a preços insignificantes, os títulos de posse de servos já falecidos, para hipotecá-los em seguida como se tais servos estivessem ainda vivos.[6] Além disso – e para trazer aqui uma última citação –, vale a pena lembrar que, em 1857, ninguém menos que o autor de *Moby Dick*, Herman Melville, publicaria obra chamada *The Confidence-Man: His Masquerade* (lançado no Brasil como *O vigarista: seus truques*), um pequeno catálogo dos diferentes tipos de golpistas que agiam a bordo do vapor que seguia o curso do rio Mississippi, e que tinham na verborragia sua principal arma de convencimento.[7]

Uma tal multiplicidade de autores que tomaram o logro como tema, gerando semelhante galeria internacional de escroques, deveria servir como demonstração de que as práticas de engano, definitivamente, não têm pátria. E se ainda assim continuar a parecer plausível a ideia de que o Brasil possui qualquer destaque na área, sempre restará a alternativa de abandonar essa abordagem baseada na referência às obras de ficção para ressaltar que, de acordo com a opinião de vários dos pesquisadores que trataram do assunto, aquele que talvez possa ser considerado o maior vigarista de todos os tempos era um europeu nascido na Boêmia, que operava dos dois lados do Atlântico.[8]

Já travamos certo conhecimento com a figura de Victor Lustig – ou "conde" Victor Lustig, como ele preferia ser conhecido –, apresentado em um capítulo anterior deste livro como um dos mais eficientes aplicadores do conto da máquina de fazer dinheiro nos Estados Unidos. Esse, no entanto, seria só mais um dos esquemas executados em uma trajetória repleta de proezas. Porque, e para mencionar apenas duas delas, Lustig foi também o vigarista que, em Chicago, teve sangue-frio suficiente para engambelar a ninguém menos do que Al Capone; e que, em Paris, conseguiu vender a própria Torre Eiffel a dois compradores diferentes. O segundo caso constitui feito tão extraordinário que não poderia deixar de ser relatado, mesmo que rapidamente.

"Conde" Victor Lustig, o homem que vendeu a Torre Eiffel, em foto de 1937

Bettmann/Corbis/LatinStock

Em meados da década de 1920, Lustig leu nos jornais parisienses a notícia de que a estrutura da Torre Eiffel estava desgastada e teria que passar por uma reforma geral difícil e cara. Isso bastou para que brotasse em sua mente a ideia de um embuste, dentro do qual ele reservava a si próprio o papel de alto funcionário do governo francês. Como tal, ele logo entrou em contato com negociantes do ramo de sucata, anunciando a suposta decisão oficial de desmontar definitivamente a torre e vendê-la aos pedaços, como material de segunda-mão. Dois desses negociantes acreditaram na história e pagaram bons preços para ficar com o que seriam os restos de um monumento condenado e obsoleto. O caso não deixa de trazer certa lição em termos de relativismo cultural, já que mostra que exatamente no mesmo lugar onde alguns viam o grandioso símbolo de uma era de progresso técnico e científico, outros não enxergavam mais do que um futuro e lucrativo amontoado de ferro-velho.[9]

Seja como for – e para voltar à discussão que motivou a apresentação do exemplo –, um dos fatores que poderiam levar à conclusão de que os brasileiros têm uma inclinação particular para a vigarice é a força com que se firmou a ideia de que a *malandragem* seria uma das maiores peculiaridades do temperamento nacional. A questão, de certa forma, se torna mais complexa aqui, e para desenvolvê-la melhor seria útil procurar fundamento no trabalho de quem se aprofundou no estudo do tema. Seguramente, ninguém o fez melhor do que Roberto Da Matta; sua obra *Carnavais, malandros e heróis*, publicada originalmente em 1979, é reconhecida como um verdadeiro clássico da antropologia brasileira. Seria proveitoso recordar algumas de suas reflexões.

No caso presente, é especialmente relevante aquela em que, tomando como exemplo a figura ficcional de Pedro Malasartes, Da Matta define o *malandro* como um dos heróis nacionais – o oposto de outro tipo bastante representativo, o do *caxias*, para quem antes de tudo o que importa é a manutenção da ordem, da disciplina e da hierarquia:

> o malandro é um ser deslocado das regras formais da estrutura social, fatalmente excluído do mercado de trabalho, aliás definido por nós como totalmente avesso ao trabalho e altamente individualizado, seja pelo modo de andar, falar ou vestir-se,

afirma ele.[10] Tão importante quanto uma certa forma de andar, de falar e de se vestir, na construção do que pode ser entendido como uma identidade, é a disposição geral de enganar – ou, ao menos, de levar algum tipo de vantagem nos circuitos da vida cotidiana: nem todo mundo poderia ser malandro, evidentemente, porque se a astúcia fosse dividida por igual, ninguém teria como recorrer a ela como forma de se destacar. A malandragem constitui um mundo à parte, portanto, ainda que internamente dividido:

> O campo do *malandro* [...] vai numa gradação da *malandragem* socialmente aprovada e vista entre nós como esperteza e vivacidade, ao ponto mais pesado do gesto francamente desonesto. É quando o *malandro* corre o risco de deixar de viver do *jeito* e do expediente para viver de golpes, virando então um autêntico *marginal* ou *bandido*,

escreve Da Matta.[11] Um aspecto especialmente rico, dentro da análise presente em *Carnavais, malandros e heróis*, é aquele que trata das *dramatizações* que a própria sociedade elabora como forma de procurar ver a si própria: processo pelo qual esta "não inventa somente a peça e o enredo, o cenário e o palco", mas também "os papéis e os atores, bem como as condições em que a peça deverá ser encenada, e como será recebida"[12] – é a partir de tal perspectiva, aliás, que serão analisadas as proezas de Pedro Malasartes, protagonista de tantas narrativas populares.

Entre as complexas dramatizações geradas no interior da coletividade a que se refere Roberto Da Matta e as pequenas encenações de rua características dos contos do vigário, certamente vai grande distância; ainda assim, não seria descabido enxergar várias influências das primeiras sobre as segundas. Resulta disso questão das mais interessantes, do ponto de vista da cultura brasileira: em termos gerais, nas teatralizações criadas e representadas pelos golpistas profissionais, *a quem* estaria reservado o papel de esperto malandro sempre pronto a levar vantagem, ao vigarista ou à vítima?

Na maior parte das vezes, certamente não ao vigarista. Porque, se como tudo leva a crer, os golpes que melhor funcionam são aqueles que acenam com algum benefício imaginário para a ambiciosa vítima, a figura a ser incorporada pelo golpista não pode, em hipótese alguma, deixar à vista qualquer traço de malícia ou esperteza que lembrem malandragem. O aturdido caipira, o engenhoso fabricante de máquinas de fazer dinheiro ou o generoso pistolão – para lembrar alguns dos personagens aqui colocados em evidência – devem, cada qual à sua maneira, demonstrar sinceridade e confiabilidade aos olhos dos que procuram ludibriar; a exibição de personalidades excessivamente astuciosas, mais propensas a levar vantagens do que a oferecê-las, provocaria aquela sombra de desconfiança que tiraria dos golpes a maior parte da sua força. Para além de seu círculo mais íntimo, o vigarista não pode se dar ao luxo de se assumir como malandro: isso seria por demais contraproducente para seu ofício de mercador de ilusões.

É *à vítima* que está reservado o papel de sagaz aproveitador, escolado em assuntos de malandragem, capaz de tirar partido de uma situação que surge inesperadamente para sair por cima – arrancando o bilhete premiado das mãos do interiorano, adquirindo o aparelho que faz dinheiro, recebendo o privilégio oficial que lhe é dado de mão beijada, por exemplo. Entre as muitas inversões que caracterizam a prática do conto do vigário, talvez a mais irônica seja esta: aqui, no final das contas, *malandro* vira *otário*.

II

O conto do vigário é, por excelência, o exercício da tecnologia do engano. Ele engloba um conjunto de saberes, manobras e técnicas de disfarce muito mais refinados do que se poderia supor à primeira vista. E no entanto, muitas vezes continua a iludir mesmo depois de descoberto; isso porque, frequentemente, deixa a falsa impressão de que ocorreu mais por conta da credulidade da vítima que da habilidade do vigarista. Em um requinte final de mistificação, o conto do vigário passa muitas vezes por arapuca simplória, quase caricata, na qual cairiam apenas aqueles que agem com a ingenuidade das crianças e dos absolutamente tolos. É como se o logro desacreditasse a si próprio e criasse um paradoxo em termos de percepção, por meio do qual o incrível é crer que ele tenha chegado a existir. Depois que o golpe é aplicado e dado a conhecer pelo relato do engambelado, o acontecido não aparenta ser outra coisa senão uma incontestável demonstração de quanto este pode vir a ser obtuso.

Isso *depois que o golpe é aplicado*, bem entendido. Porque, para quem já sabe como termina a história, cria-se a enganosa sensação de que tudo era muito previsível e, portanto, evitável: nada mais fácil do que julgar as atitudes de alguém sabendo de antemão no que elas resultaram. Ora, desde o início este livro tem chamado a atenção para os extraordinários poderes de envolvimento de uma trama bem montada e executada; e a isso seria indispensável acrescentar que o golpista tem a seu favor outro trunfo ainda, no trato com a pessoa a quem visa espoliar: o *fator surpresa*.

Ele conta com todo um esquema preparado, ensaiado e previamente testado quase que em cada detalhe; já o alvo escolhido se vê subitamente mergulhado em uma situação completamente inesperada e para a qual, normalmente, não tem qualquer defesa. A desigualdade de posições é óbvia. O vigarista experiente saberá tirar partido disso, mantendo-se sempre um passo à frente de sua vítima no jogo particular que se estabelece entre eles: antecipando-lhe reações, preparando-lhe conclusões, demandando-lhe decisões pouco refletidas, induzindo-lhe de todas as formas o comportamento até a consumação do logro. Um golpe pode vir a funcionar ou não; mas quando funciona, é porque o golpista soube conduzir os acontecimentos o tempo todo, mantendo sempre o controle da situação.

Eis porque uma das principais habilidades exigidas de um vigarista profissional é a capacidade de saber identificar quem é mais suscetível de cair na armadilha que prepara. "Nessa escolha, operam com admirável rasgo de psicologia", afirmava já o inspetor Antônio Vieira em 1940, reproduzindo a idéia – bastante comum entre os círculos policiais e jurídicos – de que o estelionatário competente é ao mesmo tempo um aplicado estudioso do comportamento humano.[13] Reconhecer, mesmo que de relance, o indivíduo mais propenso a ser transformado em vítima seria um verdadeiro fundamento para o exercício da profissão; ao se lembrar de um golpista que conhecera em meados da década de 1950, Hiroito de Moraes Joanides – marginal que depois passaria a ser tido como o "rei" da Boca do Lixo, região de São Paulo dominada pela criminalidade – destaca exatamente esse aspecto:

> As embrulhadas que o cérebro do Osny bolava, visando tirar dinheiro, mansamente, do próximo (e do distante também), eram obras-primas do logro e da artimanha. Profundo conhecedor da alma humana, psi-

> cólogo que era por natureza, bastava-lhe a troca de umas poucas palavras com uma pessoa, para que ficasse sabendo, com exatidão, qual a faceta daquela personalidade seria mais vulnerável à aplicação de um logro, qual o tipo de golpe que melhor se aplicaria ao caso, bem como a avaliação instantânea de quanto poderia ser-lhe tomado. Que era unicamente nesse aspecto que os seres humanos lhe interessavam.[14]

A capacidade de escolher bem suas possíveis vítimas e a perícia para conduzi-las dentro das rotas que levam ao desenlace do golpe, assim, seriam requisitos indispensáveis para quem quisesse se dedicar às práticas da vigarice. Mas tudo isso de nada adiantaria se o candidato a golpista não dispusesse de uma boa criação dramatúrgica para colocar em cena – o enredo em sintonia com os imaginários correntes ao qual este livro atribui tanta importância. É a *trama* a ser apresentada e representada que organiza tudo dentro do mundo particular do conto do vigário; é ela que distribui papéis e destinos, provoca ações e reações, estabelece motivos e motivações. Sobretudo é a trama que, por sua força de persuasão, atrai e prende a vítima a uma lógica própria, fazendo dela mais uma intérprete; porque – e não será excessivo insistir nesse ponto uma vez mais –, a vítima *também* passa a representar um papel dentro da efêmera teatralização colocada em andamento pelo conto do vigário.

Tão intenso chegava a ser esse envolvimento com a encenação que, aos olhos de certa corrente de interpretação jurídica, ele colocava mesmo enganadores e enganados em situação de igualdade. A tese da *torpeza bilateral* – frequentemente discutida nas décadas de 1940 e 1950 – sustentava que a vítima que travava relações com os vigaristas, enxergando na ocasião possibilidade de levar algum tipo de vantagem ilícita, era tão culpada quanto eles, independentemente das perdas que viesse a sofrer. Em sessão do Supremo Tribunal Federal que discutiu um caso de aplicação do Conto da Guitarra, realizada em junho de

1952, aquele que era tido como um dos expoentes do pensamento jurídico brasileiro, o ministro Nelson Hungria, manifestou sua posição com clareza e ênfase:

> Senhor Presidente, sempre sustentei a impossibilidade jurídica da existência de estelionato no caso de torpeza bilateral. O patrimônio que a lei protege – quer a lei civil, quer a lei penal – é aquele que gravita na órbita legal. Se o patrimônio é empregado para fim ilícito, a lei deixa de protegê-lo. A admitir-se ponto de vista contrário, chegar-se-ia a resultados chocantes. Suponha-se que um indivíduo, inculcando-se como matador profissional, convença outro de que, se lhe der uma quantia determinada, irá matar um seu perigoso inimigo. Esse outro indivíduo, assim iludido, entregará a importância pedida, o "pretium sceleris", e o pseudomatador profissional não mata ninguém, locupletando-se com o dinheiro. Será possível que a justiça penal considere isso estelionato, quando a própria justiça civil não poderia admitir a repetição do dinheiro entregue para fim torpe?
> [...]
> Afirma-se que o agente locupletou-se, de qualquer modo, com dinheiro alheio e revela periculosidade. Ora, a sociedade desinteressa-se do ladrão que furta ladrão, e a periculosidade subjetiva não basta para que haja crime. Só há crime em face do direito positivo, quando há dano ou possibilidade de dano a interesses juridicamente protegidos. Na espécie, o patrimônio, invertido em fim ilícito, deixou de ser protegido juridicamente. Não é possível conceber-se a lei tutelando um patrimônio empregado para fim criminoso. Se a pessoa enganada entregou dinheiro em troca de uma suposta máquina de fazer dinheiro falso, não há punir-se o fraudador, pois, de outro modo, estaria a justiça proclamando que este devia ter entregue uma autêntica máquina de fabricar falso numerário!... Nunca deparei com argumento suficiente para me convencer do desacerto do meu ponto de vista, no sentido da inexistência do estelionato quando se apresenta a torpeza bilateral.[15]

E quando, no debate que se seguiu a tais colocações, o ministro Mário Guimarães argumentou que se esse ponto de vista prevalecesse, os passadores do conto do vigário ficariam impunes, Hungria replicou de maneira tão lacônica quanto direta: "Isso serviria de escarmento, de lição, a essas pseudovítimas".[16]

Inflexível que fosse, essa interpretação se colocava em perfeita harmonia para com manifestações que, havia muito, afirmavam que a má-fé de um lado anulava a má-fé do outro, como que em um jogo de soma zero. Para essa visão, era inclusive como se a vítima fosse *merecedora* do prejuízo que sofrera. Ao apresentar, em março de 1934, o Conto do Legado – aquele em que o enganado era convencido a levar consigo o que imaginava ser um pacote de dinheiro a ser entregue a alguma instituição de caridade –, o jornalista Willy Aureli comentava que os golpistas sempre tinham como alvo indivíduos cuja cobiça fosse maior que a integridade pessoal:

> Se não, vejamos: o bobalhão, o mentecapto, etc., jamais é abordado pelo vigarista. Ele procura o simplório – é verdade –, mas o simplório ambicioso, o ser que deseja lesar, pois, até hoje e no andar de inúmeros anos, jamais se apresentou à Santa Casa de Misericórdia um "otário" sobraçando o clássico "paco" para fazer entrega da "quantia" recebida em custódia.

E acrescentava ainda, em tom ácido: "Já houve uma autoridade que quis resolver o magno problema: prender os queixosos que são menos honestos que os vigaristas".[17]

É claro que essa linha de argumentação que equiparava vigaristas e vítimas não podia ser aplicada a *todos* os casos de estelionato, pelo simples motivo de que, em muitos deles, o engano era produzido por meio da simulação de uma situação de perigo e intimidação, e não por meio do apelo de um falso benefício – como foi mostrado, aliás, no capítulo anterior. Em nenhum sentido o cidadão que se via aterrorizado pelo falso policial ou o imigrante que era perseguido pelo suposto funcionário da Delegacia de Estrangeiros agiam de maneira mal-intencionada, visando obter alguma vantagem ilícita no trato com aqueles que os tapeavam; a motivação, nesses casos, era muito claramente a de escapar como fosse possível das ameaças da violência e da arbitrariedade. Imaginar que todas as vítimas dos contos do vigário tivessem como objetivo passar os golpistas para trás constituiria uma generalização tão indevida quanto injusta.

Isso posto, não se pode escapar da constatação de que, na grande maioria das vezes, os vigaristas de fato preferiam colocar em andamento tramas montadas para fazer crer, aos que se deixavam levar por elas, que alguma forma de lucro os esperava. A sedução parece muito mais eficiente que a intimidação, no território particular das trapaças e das tramoias; nele, valeria mais o ditado popular de que o peixe morre pela boca. É como se, na bolha de realidade inventada que o conto do vigário faz crescer dentro da realidade vivida do dia a dia, regras especiais passassem a governar os acontecimentos para torná-los capazes de satisfazer antigas ambições e recônditas aspirações; subitamente, a vítima parece ter entrado em um outro plano existencial, todo ele feito para seu proveito e satisfação.

A analogia com o sonho é mais do que evidente. O golpe bem-elaborado e encenado, com efeito, costuma tirar muito de seu poder de envolvimento da hábil criação desse ambiente de encantamento capaz de fazer relaxar as defesas próprias do estado de vigília e estimular as atitudes tomadas ao sabor dos impulsos de momento. A formação de semelhante clima de devaneio desempenha papel de grande importância no funcionamento da maquinaria da trapaça; exatamente por isso, pode-se mesmo tentar aplicar à análise dos assuntos de vigarice o conhecido princípio freudiano de que o sonho constitui, invariavelmente, a manifestação do *desejo*.[18]

Porque se o conto do vigário que oferece vantagens ilusórias é tão proximamente aparentado do sonho, ele também, à sua maneira, acena simbolicamente com a possibilidade de realização de alguma fantasia intimamente cultivada por quem se deixa prender em suas malhas. O fundamental, nesse caso, é que o enredo do golpe seja compatível com um anseio que já se faz presente no espírito do indivíduo a ser enganado; trata-se de saber sintonizar aquilo que não é mais apenas uma genérica *disposição*, mas uma autêntica e bem determinada *predisposição*.

Ao assumir ares de sonho em vias de se realizar, portanto, o logro pode vir a ser extraordinariamente revelador em relação às ambições de quem se torna vítima dele – e, na passagem do individual para o coletivo, transformar-se em espelho surpreendentemente nítido de algumas das correntes de imaginário mais significativas da comunidade em que floresce. Para verificar em que medida tais considerações têm validade, seria necessário recorrer aos exemplos apresentados nos capítulos anteriores; é a partir deles que se torna possível formular a questão: em termos gerais, ao longo do século XX, *o que desejavam os brasileiros?*

Tendo em mente as figuras dos caipiras que entregavam pequenas fortunas no Conto do Legado e no Conto do Bilhete Premiado; do técnico que vendia máquinas de fabricar dinheiro no Conto da Guitarra e do empreendedor que oferecia a entrada para a Corrente da Prosperidade; do alto funcionário que garantia negócios favorecidos com o governo no Conto da Mercadoria e do influente pistolão que arranjava colocações bem-remuneradas no Conto do Emprego – personagens das principais tramas de sedução aqui examinadas –, a resposta parece evidente: no período em questão, os brasileiros desejavam sobretudo a ventura do *enriquecimento rápido*.

A perspectiva de colocar as mãos em uma bolada, de superar definitivamente as dificuldades da necessidade e da falta de dinheiro, de se verem elevados subitamente à condição de felizes e despreocupados milionários, tudo isso funcionava como um canto de sereia praticamente irresistível para os que se tornavam vítimas dos golpes acima mencionados; atordoados por tais miragens, eles se rendiam aos embustes com uma avidez que não lhes permitia sequer suspeitar que estavam sendo embromados. Tão presente era a fantasia da fortuna que chegava da noite para o dia que ela proliferava, por exemplo, nos filmes da década de 1950, como um dos temas favoritos dos comediantes de sucesso: o Mazzaropi de *Nadando em dinheiro* (1952), o Procópio Ferreira de *O homem dos papagaios* (1953), o Zé Trindade de *Rico ri à toa* (1957), o Oscarito de *Esse milhão é meu* (1958). E ainda que nessas produções boa parte do humor resultasse da falta de jeito com que gente habituada à simplicidade da pobreza passava a ostentar a pose da riqueza, a ideia fundamental da prosperidade que surgia por golpe do destino continuava a despertar um fascínio insuperável.

Claro está que o próprio processo de expansão pelo qual passavam as metrópoles brasileiras, com suas muitas histórias de enriquecimentos vertiginosos, servia para inspirar os mais maravilhosos devaneios do gênero. Algumas trajetórias eram tomadas mesmo como verdadeiramente exemplares de uma certa mitologia urbana que falava das alturas que podiam ser atingidas pelos indivíduos que soubessem encarar os ensejos com oportunismo – como lembrava uma das depoentes da psicóloga Ecléa Bosi em seu belo livro sobre a memória dos idosos, não dizia e repetia o povo que na mesma época em que São Paulo havia parado por causa da gripe espanhola vinda dos campos de batalha da Primeira Guerra Mundial, Francisco Matarazzo tinha formado seu prodigioso patrimônio vendendo latas nas quais "punha metade banha e metade água"?[19]

Injusta que fosse a suspeita, posto que Matarazzo se tornara magnata do comércio e da indústria já antes do período da guerra, a versão assumira a aparência de fato e ajudava a estimular a imaginação dos que alimentavam esperanças de rápida conquista da prosperidade. De certa forma, operava aqui a lógica contida na frase atribuída a Balzac, de acordo com a qual na origem de toda fortuna se encontra um crime; e, se assim eram as coisas, cabia ao pretendente a entrar no mundo da opulência estar permanentemente preparado e alerta, mesmo que fosse para cometer uma ilicitude qualquer.

Até porque o negócio privilegiado que o levaria à abastança talvez aparecesse quando menos esperado, e semelhante ocasião exigiria resolução e agilidade – e não uma escrupulosa hesitação que certamente poria tudo a perder. Tais mecanismos mentais podiam funcionar no plano do consciente ou do inconsciente; em um caso ou noutro, eles eram imediatamente ativados no momento mesmo em que o conto do vigário apresentava, como isca, a possibilidade hipotética de algum ganho mais expressivo. Quando a trama se colocava em movimento, era o poderoso fluxo de um desejo contido que irrompia, para passar a comandar as ações e decisões da vítima e fazê-la caminhar a passos largos para dentro da arapuca.

Não parece difícil visualizar como isso se passava por ocasião dos golpes aqui citados, no ambiente mental e material de centros urbanos que se alardeavam tão extraordinariamente dinâmicos e férteis em oportunidades de crescimento pessoal. Mas talvez seja possível identificar, nessa ânsia de enriquecimento, a presença de ideais bem mais antigos e duradouros no contexto da cultura brasileira. Em uma passagem particularmente instigante de seu *Raízes do Brasil*, Sérgio Buarque de Holanda faz a distinção entre dois tipos paradigmáticos, o do "trabalhador" e o do "aventureiro", comentando que foi esse segundo o que mais se fez presente por ocasião da exploração das terras brasileiras pelo empreendimento colonial português. Os valores e as perspectivas que acompanhariam tal figura – cujo "ideal será colher o fruto sem plantar a árvore"[20] – se fariam mais nítidos por meio da comparação entre diferentes universos éticos:

> Existe uma ética do trabalho, como existe uma ética da aventura. Assim, o indivíduo do tipo trabalhador só atribuirá valor moral positivo às ações que sente ânimo de praticar e, inversamente, terá por imorais e detestáveis as qualidades próprias do aventureiro – audácia, imprevidência, irresponsabilidade, instabilidade, vagabundagem – tudo, enfim, quanto se relacione com a concepção *espaçosa* do mundo, característica desse tipo.
>
> Por outro lado, as energias e esforços que se dirigem a uma recompensa imediata são enaltecidas pelos aventureiros; as energias que visam à estabilidade, à paz, à segurança pessoal e os esforços sem perspectiva de rápido proveito material passam, ao contrário, por viciosos e desprezíveis para eles. Nada lhes parece mais estúpido e mesquinho do que o ideal do trabalhador.[21]

Semelhante tendência à aventura teria sido mesmo uma das influências decisivas na formação da vida nacional: para Buarque de Holanda, esse "foi o elemento orquestrador por excelência", em meio a um conjunto de fatores inicialmente tão variados quanto os grupos humanos e as culturas que aqui se encontraram, e as condições naturais e materiais que se ofereceram a eles.[22] Porque, em perspectiva, a própria organização da grande lavoura com base na mão de obra escrava obedeceria à mesma lógica: "O que o português vinha buscar era, sem dúvida, a riqueza, mas riqueza que custa ousadia, não riqueza que custa trabalho".[23]

A passagem dos séculos parece ter tornado mais dissimuladas, mas não menos operantes, as linhas de semelhante *ética da aventura* dentro do imaginário nacional. Porque é o mesmíssimo desejo de uma riqueza obtida antes pela ousadia que pelo trabalho – antes pelo gesto arrojado e impulsivo que pelo lento acumular da tediosa faina diária – que surgirá em pleno Brasil do século XX. É, novamente, a imagem da terra das infinitas oportunidades que se apresenta aqui; mas de oportunidades que só podem ser aproveitadas pelos que sabem antecipá-las, intuí-las, agarrá-las com firmeza e convicção. E sem quaisquer melindres de natureza moral, já que o autêntico aventureiro deveria saber, melhor do que ninguém, que *riqueza* rima melhor com *esperteza*.

As coisas, é claro, se tornam muito mais curiosas se for levado em conta que tal disposição mental e comportamental surgia com tanta frequência em um país no qual as transformações econômicas e sociais, associadas ao desenvolvimento das médias e grandes cidades, traziam ideias e ideais de modernidade e de ascensão baseada no mérito: no Brasil que se industrializava, gerava novas oportunidades profissionais e ambicionava igualar-se às nações mais avançadas, aparentemente era outro conjunto de concepções que ganhava força – o que se fundamentava em uma ética do trabalho que valorizava mais a prosperidade construída passo a passo pelo laborioso esforço individual.

A facilidade com que número tão significativo de brasileiros, em termos práticos, renegava tal ética, porém, servia para revelar suas limitações. Perceptivos que eram, os vigaristas *sabiam* que em meio às multidões de aparência atarefada que tomavam as metrópoles do país, nas correrias impostas pelo mundo do trabalho, circulava grande quantidade de destemidos aventureiros, prontos para abandonar a monotonia da rotina diária para se lançar à procura do fabuloso eldorado do lucro fácil, abundante e rápido.

III

Desenvolvido na maior parte das vezes em pleno espaço público, o conto do vigário talvez seja uma das formas mais autênticas de teatro popular. Suas tramas espelham imaginários, da mesma maneira que os imaginários se deixam reconhecer em suas tramas: nessa relação de circularidade entre golpes e representações, o que sobressaiu no caso do Brasil contemporâneo foi a manifestação de uma *cobiça* que, quando aflorava, provocava como que uma cegueira em relação a tudo o mais e levava diretamente à cilada montada pelos golpistas. Era uma certa ambição desmedida o segredo que tantos brasileiros guardavam nos recantos de seus sonhos mais íntimos; e, por paradoxal que isso possa parecer, era justamente por conta das mentiras encenadas pelos vigaristas que essas verdades se davam a conhecer.

Ou, para colocar as coisas em outros termos, nos golpes que fingiam trazer a perspectiva de ganhos, a vítima acreditava porque *queria* acreditar. Isso, de certa forma, ajuda a esclarecer de que maneira acontecia a participação dos enganados nas tramas e tramoias do conto do vigário; no entanto, continua a dizer pouco a respeito dos enganadores. O que vem a constituir questão bastante séria, porque um estudo sobre a vigarice deveria se esforçar para, em alguma medida, trazer também a palavra dos vigaristas: algo que fosse sobre o modo como eles encaravam a si próprios, além de suas opiniões sobre as artes e as técnicas de seu ofício.

E essa é tarefa bastante problemática, porque, como já foi comentado aqui, o vigarista profissional procura obsessivamente a fuga e o esquecimento, basicamente por uma questão de segurança pessoal: seu instinto será sempre o de silenciar sobre seus feitos, como forma de não se admitir criminoso. Esse comportamento reservado se mantém, aparentemente, até mesmo depois que as forças da lei e da ordem já o identificaram, agarraram e condenaram – o primeiro impulso do estelionatário conhecido como Paraíba, que Graciliano Ramos encontrou quando enviado à Colônia Correcional em que conviviam presos comuns e presos políticos, em 1936, foi o de negar-se a contar-lhe quaisquer de suas aventuras: "Nós não devemos confessar a leigos os mistérios da nossa profissão", argumentava conscienciosamente.[24] A meta de encontrar um relato em que um vigarista fale abertamente de suas atividades é das mais difíceis de atingir, e é levando em conta tal dificuldade que será apresentada aqui a solução de recorrer às lembranças e aos esclarecimentos de um golpista estrangeiro: de um experiente finório norte-americano que, aliás, não nos é de todo desconhecido.

Na sua primeira parte, este livro já fez referência a algumas das façanhas praticadas por dois vigaristas que operavam em conjunto e que fingiam poder obter de antemão, por canais privilegiados, os nomes dos cavalos vencedores nas pistas de corrida dos Estados Unidos: Billy Wall, que interpretava o papel do operador de telégrafo, e Joe Weil, que interpretava o papel do intermediário que levava a vítima a colocar dinheiro em uma aposta que julgava infalível. Em um raríssimo caso de autoexposição, este último decidiria, na segunda metade da década de 1940, contar sua vida e seus feitos a um jornalista empenhado em tornar públicas suas revelações. "Yellow Kid" Weil – apelido pelo qual era mais conhecido[25] – tinha 70 anos de idade quando narrou, com certo grau de detalhe, suas aventuras ao repórter W. T. Brannon; o resultado foi o livro *"Yellow Kid" Weil: the Autobiography of America's Master Swindler*, lançado pela editora Ziff-Davis, de Chicago, em 1948.[26] Declarando-se então aposentado e, depois de alguns anos de detenção, quite com a lei, Weil apresenta um depoimento que serve como um verdadeiro tratado a respeito das práticas de engano (uma única e pequena ressalva a ser feita é que aparentemente seu retiro ainda não era completo, posto que em seguida ele venderia os direitos de filmagem do livro a dois compradores diferentes, o próprio Brannon e um estúdio cinematográfico de Hollywood).[27]

Não estaríamos mal servidos, portanto, ao apelar para o testemunho de "Yellow Kid" Weil em uma tentativa de conhecer algo do mundo e do instrumental da vigarice, nas palavras de um de seus expoentes; porque o que temos aqui é a versão de um autêntico *criador* – Weil se destacava, entre outras coisas, pela capacidade de elaborar seus próprios golpes, em vez de simplesmente colocar em andamento os que já existiam. Foi por tal caminho que ele interpretou personagens tão variados quanto os de agenciador de apostas de corridas de cavalos e de consultor de investimentos da bolsa de valores; de corretor imobiliário e de proprietário de instituições bancárias; de representante de investidores europeus nos Estados Unidos e de engenheiro de minas, entre muitos outros. Seu depoimento serve em particular para colocar em destaque o segundo dos princípios que fundamentam este estudo, o de que o conto do vigário aplicado com êxito se desenvolve por meio de uma autêntica *teatralização* dentro da qual todos – vigaristas e vítimas – interpretam papéis específicos, de acordo com roteiros predeterminados.

Isso se torna evidente já no capítulo inicial do livro, no qual Weil faz referência ao golpista que o iniciou nas práticas de vigarice, um charlatão conhecido como Doc Meriwether, especializado na aplicação de um logro relativamente antigo entre os norte-americanos, o da venda do remédio milagroso.[28] Circulando no meio rural em companhia do então jovem "Yellow Kid" Weil, Meriwether parava nos lugarejos em que pudesse reunir alguma audiência para exaltar as virtudes medicinais de um preparado que ele mesmo fabricava: um líquido escuro que resultava da mistura de água de chuva, aromatizantes variados e álcool, entre outros ingredientes. O Elixir de Meriwether, como era chamado, era proclamado como infalível na cura de males diversos, sobretudo na eliminação dos parasitas intestinais. A recordação de Weil é apresentada por meio de uma narrativa que tem expressivas semelhanças com o texto de um ato teatral, com entradas em cena, falas e marcações bem definidas. A cena começava com a arenga do próprio Doc Meriwether, dirigida ao público:

> Ele mostrava a garrafa com o rótulo enfeitado e o líquido negro. Se a resposta fosse boa, Doc Meriwether mantinha o fluxo de uma prosa contínua e animada e recolhia o dinheiro. Mas se os negócios andassem devagar, essa era a deixa para que eu entrasse em ação.
> "Vou querer duas garrafas", eu dizia.
> "Duas garrafas, meu senhor? Mas apenas uma é suficiente para livrá-lo dos vermes."
> "As garrafas não são para mim", eu dizia. "São para meus dois filhos."
> "O senhor já experimentou este preparado antes?"
> "De fato já o experimentei, doutor. Na verdade, devo minha vida a ele."
> "O senhor poderia nos contar como foi isso?"
> "Posso, sim. Um ano atrás, eu estava tão fraco e sem energia que nem conseguia andar, muito menos tomar conta da minha fazenda. Os médicos haviam feito tudo o que podiam por mim, mas eu era tido como um caso perdido. A hipoteca da minha fazenda estava para vencer. Eu ia perder tudo, e então minha pobre mulher e meus filhos iriam passar fome." Eu fazia aqui uma pausa para enxugar os olhos com a manga da camisa.
> "Foi então que ouvi falar do Elixir de Meriwether. Comprei uma garrafa. Não acreditava que adiantasse, mas como tudo já estava perdido mesmo, não fazia mais diferença. Então eu o tomei. Antes mesmo de terminar a garrafa, meus vermes já haviam sido eliminados. Eu pude andar de novo. Minha força voltou. Logo comecei a me recuperar. Eu me sentia tão bem que podia trabalhar por dois. Consegui pagar a hipoteca da fazenda.

"E devo tudo isso ao Elixir de Meriwether. Vou dá-lo para meus dois meninos tomarem. Eu compraria as garrafas mesmo que elas custassem cinco dólares cada."

"Meu senhor", era a resposta de Meriwether com a voz trêmula de emoção, "o senhor me comoveu profundamente. Fez com que eu sentisse ter realizado algo pelo bem da humanidade. Como sinal do meu reconhecimento, deixe-me presenteá-lo com duas garrafas – inteiramente grátis."

Essa pequena representação normalmente fazia as pessoas se aproximarem. Elas quase que se empurravam umas às outras na corrida para trocar os dois dólares por tal remédio maravilhoso.[29]

Joe "Yellow Kid" Weil em 1924: sempre pronto para a próxima encenação

The Granger Collection/ Other Images

"Esta pequena representação": o vocabulário teatral brota da boca do próprio "Yellow Kid" Weil.[30] E assim será quando ele se referir a seu futuro comparsa, Billy Wall, definido como "um ator completo",[31] ou quando explicar que, na organização de alguns de seus golpes mais elaborados – como aquele em que montou toda uma casa de apostas falsa para tomar o dinheiro dos que julgavam saber que cavalos venceriam as corridas –, eram contratados dezenas e dezenas de "figurantes".[32]

Weil, aliás, considerava a si próprio um ator bastante talentoso, e seria difícil deixar de reconhecê-lo como tal. Porque o homem que se fez passar por ativo empreendedor para vender, a milhares de pessoas, títulos de propriedade de um luxuoso clube de campo que não existia;[33] que se tornou banqueiro para inventar uma instituição financeira, a Simpson & Weil, que orientava seus clientes a investir em apostas de corridas de cavalos, sob o eterno e falso pretexto da informação privilegiada;[34] que se converteu em brilhante cientista para impressionar toda uma plateia, ao demonstrar o funcionamento de um fantástico aparelho supostamente capaz de assar um frango em apenas trinta segundos[35] – entre diversas outras proezas do gênero –, certamente era dotado de uma vocação teatral e de uma flexibilidade cênica fora do comum. Ao realizar um balanço final de sua trajetória, é assim que ele enfoca o tema:

> O fato é que eu, na vida real, desempenhei mais papéis do que sequer poderia sonhar um ator comum. O ator tem um roteiro prévio cuidadosamente preparado para ele. Eu fazia meus próprios roteiros na medida em que seguia adiante, dependendo unicamente da minha própria habilidade de contornar qualquer situação inesperada.
> Algum pequeno gesto incompatível para com o personagem que estivesse interpretando, ou a resposta errada a alguma pergunta, poderiam ter-me traído. Felizmente para mim, sempre apresentei

> a resposta certa e conduzi de maneira convincente o papel que representava.[36]

Não deixa de ser surpreendente o grau de lucidez com que "Yellow Kid" Weil desenvolve suas considerações sobre as exigências colocadas para seu trabalho de atuação: é como se ele explicasse, em suas próprias palavras, a importância da fidelidade ao que os teóricos do teatro definem como a *lógica do personagem*, em um esforço de autopreparação que incluía a procura permanente pela harmonia dos gestos e pela coerência das reações. A questão, aqui, está nitidamente colocada em plano muito superior ao do mero fingimento, para assumir proporções de busca do domínio das técnicas teatrais mais refinadas e capazes de conduzir a interpretações tão realistas quanto possível.

E não apenas isso. Além de ator, Weil exercia as funções de autor e de diretor: era com verdadeiro entusiasmo, mas também com atenção aos detalhes, que ele se dedicava às diferentes esferas desse fazer teatral tão particular. A criação de uma outra realidade – a realidade cuja invenção demandava o emprego de todos os seus poderes de imaginação dramatúrgica – exigia empenho e desempenho: chega a parecer que, para Weil, a satisfação pela encenação bem realizada era tão importante quanto a vantagem financeira obtida como resultado do golpe. De certa forma, era isso que ele afirmava em outro trecho de suas considerações finais:

> Um dos fatores que motivaram minhas ações era, evidentemente, o desejo de conseguir dinheiro. O outro motivo era o anseio por aventura – e esse era o único tipo de aventura para o qual eu estava preparado.[37]

Por vezes, semelhante anseio podia se mostrar mais forte mesmo que o próprio cálculo econômico. Weil narra um episódio que parece emblemático em relação a isso, posto que nele o envolvimento com a dramatização do golpe desviou totalmente sua atenção do que poderia vir a ser uma extraordinária oportunidade de investimento. O caso se deu quando ele colocava em andamento mais um esquema destinado a iludir os ávidos frequentadores dos hipódromos, sempre em busca da dica infalível em que aplicar seu dinheiro. Weil os convencia de que havia comprado um cavalo com potencial para se tornar ganhador de qualquer páreo que fosse, e que quem apostasse nele em sua corrida de estreia levaria um lucro fantástico. O próprio Weil se encarregava de coletar o dinheiro do entusiasmado apostador, depois de apresentá-lo a seu hipotético campeão: um cavalo que *parecia ser* tremendamente fogoso e ágil, mas que na realidade não passava de um animal malpreparado e de segunda categoria, sem quaisquer condições de chegar à frente de seus adversários. Depois da derrota inevitável, Weil simulava expressão de enorme surpresa e decepção, para partir embolsando o dinheiro das apostas que nunca chegara a fazer.

Logo se vê que, para o bom funcionamento de tal embuste, até mesmo *o cavalo* deveria representar um papel: o de imbatível vencedor que inesperadamente se transformava em patético perdedor. As coisas andaram bem para Weil até que ele deparou com uma intérprete que se recusava a fazer a sua parte. Zibia, uma égua que havia sido adquirida especialmente para a aplicação do golpe, não apenas parecia ser uma campeã: era de fato. Ela insistia em correr cada vez mais rápido, ignorando até os artifícios aos quais Weil recorria para tentar prejudicar seu desempenho.[38] Um problema para o qual ele não enxergava solução:

> Zibia tornou-se uma potranca bastante inconveniente. Eu logo percebi que ela poderia vencer, apesar do que eu viesse a fazer para atrapalhá-la. Como não podia contar com ela, acabei por me livrar dela. Ela seguiu adiante e se transformou em uma das maiores ganhadoras de todo o país.[39]

O que o episódio tem de extremamente significativo é a reação de Weil. Porque, aparentemente, nunca chegou a passar-lhe pela cabeça – nem mesmo quando contava o caso – a ideia óbvia de abandonar o golpe e procurar aproveitar as excepcionais aptidões de Zibia como uma autêntica competidora. Se o fizesse, treinando-a para disputar e vencer grandes prêmios país afora, Weil provavelmente lucraria muito mais do que com a sempre incerta operação de aplicação do ardil, e sem os riscos que tal operação trazia inevitavelmente. Mas essa foi uma oportunidade que ele simplesmente deixou passar, e Zibia exerceria sua vocação de campeã nas mãos de outros proprietários. O sonho de todo criador de cavalos – o de descobrir um animal com uma propensão natural para a vitória – era, para ele, um tremendo aborrecimento.

Essa tendência de se mostrar um ilusionista que, ocasionalmente, dava mais atenção ao mundo de fantasia que criara que ao objetivo de lucrar na maior escala possível talvez afaste "Yellow Kid" Weil da maior parte dos vigaristas de seu tempo. Estes, com toda a probabilidade, tratavam as coisas com grau muito maior de pragmatismo, inclusive porque o mais comum era que se limitassem a reproduzir esquemas já existentes, sem buscar a invenção de novas tramas, como fazia Weil quase que invariavelmente. Por esse motivo, se a intenção é tomá-lo aqui como exemplo, o melhor seria que nos concentrássemos nos aspectos que o aproximavam de seus pares; e o mais expressivo deles era, novamente, a questão da *interpretação.* A procura por uma atuação dramática convincente era algo que unia desde o trapaceiro de segunda categoria até o mais sofisticado dos golpistas. Weil tinha representado uma quantidade enorme de papéis, como ele próprio destacou no trecho transcrito acima; o que mais teria ele a dizer sobre as condições em que conduzia seus desempenhos teatrais? Algo que vale a pena levar em conta:

> Para fazê-lo com êxito – como o fiz por cerca de meio século –, eu precisava dominar, antes de mais nada, um vasto repertório de conhecimentos gerais. Além disso, precisava conhecer os rudimentos de várias profissões. Se eu desempenhasse o papel de um doutor, tinha que estar em condições de poder usar corretamente as expressões do vocabulário médico. Como engenheiro de minas, tinha que saber algo a respeito de geologia e mineralogia. Como corretor da bolsa ou dono de banco, tinha que estar atualizado com os últimos e mais intrincados assuntos financeiros.[40]

O que "Yellow Kid" Weil ensina certamente valia para todos os vigaristas – mesmo que a prática se apresentasse com graus diferentes de dificuldade, a depender da complexidade do papel a ser representado. Mas fosse qual fosse o caso, era preciso reunir os elementos fundamentais para viabilizar um desempenho *crível:* era preciso dedicar tempo, talento e energia ao trabalho de *construção de um personagem.* A sonoridade stanislavskiana não se faz presente por acaso. Ela é, com efeito, evocada pelas próprias palavras de Weil, tornando válida a colocação da questão: seria possível tentar analisar os estilos de interpretação próprios dos vigaristas à luz dos parâmetros fixados por alguns dos grandes teóricos do teatro contemporâneo – como Brecht e o próprio Stanislávski?

O que em princípio pode parecer uma excentricidade e mesmo um despropósito talvez se torne algo de admissível, desde que fiquem bem entendidos, desde logo, dois pontos básicos. Primeiro, e para partir do mais óbvio, que em nenhum sentido se sugere aqui que os praticantes do conto do vigário sequer soubessem da existência de Stanislávski ou de Brecht; é evidentemente absurda a ideia de que eles se dedicassem a estudar e a discutir altas elaborações teóricas sobre a arte da interpretação teatral. Os vigaristas mencionados neste livro eram atores autodidatas, que haviam tido as ruas e os exemplos dos colegas mais experientes como escola, e que em geral não possuíam formação ou informações que lhes permitissem lidar com os sofisticados conceitos apresentados pelos mestres do teatro acima citados.[41] Segundo, e em decorrência disso, que portanto não há sentido em propor a discussão sobre as formas de atuação dos estelionatários tendo em vista, de maneira rigorosa, os parâmetros teóricos e práticos das correntes stanislavskiana e brechtiana: o que se pode imaginar é o estabelecimento de algumas relações de analogia, inspiradas por certas tendências básicas manifestadas por uma e outra – um modo de interpretar mais *visceral*, no primeiro caso, e mais *cerebral*, no segundo.

Supondo que tais pressupostos pareçam aceitáveis, seria então apropriado procurar delinear, em brevíssimas pinceladas, o que pertence a um terreno e o que pertence a outro. O ator e diretor russo Konstantin Stanislávski (1863-1938) destacou-se por sua atuação no Teatro de Arte de Moscou, que fundou em 1898 em parceria com Vladímir Nemírovitch Dantchenko. Ali, ele desenvolveria as linhas do que viria a se tornar conhecido como o Sistema Stanislávski, um conjunto de técnicas e exercícios a serem seguidos pelo ator no seu trabalho de preparação para o desempenho de um papel. A meta básica seria buscar pontos de identificação psicológica entre intérprete e personagem, em processo que deveria resultar em atuações marcadas pela naturalidade e pela espontaneidade. Cabia ao ator atingir essa *fé cênica* – vale dizer, essa capacidade de imersão em termos emocionais – recorrendo a sua própria experiência pessoal: buscando na memória lembranças e sentimentos cuja evocação proporcionasse consistência à composição (e, quando isso não fosse possível, a lembranças e sentimentos análogos a partir dos quais uma linha interpretativa pudesse ser estabelecida). Atuar equivalia, para Stanislávski, a um ato de incorporação e entrega, dentro do qual de nada adiantaria dispor de uma vocação que não se deixasse enquadrar pela disciplina: "Quanto maior é o talento do ator, mais ele se preocupa com sua técnica, sobretudo quanto às suas qualidades interiores", afirmava.[42]

Partindo de outra perspectiva – não necessariamente de todo oposta à de Stanislávski, como passaria a sustentar uma certa visão estereotipada das coisas –, Bertold Brecht (1898-1956) prescreveria um estilo de interpretação mais compatível com seu universo dramatúrgico. Autor de muitas obras e seguidor do marxismo, ele buscava tornar o teatro instrumento de estímulo ao espírito crítico e à capacidade de reflexão; a *peça didática*, como a chamava, teria como função primária despertar consciências, não promover o escapismo das ilusões. Decorreria daí um outro enquadramento para o trabalho de representação: o ator deveria adotar uma postura de *distanciamento* – ou, para usar o vocabulário brechtiano, de *estranhamento* – em relação ao papel que lhe cabia levar ao palco, tentando antes *mostrar* do que *viver* o personagem.[43] Com isso, a encenação teria condições de atingir seu objetivo de instigar a inteligência da plateia, em procedimento que, se não excluía totalmente as situações mais emocionais, claramente privilegiava os processos de racionalização que solicitavam do espectador a tomada de posições éticas e políticas. Ao evitar a tendência de mergulhar no personagem, o ator estaria mais bem preparado para sublinhar o contexto social da ação dramática. O distanciamento existia para fazer pensar.

Tomadas tais correntes teatrais em linhas muito gerais e esquemáticas, segue-se a questão: de qual delas mais se aproximaria o vigarista, em seu trabalho instintivo de representação? Em princípio, a resposta parece ser evidente. Se o objetivo de quem aplica um conto do vigário qualquer é envolver sua vítima em um mundo artificial montado para viabilizar o engano, então nada seria mais importante do que tornar esse mundo plausível; e para fazê-lo, o golpista tem que procurar desenvolver uma linha de interpretação marcadamente *realista* – uma linha que resultasse em uma atuação tão natural e espontânea quanto a que recomendava Stanislávski. Seria preciso incorporar o personagem em cada detalhe – em cada gesto, em cada frase, em cada sinal indicativo de sua personalidade dramatúrgica, como o fazia, aliás, "Yellow Kid" Weil; seria preciso atingir por meios próprios algo de semelhante à empatia tão valorizada pela corrente stanislavskiana. Um vigarista de bom senso deveria ficar tão longe quanto possível de qualquer atitude que lembrasse o *anti-ilusionismo* brechtiano, posto que sua intenção é justamente a de iludir. O distanciamento não lhe conviria, porque ao explicitar que interpretação é interpretação, tornaria visível a própria face do embuste que tenta aplicar.

Haveria apenas uma pequena ressalva a ser feita a isso. Ao fazer-se ator, o golpista não pode ser dar ao luxo de mergulhar tão completamente no personagem a ponto de esquecer que a encenação tem, afinal, uma meta precisa: a de separar a vítima de seu dinheiro. O próprio Stanislávski alertava contra os riscos que correm os intérpretes que se deixam levar pela "trilha falsa dos clichês e da superatuação", e não seria exagero afirmar que para os vigaristas tais perigos são muito mais graves.[44]

Tomemos como exemplo episódio que envolve um golpista que já nos é conhecido: aquele simpático rapaz que se apresentava como tenente cheio de prestígio político e que prometia empregos públicos aos frequentadores de uma certa padaria localizada na Mooca, em 1949. O proprietário do estabelecimento, em seu depoimento à polícia, deixava claro que havia começado a desconfiar do jovem ao reparar que as vantagens que este oferecia "eram muitas e tão repentinas", e comentava ainda que ele teria, "certa ocasião, dito que estava noivo de uma filha do ministro da Guerra"[45] – um caso evidente de superatuação em que o entusiasmo pelo personagem interpretado conduziu ao exagero das alegações implausíveis e, portanto, suspeitas.

O fenômeno era mais comum do que se poderia imaginar em princípio. "Yellow Kid" Weil, ao se referir a um comparsa a quem cabia interpretar o papel de milionário como parte do enredo do golpe a que ambos se dedicavam, relembra:

> Aquele que finge ser fabulosamente rico, ainda que na realidade esteja na indigência, pode, com o tempo, convencer a si mesmo de que possui uma fortuna. Essa era a obsessão do coronel Jim Porter.
> Ele era bastante saudável mentalmente, e no entanto caía com facilidade no engano de crer que era de fato um magnata. Interpretava o papel de milionário aposentado tão bem que chegava a acreditar nele. Só de vez em quando deixava seu mundo imaginário e encarava a realidade, para lembrar que não passava de um velho que não possuía um tostão sequer.[46]

Por vezes, a realidade inventada se tornava tão mais interessante que o vigarista acabava por entrar no papel para não sair mais dele. Josh Wilker menciona os casos de dois golpistas que demonstram até que ponto semelhante confusão pode chegar. Um deles, o trapaceiro Charles Orton, acabou os dias na prisão acreditando com todas as forças que era realmente o aristocrata Rodger Tichbourne, personagem que interpretara com tanta dedicação ao longo da carreira. E o outro, Oric Bovar, passou anos enganando suas vítimas com a alegação de que era o próprio Jesus Cristo em uma segunda passagem pela Terra, até o dia em que decidiu *provar* a veracidade do que afirmava – e saltou para a morte do alto de um prédio, porque uma de suas divinas habilidades, a de levitar, não se manifestou naquela ocasião.[47]

Isso significa que ocasionalmente o apelo do engano é tão grande que chega a atingir o próprio enganador; pode-se afirmar que, nesses casos, a dimensão lúdica e estética do conto do vigário se coloca em primeiro plano para iludir até mesmo ao ilusionista. Se parece claro que uma atuação baseada na procura pela verossimilhança, em conformidade com o caminho stanislavskiano, era a mais adequada para o vigarista, nem por isso este deveria levar as coisas tão a fundo a ponto de tomar a interpretação como mais importante que o golpe em si. Um toque de distanciamento brechtiano, no final das contas, talvez seja indispensável: ele serviria para que o trapaceiro tenha sempre em mente que seu desempenho, envolvente que seja, tem um *propósito*, e que os movimentos da encenação não podem distanciar-se dele.

Era aliás assim – entre a *fantasia* da representação e o *cálculo* de como conduzi-la – que agiam os vigaristas que operavam no Brasil do século XX. Um dos grandes nomes da história das artes dramáticas no país, o ator e professor Eugênio Kusnet (1898-1975), defendia na década de 1970 a tese de que era perfeitamente possível promover um encontro entre as propostas de interpretação de Konstantin Stanislávski e de Bertold Brecht.[48] Provavelmente nunca chegou a ocorrer-lhe que de certa forma, e por caminhos inteiramente empíricos e intuitivos, havia muito isso já vinha acontecendo – do lado de fora das salas de teatro.

IV

Envolvente e traiçoeiro em sua inesgotável capacidade de gerar espantosas miragens, o conto do vigário serve como lembrete de um princípio que deveria ser levado em conta por estudiosos das mais variadas áreas do conhecimento: o de que há uma diferença fundamental entre a *realidade* e a *percepção da realidade*. Supor que a segunda, limitada e variável que é, possa dominar inteiramente a primeira não constitui apenas atitude extraordinariamente presunçosa – constitui também caminho seguro para aquele que a adota se tornar o enganador de si mesmo. Afinal, convicções inabaláveis e certezas absolutas costumam proporcionar material da melhor qualidade para a fabricação de um logro.

E no entanto, aí estão os vigaristas e os historiadores para mostrar que todas as ilusões de óptica são possíveis: que olhares podem ser dirigidos, desejos e temores manipulados, valores e comportamentos moldados pela força dos mais diversos sortilégios ao alcance da invenção humana. Uma história de conto do vigário revela algo sobre ele e também sobre a própria história – demonstra que aquilo que é possível saber a respeito do passado será invariavelmente uma versão, e que ela, firme que esteja em seus andaimes, poderá ser sempre retocada, reformada, emendada, eventualmente substituída por completo. Colocada à parte a intenção consciente de iludir, haveria mais em comum entre vigaristas e historiadores do que estes últimos provavelmente estariam dispostos a admitir: criadores de mundos os primeiros, recriadores de mundos os segundos, lidam ambos com representações do real, organizando-as tão coerentemente quanto possível em suas narrativas. O perigo, evidentemente, é crê-las definitivas. Mesmo porque estamos colocados aqui em meio às artimanhas da linguagem, dentro das quais tão facilmente se tornam indistintos os limites entre o que é e o que não é fabulação – riscos, aliás, agravados pela advertência trazida em boa hora por Umberto Eco, que ensina que "o modo como aceitamos a representação do mundo real pouco difere do modo como aceitamos a representação de mundos ficcionais".[49]

E se assim são as coisas, o que efetivamente ocorreu pode vir a parecer muito menos convincente do que se imagina que poderia ter ocorrido; o vigarista triunfa sobre o historiador, ou então o historiador se faz vigarista sem o saber. "Se queres transformar-te num homem de letras, e, quem sabe um dia, escrever Histórias, deves também mentir e inventar histórias, pois senão a tua História ficaria monótona", já o dizia, inteiramente real em sua existência ficcional, o preceptor do romance *Baudolino*, do mesmo Umberto Eco. Que concluía: "Mas terás de fazê-lo com moderação. O mundo condena os mentirosos que só sabem mentir, até mesmo sobre coisas mínimas, e premia os poetas que mentem apenas sobre coisas grandiosas".[50] Palavras ponderadas, posto que dirigidas a um trapaceiro compulsivo, tão capaz de tornar crível o incrível que chegava a iludir a si próprio: em pleno século XII, ele partia em busca desesperada de um Santo Graal que sabia ser falso, mas que procurava como se fosse verdadeiro – como se de fato fosse a autêntica taça da qual Cristo teria se servido na derradeira ceia junto com os apóstolos, o que transformava a relíquia das relíquias no embuste dos embustes.

A propósito: em sua edição de 21 de junho de 1935, a *Folha da Noite* noticiava em primeira página que escavações arqueológicas realizadas em Antioquia haviam resultado na descoberta de "uma pequena caixa contendo um cálix de vidro ou uma taça, que os peritos comprovaram tratar-se de uma fina obra romana". O achado, afirmava ainda a notícia, correspondia ao "que se presume ser o cálix que Jesus Cristo utilizou na última ceia".

NOTAS E REFERÊNCIAS

Notas

Introdução – Aos sapientes e pacientes

1 Cf. Vicente Reis, *Os ladrões no Rio* (Rio de Janeiro: Companhia Typographica do Brazil, 1903).

2 Vicente Reis, *op. cit.*, p. 110.

3 *Ibidem*, p. 111.

4 *Ibidem*, pp. 113-114. Chama a atenção a estranha grafia de alguns dos vocábulos presentes neste e em outros trechos da carta – que, não obstante isso, foram aqui transcritos sem alteração.

5 *Ibidem*, p. 116.

6 *Ibidem*, p. 118.

7 *Ibidem*, pp. 119-120.

8 João Leite Sobrinho, "O conto do vigário", *in Investigações: Revista do Departamento de Investigações*, São Paulo, Secretaria de Estado da Segurança Pública, fevereiro de 1949, ano I, nº 2, pp. 126-127. O autor exercia então o cargo de delegado-chefe da Seção de Investigações sobre Delitos contra a Fazenda do Estado de São Paulo.

9 Vicente Reis, *op. cit.*, p. 113.

10 M. Allen Henderson, *How Con Games Work*, p. 92 (tradução nossa).

11 Cf. Mello Moraes Filho, *Factos e memorias* (Rio de Janeiro: H. Garnier, 1904).

12 Mello Moraes Filho, *op. cit.*, pp. 31-93.

13 *Ibidem*, p. 46.

14 *Ibidem*.

15 *Ibidem*, pp. 46-47.

16 *Ibidem*.

17 *Ibidem*.

18 *Ibidem*, pp. 47-48.

[19] *Ibidem.*

[20] Cf. Jacinto do Prado Coelho, "Introdução", *in* Fernando Pessoa, *Páginas íntimas e de auto-interpretação,* p. XXVIII.

[21] Fernando Pessoa, *Páginas íntimas e de auto-interpretação,* p. 420.

[22] Fernando Pessoa, "O conto do vigário", *in Contos* (São Paulo: Epopeia, 1986), p. 149.

[23] Fernando Pessoa, *op. cit.*, pp. 149-150.

[24] *Ibidem,* p. 150.

[25] *Ibidem.*

[26] *Ibidem,* p. 151.

[27] *Ibidem.*

[28] Cf. "Tão antigo quanto a Sé de Braga" (matéria publicada na seção Nos Bastidores da Polícia, assinada por cronista que adotava o pseudônimo de "Sherlock"), *Folha da Noite,* São Paulo, 14 de março de 1952, p. 2.; e Francisco da Silveira Bueno, *Grande dicionário etimológico-prosódico da língua portuguesa,* vol. 2, p. 805.

[29] José Antônio Pereira Ribeiro, *Fraude e estelionato,* p. 11.

[30] Caberia citar com destaque, nesses casos, veículos como *Investigações: Revista do Departamento de Investigações* e *Arquivos da Polícia Civil de São Paulo* (ambas patrocinadas, na década de 1940, pela Secretaria de Segurança Pública do Estado de São Paulo), e a *Revista dos Tribunais,* tradicional publicação especializada na discussão e na interpretação das questões jurídicas brasileiras.

[31] O exemplo mais notável é o livro publicado em 1940 pelo inspetor da Guarda Civil de São Paulo Antônio Vieira, com o título de *Os vigaristas,* um pequeno compêndio que mesclava alertas a respeito dos principais esquemas de engano então colocados em prática com comentários e descrições sobre os meandros da vigarice.

[32] Colocadas, naturalmente, nas páginas policiais de cada jornal, tais matérias podiam se resumir a uma simples nota a respeito de algum golpe aplicado no dia anterior ou, no outro extremo, estender-se em reportagens especiais cuidadosamente elaboradas – pode-se mencionar, como

exemplo do segundo caso, a série Perfis de Delinquentes, assinada pelo repórter policial Willy Aureli e publicada entre março e outubro de 1934 pelo jornal *Folha da Noite*, que dedicou os primeiros seis de seus dezoito artigos à descrição das diferentes modalidades de conto do vigário então em voga em São Paulo. Alguns jornais revelaram-se mais ricos do que outros, levando em conta as metas deste trabalho; e foi esse critério de abundância ou míngua em termos de colheita que conduziu à consulta mais frequente do *Correio Paulistano*, do *Diário Popular*, da *Folha da Manhã* e da *Folha da Noite*, de São Paulo, e da *Última Hora*, do Rio de Janeiro. Além disso, cabe mencionar que várias matérias publicadas pela revista *Veja* ao longo de sua história foram de enorme utilidade para este livro.

33 Os processos penais, como bem já o ressaltou Boris Fausto, constituem "uma fonte cheia de peculiaridades". Não raro, é preciso prestar mais atenção ao que se pode ler nas *entrelinhas* do que nas *linhas* de seus documentos: é o caso, por exemplo, dos depoimentos de acusados, vítimas e testemunhas tomados nas delegacias – ocasiões em que a liberdade do discurso falado é engessada nas fórmulas de redação de um jargão policial frequentemente esquemático, pobre e repetitivo. Pode-se perceber que, muitas vezes, as duas vozes – a de quem presta o depoimento e a de quem o registra – chegam a competir abertamente entre si, gerando um curioso (e por vezes algo cômico) efeito de dissonância. Essa procura pela tradução da fala dos depoentes em formatos compatíveis com as formalidades policiais e jurídicas, naturalmente, atenderia ao propósito de conferir "objetividade" ao processo de reconstituição dos "fatos", em prática que foi bem analisada por Fausto: "Na sua materialidade, o processo penal como documento diz respeito a dois 'acontecimentos' diversos: aquele que produziu a quebra da norma legal e um outro que se instaura a partir da atuação do aparelho repressivo. Este último tem como móvel aparente reconstituir um acontecimento originário, com o objetivo de estabelecer a 'verdade' da qual resultará a punição ou a absolvição de alguém. Entretanto, a relação entre o processo penal, entendido como atividade do aparelho policial-judiciário e dos diferentes atores, e o fato considerado delituoso não é linear, nem pode ser compreendida por meio de critérios de verdade. Por sua vez, os autos, exprimindo a materialização

do processo penal, constituem uma transcrição/elaboração do processo, como acontecimento vivido no cenário policial ou judiciário. Os autos traduzem a seu modo dois fatos: o crime e a batalha que se instaura para punir, graduar a pena ou absolver". Daí o curiosíssimo resultado dos rituais policiais e jurídicos que, em seu esforço racionalizador para atingir o que seria o *factual*, acabam produzindo algo que se aproxima do *ficcional*, como destacou o mesmo Boris Fausto em sua penetrante observação de que "ao tentar introduzir uma ordem nos documentos [*de um processo*] acabamos por perceber que eles próprios são em grande medida obra de ficção, aberta à imaginação de quem os lê"; cf. *Crime e cotidiano: a criminalidade em São Paulo (1880-1924)*, pp. 30-40.

34 The Golden Wire, no original; cf. M. Allen Henderson, *op. cit.*, pp. 72-73.

35 Cf. M. Allen Henderson, *op. cit.*, pp. 72-74. A trapaça comportava outras possibilidades de desenlace, como a apresentada – com as devidas liberdades cinematográficas, evidentemente – no filme *Golpe de mestre* (*The Sting*, EUA, dir. George Roy Hill, 1973).

36 *Ibidem*, p. 74.

37 Lucien Febvre, *Combates pela história*, vol. I, p. 23.

38 Roger Chartier, A *história cultural: entre práticas e representações*, pp. 16-17.

39 João Leite Sobrinho, *op. cit.*, pp. 123-124.

40 Atugasmin Médici Filho: "Do estelionato e outras fraudes", in *Arquivos da Polícia Civil de São Paulo*, São Paulo, Secretaria de Estado da Segurança Pública, junho de 1943, vol. V, p. 153. O autor era então juiz de direito em Caconde, no Estado de São Paulo.

41 M. Allen Henderson, *op. cit.*, p. 67 (tradução nossa).

42 Roger Chartier, *op. cit.*, p. 17.

43 O texto das Ordenações Filipinas trazia a expressão em sua forma mais antiga, "bulra", chamando ainda aquele que a praticava de "bulrão": cf. Lara Silvia Hunold (org.), *Ordenações Filipinas: Livro V*, pp. 207-208. A relação de afinidade entre os vocábulos é atestada pela *Grande enciclopédia portuguesa e brasileira* (Lisboa: Enciclopédia, s/d.) vol. V, p. 192, que define "bulra" como "forma ant. e pop. de *burla*".

44 Mello Moraes Filho, *op. cit.*, p. 32.

45 *Ibidem*, p. 34.

46 *Ibidem*, pp. 34-35.

47 *Ibidem*, p. 35.

Capítulo 1 – Cidade que nos seduz

1 Cf. tabela "População do Brasil (estimativas e recenseamentos) – 1776/1935", presente no cd-rom *Estatísticas do século XX*, lançado pelo IBGE em 2003; e o caderno especial "O Brasil do Século XX", publicado pela *Folha de S.Paulo* em 30 de setembro de 2003, p. 1.

2 Cf. "O Brasil do século XX", *Folha de S.Paulo*, 30 de setembro de 2003, p. 5.

3 Cf. Peter Kellemen, *Brasil para principiantes: venturas e desventuras de um brasileiro naturalizado* (Rio de Janeiro: Civilização Brasileira, 1961).

4 "As ideias que faltam ao nosso ladrão", revista *Veja*, nº 25, 26 de fevereiro de 1969, pp. 16-17.

5 Peter Kellemen, *op. cit.*, p. 59.

6 *Ibidem*, pp. 61-62.

7 *Ibidem*, pp. 65-66.

8 Cf. tabela "População residente, segundo os municípios das capitais – 1872-1991", presente no cd-rom *Estatísticas do século XX*, IBGE, 2003.

9 "'São Paulo: cidade dinâmica de clima desconcertante' – diz Joe", *Folha da Noite*, São Paulo, 3 de maio de 1950, p. 12.

10 "Festivamente recebido o cantor Nat 'King' Cole", *O Dia*, São Paulo, 22 de abril de 1959, p. 4.

11 "Marlene – a maior!", *Correio Paulistano*, São Paulo, 6 de agosto de 1959, Primeiro Caderno, p. 4.

12 "Criançada foi ver Pablito", *Diário Popular*, São Paulo, 18 de abril de 1958, primeira página; e "Pablito recebeu, satisfeito, obras de Lobato", *Diário Popular*, São Paulo, 19 de abril de 1958, p. 1.

13 "Casaram-se hoje dois anões do Circo Liliputiano", *Folha da Noite*, São Paulo, 12 de julho de 1939, p. 1.

14 Cf. "O ingresso sem gravata nos cinemas", *Folha da Manhã*, São Paulo, 14 de abril de 1949, p. 7; e "Não se pode entrar no cinema sem gravata – decisão do Supremo Tribunal Federal", *Folha da Manhã*, São Paulo, 2 de julho de 1949, p. 1. De acordo com esta segunda notícia, o voto do relator afirmava, entre outras coisas, que os "estabelecimentos de diversões de luxo, destinados aos requintes de arte e à seleção da frequência por determinação de seus regulamentos, aprovados pela polícia, podem vedar o ingresso aos que se apresentarem inadequados ao seu ambiente".

15 Monteiro Lobato, "A cidade dos pobres", *in Mundo da lua / Miscelânea*, p. 275. O prefeito de Belo Horizonte era então Otacílio Negrão.

16 "USP – Lembranças do início, por um de seus mestres: Fernand Braudel", entrevista concedida a Reali Júnior, *Jornal da Tarde*, São Paulo, caderno Programas e Leituras, 28 de janeiro de 1984, p. 1.

17 *Ibidem*.

18 Sobre a estimativa populacional relativa a 1930, cf. Instituto Brasileiro de Geografia e Estatística, *Séries estatísticas retrospectivas – volume 1: Repertório estatístico do Brasil* (Rio de Janeiro: IBGE, 1986), p. 8, sobre a estimativa relativa a 1960, cf. Instituto Brasileiro de Geografia e Estatística, *Anuário estatístico do Brasil, volume 60 – 2000* (Rio de Janeiro: IBGE, 2000), pp. 2-14.

19 Stefan Zweig, *Brasil, país do futuro*, p. 180.

20 Stefan Zweig, *op. cit.*, pp. 180-181.

21 "São Paulo é a maior e a mais sofredora cidade brasileira", *O Dia*, São Paulo, 5 de julho de 1953, p. 11. A matéria informava ainda que São Paulo atingira então 2.609.600 habitantes, e que mesmo que o IBGE não tivesse até aquela data realizado o cálculo estimativo equivalente relativo ao Rio de Janeiro, "é certo que a população carioca apresenta índices inferiores".

22 A segunda passagem de Prestes Maia pela Prefeitura de São Paulo se daria entre 1962 e 1965.

23 "O que a retificação do Tietê representa para São Paulo", *Diário Popular*, São Paulo, 22 de abril de 1941, p. 1.

24 "Limitação do crescimento horizontal e vertical da cidade", *Folha da Manhã*, São Paulo, 25 de janeiro de 1947, Caderno 2, p. 6.

25 Cf. *Anuário – 1959*, que informa, em sua p. 11, que a população de São Paulo passou de 2.947.448, em 1955, para 3.128.522 habitantes, em 1956; *Anuário – 1961*, que informa, em sua p. 31, que a cidade contava, em 1961, com 3.882.523 habitantes; e *Anuário – 1962*, que informa, em sua p. 16, que a cidade atingiu, em 1962, 4.099.969 habitantes (publicados pelo Departamento de Estatística do Governo do Estado de São Paulo, respectivamente, em 1961, 1963 e 1964); e o cd-rom *Ontem, vila de São Vicente, hoje, Estado de São Paulo: 500 anos de divisão territorial e 100 anos de estatísticas demográficas municipais*, lançado pela Fundação Sistema Estadual de Análise de Dados (Seade) em 2001, que informa que a população paulistana passou de 7.886.463, em 1978, para 8.155.976 habitantes, em 1979.

26 "Densidade demográfica", *Correio Paulistano*, 2 de outubro de 1951, p. 4.

27 Cf. Cândido Procópio Ferreira de Camargo *et alii*, *São Paulo 1975: crescimento e pobreza*, pp. 23-26.

28 Cf. Marta Dora Grostein, "Expansão urbana e habitação da classe trabalhadora: da vila operária ao lote popular", *in* Maria Ruth Amaral de Sampaio (org.), *Habitação e cidade*, p. 116.

29 "O descaso pelo planejamento da cidade é um dos principais fatores das dificuldades de transporte e moradia", *Correio Paulistano*, 11 de maio de 1947, p. 8.

30 "Problemas da cidade", *Correio Paulistano*, São Paulo, 9 de novembro de 1951, p. 4. Em suas estimativas, Lodi valia-se de dados relativos ao ano de 1949.

31 "Aí vem o aguaceiro!", *Folha da Noite*, São Paulo, 17 de janeiro de 1950, p. 10.

32 Barros Ferreira, "São Paulo a caminho da perdição", *Correio Paulistano*, São Paulo, 2 de agosto de 1959, Caderno 2, p. 10.

33 De acordo com o cd-rom *Ontem, vila de São Vicente, hoje, Estado de São Paulo: 500 anos de divisão territorial e 100 anos de estatísticas demográficas municipais*, a população paulistana passou de 9.938.801 habitantes em 1995 para 10.022.865 habitantes em 1996.

34 "Conto do violino", *Folha da Noite*, São Paulo, 23 de dezembro de 1931, p. 7. Na variante do logro aplicada nesse caso, a vítima era convencida de que ganhara por sorteio, e sem qualquer custo, um lote de terreno em São Paulo. Para as posteriores despesas de "selos, impostos e escrituras", entretanto, precisava desembolsar 250$000, por uma propriedade que de fato existia, mas que ficava "lá para Goiás, ou melhor, onde o Diabo perdeu as botas mais velhas".

35 "Sob a promessa de casa própria arrancaram milhões de cruzeiros a pessoas humildes", *Folha da Noite*, São Paulo, 1º de julho de 1954, Caderno 1, p. 7.

36 Termo de Declarações (contendo o depoimento da vítima), documento integrante do Processo-crime nº 3.649/45 (2ª Vara Criminal). Ver ainda Processo-crime nº 3.372/45 (2ª Vara Criminal) e Processo-crime nº 11.357/46 (1ª Vara Criminal), preservados pelos Arquivos do Tribunal de Justiça de São Paulo – instituição daqui em diante identificada apenas como ATJSP.

37 "Mais de cem vítimas do 'Conto do Calçamento'", *Folha da Manhã*, São Paulo, 6 de maio de 1943, p. 8.

38 Termo de Declarações (contendo o depoimento da vítima), Processo-crime nº 28.921/52 (3ª Vara Criminal), ATJSP.

39 "Suplente de deputado aplicava o conto do telefone", *Diário Popular*, São Paulo, 5 de agosto de 1959, Caderno 1, p. 3.

40 "Sessenta nordestinos ludibriados por uma dupla de estelionatários", *Folha da Noite*, São Paulo, 8 de julho de 1954, Caderno 1, p. 7.

41 Sobre a estimativa populacional para 1890, cf. Richard Morse, *Formação histórica de São Paulo: de comunidade a metrópole*, p. 238; sobre a estimativa para 1920, cf. Fundação Sistema Estadual de Análise de Dados (Seade), *Ontem, vila de São Vicente, hoje, Estado de São Paulo: 500 anos*

de divisão territorial e 100 anos de estatísticas demográficas municipais (cd-rom).

42 Cf. Boris Fausto, *Crime e cotidiano: a criminalidade em São Paulo (1880-1924)*, p. 76.

43 Vicente Reis, *Os ladrões no Rio*. p. 6.

44 Sylvio Floreal, *Ronda da meia-noite: vícios, misérias e esplendores da cidade de São Paulo*, p. 58.

45 "Perfis de delinquentes: o 'punguista'", *Folha da Noite*, São Paulo, 4 de abril de 1934, p. 3.

46 Em seu *Tesouro da fraseologia brasileira*, Antenor Nascentes não deixa margem para dúvidas em relação ao assunto. Define *otário* como "Homem de boa-fé, ingênuo, tolo, que facilmente cai no conto do vigário", e acrescenta: "O vocábulo vem da gíria argentina" (p. 126). Da mesma forma, define *paco* como "Invólucro de papéis inservíveis, simulando pacotes de dinheiro, do qual se utilizam os gatunos para passar o conto do vigário", para novamente acrescentar: "Da gíria argentina" (p. 127).

47 Cf. Processo-crime nº 12.018/46 (1ª Vara Criminal). Casos semelhantes envolvendo figuras de ciganas podem ser encontrados também no Processo-crime nº 6.966/49 (2ª Vara Criminal) e no Processo-crime nº 15.455/50 (1ª Vara Criminal), ATJSP.

48 Termo de Declarações (contendo o depoimento da vítima), Processo-crime nº 18.583/52 (1ª Vara Criminal), ATJSP.

49 Cf. M. Allen Henderson, *How Con Games Work*, pp. 85-86.

50 "A polícia do Rio de Janeiro prende o 'scroc' João Augusto de Carvalho", *Folha da Noite*, São Paulo, 25 de maio de 1933, p. 8. Seria interessante registrar que o movimento de 1932 proporcionaria condições para que outros tipos de fraude fossem praticados. Dentro da própria campanha do Ouro para São Paulo houve desvio de recursos: cf. "O vultoso desfalque dado no ouro da campanha constitucionalista", *Folha da Manhã*, São Paulo, 17 de maio de 1936, p. 24.

51 Hermes Vieira e Oswaldo Silva, *História da Polícia Civil de São Paulo*, p. 238.

52 As delegacias especializadas então criadas, de acordo com Vieira e Silva, eram "a de Segurança Pessoal, a de Ordem Política e Social, que em futuro próximo seria desdobrada em um Departamento, devido à evolução social do país, a de Investigações de Furtos e Roubos, que também seria desdobrada em duas, a de Vigilância e Capturas, a de Investigações de Falsificações em Geral, a de Fiscalização de Costumes e Jogos, que, por sua vez, se desdobraria em duas delegacias distintas, e a de Técnica Policial, que igualmente se transformaria no futuro, dada a complexidade e importância de suas atribuições, em Instituto de Polícia Técnica", *op. cit.*, p. 239.

53 *Ibidem*, p. 267.

Capítulo 2 – Ludibriando um roceiro

1 Cf. Antônio Vieira, *Os vigaristas* (São Paulo: Arcadas, 1940), p. 26. O autor exercia então a função de inspetor da Guarda Civil de São Paulo.

2 Machado de Assis, "Conto do vigário", *in A semana – I* (título atribuído pela Editora Globo ao primeiro volume de uma seleção de crônicas originalmente publicadas por Machado na *Gazeta de Notícias*), p. 186.

3 Machado de Assis, *op. cit.*, pp. 186-187.

4 "Uma dos diabos", *Diário Popular,* São Paulo, 23 de janeiro de 1885, p. 2.

5 "Eterno conto do vigário: o último 'otário' veio do Paraná", *Folha da Noite,* São Paulo, 26 de abril de 1932, p. 5.

6 "Três 'azes' da malandragem presos quando pretendiam agir na Recebedoria de Rendas", *Folha da Noite,* São Paulo, 19 de junho de 1934, p. 5.

7 "Perfis de delinquentes: o passador do conto do vigário", *Folha da Noite,* São Paulo, 21 de março de 1934, p. 8.

8 Termo de Declarações (contendo o depoimento da vítima), documento integrante do Processo-crime nº 12.116/46 (1ª Vara Criminal), ATJSP.

9 Termo de Declarações (contendo o depoimento da vítima), Processo-crime nº 4.742/47 (2ª Vara Criminal), ATJSP.

10 "Foi buscar lã: saiu tosquiado", *Última Hora*, Rio de Janeiro, 10 de julho de 1956, Caderno 1, p. 6.

11 Registro de Queixa (contendo o depoimento da vítima), Processo-crime nº 17.843/59 (2ª Vara Criminal), ATJSP.

12 Auto de Prisão em Flagrante Delito (contendo o depoimento da vítima), Processo-crime nº 25.517/58 (1ª Vara Criminal), ATJSP.

13 Queixa (contendo o depoimento da vítima), Processo-crime nº 140/61 (1ª Vara Criminal), ATJSP.

14 Auto de Prisão em Flagrante (contendo o depoimento da primeira testemunha), Processo-crime nº 18.708/60 (2ª Vara Criminal), ATJSP.

15 É certo que havia significativas diferenças entre as principais correntes republicanas, cada qual organizada em torno de seu próprio ideário: o da democracia no caso do jacobinismo, o da liberdade de mercado no caso do liberalismo e o da ciência no caso do positivismo; cf. José Murilo de Carvalho, *A formação das almas: o imaginário da República no Brasil*, pp. 9-10. Mas não deixa de ser significativo que, ao tomar como pressuposto o imperativo de que fosse formado um novo tipo de cidadão – tivesse ele como principal virtude a consciência política, a iniciativa econômica ou o apreço ao conhecimento –, todas essas projeções rejeitassem, por igual, a figura do caipira.

16 Euclides da Cunha, *Os sertões*, p. XI.

17 Monteiro Lobato, *Urupês*, p. 235. Nota de rodapé presente na edição original informa que a *pica-pau* era uma "espingarda de carregar pela boca".

18 Cf. Monteiro Lobato, "Jeca Tatú: a ressurreição", *in Mr. Slang e o Brasil / Problema vital*, pp. 329-340.

19 Cf. Márcia Regina Capelari Naxara, *Estrangeiro em sua própria terra: representações do brasileiro, 1870-1920*, p. 31.

20 Cf. Carlos Roberto de Souza, *Nossa aventura na tela*, p. 55.

21 A carta foi publicada na edição destinada a reunir a correspondência de Lobato enviada a Godofredo Rangel; *A barca de Gleyre*, vol. 2 (São Paulo: Brasiliense, 1951), p. 40.

[22] Cf. anúncio publicado no *Diário Popular*, São Paulo, 6 de outubro de 1930, p. 5.

[23] A seção Diversões do *Diário Popular* de 9 de outubro de 1930 (p. 2) explicava que o Moinho do Jeca estava "situado no subterrâneo do Teatro Santa Helena, onde outrora funcionou o 'Moulin Bleu'", e destacava que "a sua figura de proa", Genésio Arruda, acompanhado de seus coadjuvantes, "não se cansam em proporcionar aos frequentadores alegre diversão, fazendo-os rir a bom rir". O prédio que abrigava tanto o Teatro Santa Helena quanto o Moinho do Jeca ficava na praça da Sé.

[24] Cf. Rubens Machado, "O cinema paulistano e os ciclos regionais Sul-Sudeste (1912-1933)", *in* Fernão Ramos (org.), *História do cinema brasileiro*, p. 126.

[25] Elias Thomé Saliba lembra que Mazzaropi completou "mais de trinta anos de presença nas telas dos cinemas brasileiros". E coloca a questão: "Por que esse eterno retorno da figura paródica?". No trecho de um texto de Paulo Emílio Sales Gomes sobre o comediante, o mesmo Saliba identifica a resposta: "O segredo de sua permanência é a antiguidade. Ele atinge o fundo arcaico da sociedade brasileira e de cada um de nós", cf. Elias Thomé Saliba, "A dimensão cômica da vida privada na República", *in* Nicolau Sevcenko (org.), *História da vida privada no Brasil – República: Da Belle Époque à Era do Rádio*, pp. 358-359.

[26] Cf. Donald Pierson, *Cruz das Almas* (Rio de Janeiro: José Olympio, 1966), p. XI. Em um "Prefácio à edição brasileira" escrito ainda em 1959, Pierson agradece "aos vários tradutores, especialmente a Maria Aparecida Madeira Kerberg, Olímpio Portugal e Heloísa Capellatto".

[27] Donald Pierson, *op. cit.*, p. 225.

[28] *Ibidem*, p. 225.

[29] *Ibidem*, pp. 225-226.

[30] *Ibidem*, p. 226.

[31] *Ibidem*, p.227.

[32] *Ibidem*.

[33] *Ibidem*.

[34] *Ibidem*, p. 228.

35 *Ibidem*, pp. 228-229.

36 A denominação é antiga; Raul Pederneiras, em seu *Geringonça carioca: verbetes para um diccionario da gíria*, obra publicada em 1922 e dedicada a inventariar o vocabulário dos criminosos do Rio de Janeiro, define *toco-mocho* como "Variante do conto do vigário, com bilhetes falsos de loteria (gíria ladra)".

37 "Prisão de uma perigosa quadrilha", *Folha da Noite*, São Paulo, 9 de fevereiro de 1931, p. 1.

38 "Bilhetes falsos de loteria", *Diario Popular*, 5 de maio de 1885, p. 2.

39 Vicente Reis, *Os ladrões no Rio*, p. 139.

40 "Perfis de delinquentes: o passador do 'toco-mocho'", *Folha da Noite*, São Paulo, 23 de março de 1934, p. 5.

41 *Ibidem*, p. 5. Aureli ressalta ainda que a mesma técnica era usada para adulterar dinheiro, fazendo por exemplo com que uma cédula de 10$000 se transformasse em uma de 100$000.

42 "Mais um conto do vigário", *Folha da Noite*, São Paulo, 14 de junho de 1934, p. 8.

43 *Ibidem*.

44 *Ibidem*.

45 Auto de Prisão em Flagrante (contendo o depoimento da vítima), Processo-crime nº 11.417/46 (1ª Vara Criminal), ATJSP.

46 "Caiu no conto do 'toco-mocho'", *Folha da Noite*, São Paulo, 9 de maio de 1949, p. 12.

47 Termo de Declarações (contendo o depoimento da vítima), Processo-crime nº 20.423/53 (1ª Vara Criminal), ATJSP.

48 Relatório (assinado por Coriolano Nogueira Cobra, delegado adjunto da Delegacia Especial de Repressão à Vadiagem, e elaborado para orientar inquérito policial relativo ao caso), Processo-Crime nº 13.742/49 (1ª Vara Criminal), ATJSP.

49 Acórdão da Segunda Câmara do Tribunal de Justiça de São Paulo, proferido em 19 de abril de 1950, em resposta à apelação criminal nº 28.552 da

comarca de São Paulo, *Revista dos Tribunais*, São Paulo, 608 (189), 1951, p. 72.

50 "A técnica do 'toco-mocho'", *Folha da Noite*, São Paulo, 4 de abril de 1951, p. 3.

51 Cf. "Casa – Aluga-se – Domingos de Morais", *Diário Popular*, São Paulo, 19 de junho de 1951, p. 14. O anúncio, que fixava em Cr$ 1.000 o aluguel, informava que a casa dispunha de "2 quartos, 2 salas, cozinha e banheiro".

52 Relatório (assinado por Dorival de Moraes Rosa, delegado adjunto da Delegacia Especial de Repressão à Vadiagem, e elaborado para orientar inquérito policial relativo ao caso), Processo-crime nº 11.969/46 (1ª Vara Criminal), ATJSP.

53 "Comprou um bilhete falso por vinte e um mil cruzeiros", *Folha da Noite*, São Paulo, 14 de maio de 1949, p. 2.

54 "A técnica do 'toco-mocho'", *Folha da Noite*, São Paulo, 4 de abril de 1951, p. 3.

55 "A história é a de sempre, mas não falta um otário: depois de venderem o bilhete ao operário deram-lhe o endereço do DI para receber o prêmio", *Folha da Noite*, São Paulo, 28 de outubro de 1952, p. 7.

56 "Foz do Iguaçu: começou a epopeia", revista *Veja*, nº 370, 8 de outubro de 1975, p. 50.

57 "Conto do bilhete ainda faz vítimas em SP", *O Estado de S. Paulo*, São Paulo, 30 de agosto de 1999, p. C-6.

58 "Polícia cria delegacias e ressuscita Deic para investigar golpes", *Jornal da Tarde*, São Paulo, 21 de setembro de 2001, p. 9-A.

59 Cf. Antonia Cunningham (org.), *Guinness World Records – 2002* (Nova York: Bantam, 2002), p. 248.

Capítulo 3 – Tudo era máquina

1 "Desencadeada uma ofensiva contra os aparelhos de barba", *Folha da Noite*, São Paulo, 5 de fevereiro de 1938, p. 1.

2 A edição de 1º de agosto de 1909 da revista carioca A *Illustração Brasileira* já trazia um anúncio das "afamadas navalhas 'Gillette'", então importadas diretamente dos Estados Unidos.

3 Nicolau Sevcenko, *Orfeu extático na metrópole: São Paulo, sociedade e cultura nos frementes anos 20*, pp. 227-230.

4 Nicolau Sevcenko, *op. cit.*, p. 230.

5 Segundo Vicente de Paula Araújo, as primeiras exibições do *cinematógrafo* em São Paulo ocorreram já no ano de 1898; cf. *Salões, circos e cinemas de São Paulo*, pp. 27-31.

6 "Perfis de delinquentes: o 'guitarrista'", *Folha da Noite*, São Paulo, 22 de março de 1934, p. 8.

7 *Ibidem*.

8 *Ibidem*.

9 *Ibidem*.

10 *Revista dos Tribunais*, São Paulo, 423 (96), 1935, p. 391.

11 "Conseguiram vender uma 'guitarra' por dezoito contos de réis", *Folha da Manhã*, São Paulo, 9 de janeiro de 1940, p. 3.

12 "Preso em flagrante quando negociava uma 'guitarra' por 5 contos de réis": *Folha da Manhã*; São Paulo, 30 de abril de 1941, p. 10.

13 "Golpe de mestre", revista *Veja*, nº 559, 23 de maio de 1979, p. 29.

14 Antônio Vieira, *Os vigaristas*, pp. 44-45.

15 Carl Sifakis, *Frauds, Deceptions and Swindles*, p. 129 (tradução nossa).

16 Cf. Carl Sifakis, *op. cit.*, pp. 112, 129.

17 Monteiro Lobato, *América*, p. 5.

18 Cf. anúncio divulgando a apresentação, no palco do Cine República, de Lord e Leo, *Folha da Noite*, São Paulo, 10 de outubro de 1936, p. 9.

[19] Patrícia Galvão, *Parque industrial*, p. 76.

[20] Patrícia Galvão, *op. cit.*, p. 93.

[21] Eram norte-americanos os filmes *Abafando a banca* (*Kid Millions*, dir. Roy Del Ruth, 1934); *Agora és meu* (*You Belong to Me*, dir. Alfred L. Werker, 1934); *Amor que regenera* (*Hide-out*, dir. W. S. Van Dike, 1934); *Belezas em revista* (*Footlight Parade*, dir. Lloyd Bacon, 1933); *Cantor de Nápoles* (*El Cantante de Nápoles*, dir. Howard Bretherton; 1935, feito nos EUA mas falado em espanhol); *O capitão odeia o mar* (*The Captain Hates the Sea*, dir. Lewis Milestone, 1934); *Casa de Rothschild* (*The House of Rothschild*, dir. Alfred L. Werker, 1934); *Charlie Chan em Paris* (*Charlie Chan in Paris*, dir. Lewis Seiler, 1935); *Cidade deserta* (*The Gold Ghost*, dir. Charles Lamont, 1934); *Dama por vontade* (*Lady by Choice*, dir. David Burton, 1934); *Demônios do ar* (*Lucky Devils*, dir. Ralph Ince, 1933); *Escravos do desejo* (*Of Human Bondage*, dir. John Cromwell, 1934); *Especialista em amor* (*Society Doctor*, dir. George B. Seitz, 1935); *Estância dos mistérios* (*Mystery Ranch*, dir. Bernard B. Ray, 1934); *Fuzileiros do ar* (*Devil Dogs of the Air*, dir. Lloyd Bacon, 1935); *Ídolo branco* (*White Woman*, dir. Stuart Walker, 1933); *Imitação da vida* (*Imitation of Life*, dir. John M. Stahl, 1934); *Inimigos leais* (*Silent Men*, dir. D. Ross Lederman, 1933); *La cucaracha* (*idem*, dir. Frank Tutle, 1933); *Mágoas de criança* (*Peck's Bad Boy*, dir. Edward F. Cline, 1934); *Muitas felicidades* (*Many Happy Returns*, dir. Norman Z. McLeod, 1934); *Mulher em tudo* (*Ladies Should Listen*, dir. Frank Tutle, 1933); *Negócios da china* (*It's a Girl*, dir. Norman Z. McLeod, 1934); *Uma noite encantadora* (*The Night is Young*, dir. Dudley Murphy, 1935); *Olhos encantadores* (*Bright Eyes*, dir. David Buttler, 1934); *A patrulha perdida* (*The Lost Patrol*, dir. John Ford, 1934); *Quando os deuses desfazem* (*Whom the Gods Destroy*, dir. Walter Lang, 1934); *Quando um homem é um homem* (*When a Man's a Man*, dir. Edward F. Cline, 1935); *Quando um homem vê perigo* (*When a Man Sees Red*, dir. Alan James, 1934); *Rumba* (*idem*, dir. Marion Gering, 1935); *O segredo do castelo* (*Secret of the Chateau*, dir. Richard Thorpe, 1934); *Serenata de amor* (*Love Time*, dir. James Tinling, 1934); *Sorteio amoroso* (*The Lottery Lover*, dir. Wilhelm Thiele, 1935); *Stingaree, o bandoleiro do amor* (*Stingaree*, dir. William A. Wellman, 1934); *O último gângster* (*Mil-*

lion Dollar Ransom, dir. Murray Roth, 1934); *Véu pintado* (*The Painted Veil*, dir. Richard Boleslawski, 1934); *A vingança do pastor* (*Near the Rainbow's End*, dir. J. P. McGowan, 1930); *A viúva alegre* (*The Merry Widow*, dir. Ernst Lubitsch, 1934); *Vivendo em veludo* (*Living in Velvet*, dir. Frank Borzage, 1935); e *Vivendo um sonho* (*A Girl of the Limberlost*). Eram alemães os filmes *Assim acaba um grande amor* (*So Endete eine Liebe*, dir. Karl Hartl, 1934); *Joana D'Arc* (*Das Mädchen Johanna*, dir. Gustav Ucicky, 1935); Paraíso em flor (*Der Frauendiplomat*, dir. E. W. Emo, 1932); e *Terrível armada* (*Emil und die Detektive*, dir. G. Lamprecht, 1931). Eram franceses os filmes *Os miseráveis* (*Les Misérables*, dir. Raymond Bernard, 1934) e *Noites moscovitas* (*Les Nuits moscovites*, dir. Alexis Granowsky, 1934). O filme português era *As pupilas do sr. reitor* (dir. José Leitão de Barros, 1935), e o filme inglês, *Amores de D. Juan* (*The Private Life of Don Juan*, dir. Alexander Korda, 1934). A produção anglo-francesa, por fim, era *A batalha* (*The Battle*, dir. Nikolas Farkas, 1934). Cf. a seção Programas de Hoje, *Folha da Noite*, São Paulo, 6 de julho de 1935, p. 6.

22 O Cine Tabaris localizava-se na rua Formosa, e em seus anúncios (sempre acompanhados do alerta de que seus filmes eram "proibidos para menores e senhoritas") veiculava uma curiosa mistura de sugestões eróticas e supostas intenções moralistas e didáticas, como no caso do texto da publicidade da fita *Vendedoras de carícias*, publicado em *O Estado de S. Paulo* de 7 de julho de 1935, p. 19, "Filmado sob o controle do Depto. Policial de Varsóvia. Um verdadeiro combate a 'Migdal'. VÍCIO, CORRUPÇÃO E SUBORNO! Quadros de NU ARTÍSTICO". A expressão *Migdal* fazia referência à organização criminosa Zwi Migdal, dedicada ao tráfico de escravas brancas trazidas da Europa Central, sobretudo da Polônia, para as casas de prostituição argentinas e brasileiras; cf. Margareth Rago, *Os prazeres da noite: prostituição e códigos da sexualidade feminina em São Paulo (1890-1930)*, p. 286.

23 "A 'Corrente da Prosperidade'", *Folha da Noite*, São Paulo, 6 de julho de 1935, p. 1.

24 *Ibidem*, pp. 1 e 4.

25 Cf. *O Estado de S. Paulo*, São Paulo, 9 de julho de 1935, p. 19.

26 Cf. *Folha da Noite*, São Paulo, 13 de julho de 1935, p. 6.

[27] *Ibidem*, p. 4.

[28] *Ibidem*.

[29] *Ibidem*.

[30] *Ibidem*.

[31] "A 'Corrente da Prosperidade'", *Folha da Noite*, São Paulo, 19 de julho de 1935, p. 2.

[32] Cf. Instituto Brasileiro de Geografia e Estatística, *Séries estatísticas retrospectivas: repertório Estatístico do Brasil*, v. 1 (Rio de Janeiro: IBGE, 1986), p. 8.

[33] Cf. Instituto Brasileiro de Geografia e Estatística, *op. cit.*, p. 5.

[34] *Ibidem*, p. 3.

[35] Société des Nations, *Annuaire Statistique de la Société des Nations* (Genebra: Société des Nations, 1936), p. 24.

[36] A sequência numérica completa é a seguinte: *1ª rodada:* 1 iniciador recruta 5 pessoas, totalizando 6 participantes; *2ª rodada:* 6 participantes antigos + 25 novos = 31 participantes; *3ª rodada:* 31 antigos + 125 novos = 156 participantes; *4ª rodada:* 156 antigos + 625 novos = 781 participantes; *5ª rodada:* 781 antigos + 3.125 novos = 3.906 participantes; *6ª rodada:* 3.906 antigos + 15.625 novos = 19.531 participantes; *7ª rodada:* 19.531 antigos + 78.125 novos = 97.656 participantes; *8ª rodada:* 97.656 antigos + 390.625 novos = 488.281 participantes; *9ª rodada:* 488.281 antigos + 1.953.125 novos = 2.441.406 participantes; *10ª rodada:* 2.441.406 antigos + 9.765.625 novos = 12.207.031 participantes; *11ª rodada:* 12.207.031 antigos + 48.828.125 novos = 61.035.156 participantes; *12ª rodada:* 61.035.156 antigos + 244.140.625 novos = 305.175.781 participantes; *13ª rodada:* 305.175.781 antigos + 1.220.703.125 novos = 1.525.878.906 participantes; *14ª rodada:* 1.525.878.906 antigos + 6.103.515.625 novos = 7.629.394.531 participantes.

[37] M. Allen Henderson, *How Con Games Work*, p. 161.

[38] "Corrente da Cordialidade", *Correio Paulistano*, São Paulo, 29 de setembro de 1951, p. 4.

39 "Correntes cibernéticas", revista *Veja São Paulo*, 12 de julho de 2000, p. 126.

40 "Viver de ilusão", revista *Veja*, nº 573, 29 de agosto de 1979, p. 106.

41 Cf. M. Allen Henderson, *op. cit.*, p. 174.

42 Cf. Carl Sifakis, *op. cit.*, pp. 123-124.

43 *Ibidem*, p. 144.

44 Cf. M. Allen Henderson, *op. cit.*, p. 177.

45 "Golpe de 50 bilhões de dólares", revista *Veja*, nº 2092, 24 de dezembro de 2008, p. 74.

46 M. Allen Henderson, por exemplo, afirma que partiu diretamente de Mussolini o convite para que Ponzi assumisse a administração da sucursal brasileira da empresa: "Ponzi aceitou e prosperou. Aos 60 anos, ele evidentemente não chegou a atingir o mesmo patrimônio que possuíra aos 37 anos, mas ganhou o suficiente para viver com estilo e ainda sustentar duas amantes no Rio [de Janeiro]. A queda final de Ponzi aconteceu quando Mussolini foi derrotado"; *op. cit.*, p. 178 (tradução nossa). Já Carl Sifakis demonstra ceticismo quanto à possibilidade de que Ponzi tenha recebido qualquer cargo pelas mãos de Mussolini: "Se isso de fato ocorreu, os fascistas obviamente não tiraram grande proveito da experiência, já que poucos anos depois Ponzi foi obrigado a deixar o país. Ele acabou no Rio de Janeiro, onde trabalhou para uma companhia italiana até 1939, quando foi demitido por causa da guerra", *op. cit.*, p. 145 (tradução nossa).

47 A versão de Zuckoff é a seguinte: "Em 1939, Ponzi transferiu-se para o Brasil para assumir um cargo na companhia aérea italiana Lati. O emprego havia sido arranjado por seu primo Attilio Biseo, um coronel da força aérea italiana [...] amigo do filho de Mussolini, Bruno. Ponzi inicialmente saiu-se bem, mas com o tempo as coisas se deterioraram. Ele acabou por se envolver com o que, segundo sua versão, eram tentativas de denunciar as ações de uma quadrilha de contrabandistas que operava na companhia. Por volta de 1942, já tinha perdido o emprego"; cf. Mitchell Zuckoff, *Ponzi's Scheme: the True Story of a Financial Legend*, p. 310 (tradução nossa).

Capítulo 4 – O célebre pistolão

1 De certa forma Jânio seria também favorecido pela sorte nessa sua escalada. Tendo-se tornado suplente de vereador pelo Partido Democrata Cristão (PDC), ele acabaria assumindo uma cadeira na Câmara Municipal de São Paulo em 1948, em espaço aberto pela suspensão do registro do Partido Comunista Brasileiro e a cassação de todos os seus vereadores. A oportunidade foi bem aproveitada. Fazendo-se cada vez mais conhecido, e ainda pelo PDC, Jânio se elegeu deputado estadual em 1950 e prefeito de São Paulo em 1953 (em coligação que incluiu o Partido Socialista Brasileiro – PSB). Em 1954 ele venceria a disputa pelo Governo do Estado de São Paulo à frente de coligação formada pelo Partido Trabalhista Nacional (PTN), e pelo PSB. E sua candidatura à Presidência da República, em 1960, seria patrocinada pela UDN em coligação com o PDC, o Partido Libertador (PL), e o Partido Republicano (PR); cf. verbete "Jânio Quadros", presente no cd-rom *Dicionário histórico-biográfico brasileiro pós-1930*, lançado em 2000 pelo Centro de Pesquisa e Documentação de História Contemporânea do Brasil (CPDoc).

2 *Os dois ladrões*, produção da Atlântida dirigida por Carlos Manga, com Oscarito e Cyll Farney, 1960.

3 *Moral em concordata*, produção dirigida por Fernando de Barros, com Jardel Filho e Odete Lara, 1959.

4 A relativa indiferença com que Ademar e seus partidários encaravam as acusações de irregularidades – por vezes chegando até a admiti-las implicitamente com certo orgulho – tornou-se mesmo uma das características mais marcantes do chamado ademarismo. A famosa "caixinha" que, segundo seus adversários, recolhia as contribuições ilegais resultantes da corrupção, por exemplo, era mencionada abertamente. Não seria de surpreender, assim, que em 1950 a companhia de teatro de Walter Pinto se sentisse à vontade para apresentar espetáculo de música e humor intitulado, precisamente, *A caixinha do Ademar*, com elenco de artistas que in-

cluía Grande Otelo, Virgína Lane e Violeta Ferraz; cf. anúncio publicado na *Folha da Noite*, São Paulo, 24 de janeiro de 1950, p. 9.

5 A pilhéria foi feita quando Torelly e Graciliano conviviam em um presídio carioca, no setor conhecido como Pavilhão dos Primários, para o qual haviam sido levados em 1936 como prisioneiros políticos do getulismo: cf. Graciliano Ramos, *Memórias do cárcere*, v. I, p. 238.

6 Cf. Processo-crime nº 12.420/47 (1ª Vara Criminal), ATJSP.

7 Cf. Processo-crime nº 6.558/49 (2ª Vara Criminal), ATJSP.

8 "Especializou-se no 'Conto do Automóvel'", *Folha da Noite*, São Paulo, 3 de outubro de 1952, p. 4.

9 "Quiseram vender a Anselmo Duarte 'gato por lebre'!", *Última Hora*, Rio de Janeiro, 15 de outubro de 1955, Caderno 1, p. 5.

10 "Vigário passa o conto em Maluf", revista *Veja*, nº 846, 21 de novembro de 1984, p. 43.

11 Denúncia e Termo de Declarações (contendo o depoimento da vítima), Processo-crime nº 7.449/49 (2ª Vara Criminal), ATJSP.

12 Denúncia (encaminhada por promotor público), Processo-crime nº 18.445/60 (2ª Vara Criminal), ATJSP.

13 "Como decorreu a primeira audiência pública do interventor Cardoso de Melo Neto", *Folha da Noite*, São Paulo, 8 de janeiro de 1938, p. 10.

14 "Não – respondeu o prefeito a todos os pedidos de emprego", *Folha da Manhã*, São Paulo, 18 de fevereiro de 1951, caderno Noticiário Geral, p. 4.

15 "Multidões formam filas em Ibirapuera", *Diário Popular*, São Paulo, 16 de abril de 1957, p. 1. Ademar havia assumido o cargo pouco mais de uma semana antes, no dia 8.

16 *O camelô da rua Larga*, direção de Eurides Ramos, 1958.

17 *Família Lero-Lero*, direção de Alberto Pieralise, 1953.

18 *Esse milhão é meu*, direção de Carlos Manga, 1958.

19 Após a queda do Estado Novo e a instalação de uma Assembleia Nacional Constituinte (que promulgou a nova Constituição Brasileira em setembro de 1946), foram formadas assembleias constituintes estaduais, encarrega-

das de redigir os textos constitucionais pertinentes aos Estados. A Assembleia Constituinte de São Paulo foi composta pelos deputados estaduais eleitos em janeiro de 1947 e promulgaria a nova Constituição Estadual em julho do mesmo ano.

20 Cf. "Homenageado ontem no Automóvel Clube o sr. Lincoln Feliciano", *Folha da Manhã*, São Paulo, 3 de abril de 1949, p. 2.

21 Termo de Declarações (contendo o depoimento da vítima), Processo-crime nº 6.691/49 (2ª Vara Criminal), ATJSP.

22 *Ibidem.*

23 Cf. Auto de Qualificação e Interrogatório (com o depoimento do acusado), *ibidem.*

24 Auto de Prisão em Flagrante Delito (contendo o depoimento de uma das vítimas), Processo-crime nº 26.257/49 (3ª Vara Criminal), ATJSP.

25 *Ibidem.*

26 Declaração (emitida pela Companhia Cinematográfica Serrador), *ibidem.*

27 Termo de Declarações (contendo o depoimento de uma das vítimas), Processo-crime nº 18.947/52 (1ª Vara Criminal), ATJSP.

28 Relatório (assinado pelo delegado adjunto de Repressão à Vadiagem), *ibidem.* O acusado chegaria a ser localizado posteriormente: em 1961, ele entraria com apelação contra a decisão do juiz que o condenara a três anos de reclusão.

29 "Deixa hoje São Paulo o emissário de Getúlio", *Folha da Noite,* São Paulo, 3 de abril de 1950, primeira página.

30 Cf. "Assentadas, ontem, as bases do Partido Social Radical", *O Dia*, São Paulo, 29 de julho de 1953, primeira página.

31 Parece mesmo possível que Danton Coelho tenha caído em uma dupla armadilha no caso da reunião de que participou e que foi interpretada como ponto de partida para a constituição do novo partido. Para *O Dia,* periódico que noticiou o evento – notoriamente ligado a Ademar de Barros, então firmemente empenhado em caminhar para a oposição ao governo –, aquela se apresentou como uma excelente oportunidade para

iniciar uma série de ataques tanto a Danton quanto a Getúlio Vargas, acusando-os de pretender montar uma base sindical para "peronizar" o Brasil (em denúncia semelhante à que *O Estado de S. Paulo* fazia, na mesma época, contra o então ministro do Trabalho, João Goulart). Em sua edição de 2 de agosto de 1953, por exemplo, *O Dia* afirmava: "Fala-se com muita insistência nestes últimos dias da formação de um novo partido em nossa terra com bases em sindicatos de trabalhadores, destinados a tomar o poder central da República nos mesmos moldes que Perón vem fazendo na República Argentina. E estes rumores, apesar de insistentes desmentidos, que vêm tanto de parte do sr. João Goulart como do próprio sr. Danton Coelho, confirmam-se cada dia que passa, o que faz prever dias mais negros ainda para a nossa pátria" ("Manobrados por 'sabidões' da política vários sindicatos e líderes sindicais", p. 9). Além disso, ao se fazer visto lado a lado com os golpistas que passariam a se apresentar como líderes do Partido Social Radical, Danton Coelho talvez tenha caído em uma segunda arapuca – aquela armada pelos que visavam explorar-lhe o nome.

32 Termo de Declarações (datado de 10 de fevereiro de 1954 e contendo o depoimento de uma das vítimas), Processo-crime nº 21.739/55 (1ª Vara Criminal), ATJSP.

33 Termo de Declarações (datado de 30 de março de 1954 e contendo o depoimento de uma das vítimas), *ibidem*.

34 Termo de Declarações (datado de 29 de abril de 1954 e contendo o depoimento da vítima), *ibidem*.

35 A Denúncia do Promotor Público que pedia a abertura do processo, datada de 24 de agosto de 1955, afirmava que, "entre outros", cinco homens haviam sido "ludibriados na sua boa-fé" pelos golpistas, o que indicava que o número exato de vítimas não era conhecido; *ibidem*.

36 Sentença (datada de 31 de dezembro de 1959), *ibidem*.

37 Acórdão da Terceira Câmara Criminal do Tribunal de Justiça do Estado de São Paulo (datado de 9 de maio de 1960), *ibidem*.

Capítulo 5 - Aqui não há direito

1 Termo de Declarações (contendo o depoimento da vítima), Processo-crime nº 436/59 (1ª Vara Criminal), ATJSP.

2 "Falsos policiais roubam R$ 30 mil de empresário", *Jornal da Tarde*, São Paulo, 16 de agosto de 2007, p. 5-A.

3 Nas revistas infanto-juvenis de Walt Disney que a Editora Abril publicava desde 1950, o Mancha Negra era um malfeitor que conseguia manter a identidade sempre oculta. Sua figura foi assim descrita pelo autor de um pequeno dicionário de histórias em quadrinhos, Ionaldo Cavalcanti: "Um dos principais inimigos do Mickey, o Mancha é um encapuzado de preto no estilo Ku Klux Klan. Apesar de ter sido preso várias vezes, jamais se preocuparam em olhar a cara do vilão"; cf. *O mundo dos quadrinhos*, p. 146.

4 "Intitulava-se agente do DI para extorquir dinheiro de negociantes", *Folha da Noite*, São Paulo, 23 de julho de 1954, Caderno 1, p. 7.

5 "Falso investigador", *Folha da Noite*, São Paulo, 3 de agosto de 1954, Caderno 1, p. 10.

6 "Apresentava-se como delegado de polícia para extorquir dinheiro", *Folha da Manhã*, São Paulo, 2 de março de 1943, p. 3.

7 "'Tiras' a 50 'pratas'", *Última Hora*, Rio de Janeiro, 7 de outubro de 1955, Caderno 1, p. 5.

8 "Sargento 'de araque'", *Última Hora*, Rio de Janeiro, 13 de julho de 1956, Caderno 1, p. 13.

9 "Espertalhões fantasiados de representantes de revistas", *Folha da Manhã*, São Paulo, 1º de setembro de 1943, p. 4.

10 "Informações úteis", *Folha da Manhã*, São Paulo, 10 de março de 1942, p. 7.

11 "Falsos inspetores de polícia estão agindo nesta capital", *Folha da Manhã*, São Paulo, 27 de março de 1942, p. 9.

12 "Para evitar a ação dos falsos inspetores de polícia", *Folha da Manhã*, São Paulo, 11 de agosto de 1942, p. 6.

13 "Dois espertalhões detidos pelo Serviço de Salvo-Condutos", *Folha da Manhã*, São Paulo, 13 de maio de 1943, p. 4.

14 "Falsos policiais em ação", *Folha da Manhã*, São Paulo, 1º de setembro de 1943, p. 4.

15 Cf. Roney Cytrynowicz, *Guerra sem guerra: a mobilização e o cotidiano em São Paulo durante a Segunda Guerra Mundial* (São Paulo: Geração/Edusp, 2000).

16 Itaquera e Guaianazes eram já bairros da capital, mas Poá havia-se tornado município autônomo – desmembrado de Mogi das Cruzes, a que pertencia antes – por lei de dezembro de 1948, colocada em efeito em janeiro de 1949; cf. Fundação Sistema Estadual de Análise de Dados (Seade), *Ontem vila de São Vicente, hoje Estado de São Paulo: 500 anos de divisão territorial e 100 anos de estatísticas demográficas municipais* (cd-rom).

17 Cf. Denúncia (apresentada por promotor público em 11 de janeiro de 1950), Processo-crime nº 7.130/50 (2ª Vara Criminal), ATJSP.

18 "Estelionato", *Diário Popular*, São Paulo, 20 de novembro de 1885, p. 2.

19 Termo de Declarações (contendo o depoimento da vítima), Processo-crime nº 20.791/55 (1ª Vara Criminal), ATJSP.

20 Denúncia (encaminhada por promotor público em 4 de novembro de 1957), Processo-crime nº 24.306/57 (1ª Vara Criminal), ATJSP.

21 Termo de Declarações (contendo o depoimento da vítima), Processo-crime nº 13.063/48 (1ª Vara Criminal), ATJSP.

22 Auto de Prisão em Flagrante (contendo o depoimento da vítima), Processo-crime nº 15.594/57 (2ª Vara Criminal), ATJSP.

23 Assentada (contendo o depoimento de uma das vítimas), Processo-crime nº 18.730/60 (2ª Vara Criminal), ATJSP.

24 Termo de Declarações (contendo o depoimento de uma das vítimas), Processo-crime nº 20.819/54 (1ª Vara Criminal), ATJSP.

25 Termo de Declarações (contendo o depoimento de uma das vítimas), Processo-crime nº 20.819/54 (1ª Vara Criminal), ATJSP.

[26] "Corrupção passiva", *Última Hora*, Rio de Janeiro, 13 de setembro de 1961, Caderno 1, p. 7.

[27] "Falsos fiscais da Coap estão agindo em S. Paulo", *Correio Paulistano*, São Paulo, 17 de setembro de 1959, Caderno 2, p. 8.

[28] A expressão "economia informal" é adotada aqui da maneira como foi definida por Paulo Sandroni: "Parte da economia que abrange pequenas unidades dedicadas à produção ou venda de mercadorias ou à produção de serviços. Sua denominação vem do fato de que a maioria destas unidades não é constituída de acordo com as leis vigentes, não recolhe impostos, não mantém uma contabilidade de suas atividades, utiliza-se geralmente de mão de obra familiar e seus eventuais assalariados não são registrados. Este setor é também denominado economia subterrânea, clandestina, etc."; cf. *Dicionário de economia*, p. 95.

[29] Termo de Declarações (contendo o depoimento da vítima), Processo-crime nº 15.172/50 (1ª Vara Criminal), ATJSP.

[30] Termo de Declarações (contendo o depoimento da vítima), Processo-crime nº 18.317/59 (2ª Vara Criminal), ATJSP.

[31] Cf. Wagner Tomás Barba & Jorge Rodrigues da Silva, *Contos do vigário: vacine-se contra eles*, pp. 52-57.

[32] "Quem paga, passa", revista *Veja*, nº 129, 24 de fevereiro de 1971, p. 45.

Capítulo 6 – Interpretar a fantasia dos outros

[1] Essa tradição de autodepreciação aparece de maneira verdadeiramente emblemática no argumento com o qual alguns dos amigos brasileiros do psicanalista Contardo Calligaris tentavam, no final da década de 1980, fazê-lo desistir do plano de abandonar sua residência em Paris para se mudar definitivamente para Porto Alegre: "Este país não presta"; cf. Contardo Calligaris, *Hello Brasil! Notas de um psicanalista europeu viajando ao Brasil*, p. 13.

[2] Walter Benjamin, "O narrador", *in* Os Pensadores, vol. XLVIII, *Benjamin, Horkheimer, Adorno, Habermas*, p. 78.

[3] Apresentados como *burlas*, alguns dos textos desses autores compuseram parte de uma excelente coletânea organizada por Lucia Wataghin: *Romeu e Julieta e outros contos renascentistas italianos* (Rio de Janeiro: Imago, 1996). O volume traz, de Antonio Manetti, a "Novela do gordo entalhador"; de Matteo Bandello, "Burla de uma mulher a um fidalgo" e "Bembo burlado"; de Lasca (ou Anton Francesco Grazzini), "Burla a Giansimone, fabricante de bonés" e "Novela do abade preso como louco porque não gostava de Florença"; e de Maquiavel, "Belfagor, arquidiabo, ou Conto do diabo que se casou".

[4] Cf. as *Histórias exemplares* que Cervantes publicou em 1613 (a edição brasileira mais conhecida da obra provavelmente é a que a Editora Abril lançou em 1970, com tradução de Darly Nicolana Scornaienchi).

[5] Vladimir Nabokov, "The Government Specter", *in* Page Stegner (org.), *The Portable Nabokov* (Nova York: Penguin, 1982), p. 260.

[6] Vale lembrar que a instituição da servidão estava, então, em pleno vigor na Rússia: ela só seria abolida em 1861, durante o reinado do czar Alexandre II.

[7] A edição brasileira foi publicada pela Editora 34 em 1992, com tradução de Eliana Sabino.

[8] Cf. Carl Sifakis, *Frauds, Deceptions and Swindles*, p. 112.

[9] Cf. Josh Wilker, *Classic Cons and Swindles*, pp. 66-67. Já o caso envolvendo Al Capone foi assim descrito por Carl Sifakis: "Lustig pediu a Capone 50 mil dólares, prometendo duplicá-los no prazo de sessenta dias por meio de um golpe que estava preparando. Capone entregou-lhe o dinheiro, ao mesmo tempo em que o advertiu sobre como costumava tratar caloteiros e trapaceiros. Lustig simplesmente colocou o dinheiro no cofre de uma caixa-forte durante o período em questão e, depois disso, falou a Capone, com tristeza no semblante, que seu plano falhara e que ele não conseguira aumentar o capital. Capone estava prestes a explodir, imaginando que havia sido roubado, quando Lustig devolveu os 50 mil dólares, em meio a uma torrente de pedidos de desculpas. Capone não estava preparado para isso. Tendo imaginado que Lustig o havia enganado para surrupiar seu dinheiro, ele tinha que encarar agora o fato evidente de que o conde estava sendo sincero. 'Se os seus planos fracassaram', afirmou Capone,

'você deve estar em dificuldades.' Ele então puxou cinco notas de 1.000 dólares e as estendeu a Lustig. 'Eu sei cuidar dos meus protegidos quando eles jogam limpo comigo.' Agradecido, o conde partiu levando os 5 mil dólares, que vinham a ser o que ele almejava desde o início"; cf. *Frauds, Deceptions and Swindles*, p. 113 (tradução nossa).

10 Roberto Da Matta, *Carnavais, malandros e heróis: para uma sociologia do dilema brasileiro*, p. 204.

11 Roberto Da Matta, *op. cit.*, p. 209.

12 *Ibidem*, p. 196.

13 Antônio Vieira, *Os vigaristas*, p. 26.

14 Hiroito de Moraes Joanides, *Boca do Lixo*, p. 52.

15 *Revista dos Tribunais*, São Paulo, vol. 236 (1955), pp. 597-598.

16 *Ibidem*, p. 598.

17 "Perfis de delinquentes: o passador do conto do vigário", *Folha da Noite*, 21 de março de 1934, p. 8. Tal tendência de culpar as vítimas reapareceria de tempos em tempos, como quando o titular da Delegacia Especial de Repressão à Vadiagem reuniu a imprensa, em 1958, para anunciar que, com base em decisão judicial, passaria a processar aqueles que viessem a entregar aos estelionatários valores que não lhes pertencessem, como ocorria com "empregados de firmas que perdem em contos do vigário dinheiro de seus patrões"; cf. "Serão processadas as vítimas de contos do vigário", *Diário Popular*, 4 de fevereiro de 1958, Caderno 2, p. 16.

18 Não haveria maneira mais adequada de ilustrar tal princípio do que recorrer às palavras do próprio Freud, quando da apresentação do que ele então definia como uma *descoberta*: "Não se devem assemelhar os sonhos aos sons desregulados que saem de um instrumento musical atingido pelo golpe de alguma força externa, e não tocado pela mão de um instrumentista; eles não são destituídos de sentido, não são absurdos; não implicam que uma parcela de nossa reserva de representações esteja adormecida enquanto outra começa a despertar. Pelo contrário, são fenômenos psíquicos de inteira validade – realizações de desejos; podem ser inseridos na cadeia dos atos mentais inteligíveis da vigília; são produzidos por uma atividade mental altamente complexa" (p. 136). E, mais à frente, em uma

passagem que se tornaria famosa: "Eu mesmo não sei com que sonham os animais. Mas um provérbio, para o qual minha atenção foi despertada por um de meus alunos, alega realmente saber. 'Com que', pergunta o provérbio, 'sonham os gansos?' E responde: 'Com milho'. Toda a teoria de que os sonhos são realizações de desejos se acha contida nessas duas frases" (p. 145): cf. A *interpretação dos sonhos*, trad. Walderedo Ismael de Oliveira (Rio de Janeiro: Imago, 2001).

[19] Ecléa Bosi, *Memória e sociedade: lembranças de velhos*, p. 248.

[20] Sérgio Buarque de Holanda, *Raízes do Brasil*, p. 13.

[21] Sérgio Buarque de Holanda, *op. cit.*, p. 13.

[22] *Ibidem*, p. 16.

[23] *Ibidem*, p. 18.

[24] Graciliano Ramos, *Memórias do cárcere*, vol. II, p. 126.

[25] O apelido originara-se da preferência de Weil pela leitura do *Yellow Kid*, personagem de desenhos de humor criado por Richard Fenton Outcault e publicado inicialmente pelo *New York World* e, a partir de 1896, pelo *New York Journal*. Segundo Naumin Aizen, o *Yellow Kid* é "considerado o precursor das modernas histórias em quadrinhos"; cf. Álvaro de Moya (org.), *Shazam!*, p. 289.

[26] O título do livro poderia ser traduzido como *"Yellow Kid" Weil: a autobiografia do maior trapaceiro dos Estados Unidos*.

[27] Cf. Carl Sifakis, *Frauds, Deceptions and Swindles*, p. 179.

[28] No inglês estadunidense, a expressão *doc* é diminutivo para *doctor*. Isso significa que, em seu próprio nome, Meriwether dava a entender ter formação como médico – o que, evidentemente, não era verdade.

[29] W. T. Brannon e "Yellow Kid" Weil, *"Yellow Kid" Weil: the Autobiography of America's Master Swindler*, pp. 4-5 (tradução nossa).

[30] *"This bit of play-acting"*, no original; cf. W. T. Brannon e "Yellow Kid" Weil, *op. cit.*, p. 5.

[31] No original, *"an accomplished actor"*, *ibidem*, p. 21.

[32] No original, *"stooges"*, *ibidem*, p. 25. A expressão *stooge* serve também para descrever o ator coadjuvante que contracena com o comediante nos

quadros humorísticos, preparando-lhe as piadas ou tornando-se vítima delas. Neste sentido, a expressão teatral brasileira equivalente seria "escada".

33 *Ibidem*, cap. 7.

34 *Ibidem*, cap. 8.

35 *Ibidem*, cap. 19.

36 *Ibidem*, p. 294 (tradução nossa).

37 *Ibidem*, p. 293 (tradução nossa).

38 Um desses artifícios consistia em dobrar a ração de alimento e água do animal no dia da corrida – procedimento oposto ao dos outros criadores, que, empenhados em tornar seus cavalos vencedores do páreo, não permitiam que estes recebessem mais do que um pouco de água antes da disputa; *ibidem*, p. 64.

39 *Ibidem*, p. 69.

40 *Ibidem*, pp. 294-295 (tradução nossa).

41 O máximo que se poderia alegar, nessa área, é que alguns golpistas talvez recebessem a influência dos estilos de interpretação dos atores profissionais ao frequentar os cinemas em busca de inspiração. É o que, de certa forma, sugeria Antônio Vieira: "Quase todos os ladrões alfabetizados conhecem os melhores romances policiais e os melhores filmes cinematográficos, discutindo sobre os mesmos com extraordinária perfeição. Estes romances policiais têm sido um grande meio de auxílio à delinquência, pois a ela fornecem novos métodos e nova técnica"; cf. *Os vigaristas*, p. 83.

42 Constantin Stanislávski, *A construção da personagem*, p. 315.

43 Cf. Eraldo Pêra Rizzo, *Ator e estranhamento: Brecht e Stanislávski, segundo Kusnet*, p. 43.

44 Constantin Stanislávski, *op. cit.*, p. 49.

45 Assentada (contendo o depoimento da primeira testemunha), Processo-crime nº 6.691/49 (2ª Vara Criminal), ATJSP.

46 W. T. Brannon e "Yellow Kid" Weil, *op. cit.*, p. 78 (tradução nossa).

47 Cf. Josh Wilker, *Classic Cons and Swindles*, p. 67.

48 Cf. Eraldo Pêra Rizzo, *op. cit.*, p. 108.

[49] Umberto Eco, *Seis passeios pelos bosques da ficção*, p. 96.

[50] Umberto Eco, *Baudolino*, p. 44.

Referências

Arquivos e bibliotecas consultados

Arquivo do Estado de São Paulo (São Paulo, SP)

Arquivos do Tribunal de Justiça do Estado de São Paulo (São Paulo, SP)

Biblioteca Central da Universidade Estadual de Campinas - Unicamp (Campinas, SP)

Biblioteca da Academia de Polícia Civil do Estado de São Paulo (São Paulo, SP)

Biblioteca da Faculdade de Direito/USP (São Paulo, SP)

Biblioteca da Faculdade de Filosofia, Letras e Ciências Humanas - FFLCH/USP, seção de Filosofia e Ciências Sociais (São Paulo, SP)

Biblioteca da Faculdade de Filosofia, Letras e Ciências Humanas - FFLCH/USP, seção de Geografia e História (São Paulo, SP)

Biblioteca da Faculdade de Filosofia, Letras e Ciências Humanas - FFLCH/USP, seção de Letras (São Paulo, SP)

Biblioteca da Fundação Sistema Estadual de Análise de Dados - Seade (São Paulo, SP)

Biblioteca da Unidade Estadual do Instituto Brasileiro de Geografia e Estatística - IBGE (São Paulo, SP)

Biblioteca do Instituto de Estudos Brasileiros - IEB/USP (São Paulo, SP)

Biblioteca do Instituto de Estudos da Linguagem - IEL/Unicamp (Campinas, SP)

Biblioteca do Instituto de Filosofia e Ciências Humanas - IFCH/Unicamp (Campinas, SP)

Biblioteca do Tribunal de Justiça do Estado de São Paulo (São Paulo, SP)

Biblioteca Municipal Mário de Andrade (São Paulo, SP)

Fundação Biblioteca Nacional (Rio de Janeiro, RJ)

Fontes bibliográficas

ANDRADA E SILVA, Raul de; NOGUEIRA DE MATOS, Odilon; PETRONE, Pasquale. *A evolução urbana de São Paulo*. Coleção Revista de História. São Paulo: USP, 1955.

BRANNON, W. T. & WEIL, "Yellow Kid". *"Yellow Kid" Weil: the Autobiography of America's Master Swindler*. Chicago: Ziff-Davis, 1948.

BRUNO, Ernani Silva. *História e tradições da cidade de São Paulo: arraial de sertanistas (1554-1828)*. São Paulo: Hucitec/Secretaria Municipal de Cultura de São Paulo, 1984.

________________. *História e tradições da cidade de São Paulo: burgo de estudantes (1828-1872)*. São Paulo: Hucitec/Secretaria Municipal de Cultura de São Paulo, 1984.

________________. *História e tradições da cidade de São Paulo: metrópole do café (1872-1918) / São Paulo de agora (1919-1954)*. São Paulo: Hucitec/ Secretaria Municipal de Cultura de São Paulo, 1984.

CUNHA, Euclides da. *Os sertões*. Rio de Janeiro: Francisco Alves, 1957.

DR. ANTÔNIO. *Memórias de um rato de hotel*. Rio de Janeiro: Dantes, 2000.

FLOREAL, Sylvio. *Ronda da meia-noite: vícios, misérias e esplendores da cidade de São Paulo*. São Paulo: Boitempo, 2002.

GALVÃO, Patrícia. *Parque industrial*. Porto Alegre: Mercado Aberto/Editora da Universidade Federal de São Carlos, 1994.

JOANIDES, Hiroito de Moraes. *Boca do lixo*. São Paulo: Labortexto, 2003.

JESUS, Carolina Maria de. *Quarto de despejo: diário de uma favelada*. São Paulo: Francisco Alves, 1960.

LARA, Silvia Hunold (org.). *Ordenações Filipinas*. Livro V. São Paulo: Companhia das Letras, 1999.

KELLEMEN, Peter. *Brasil para principiantes: venturas e desventuras de um brasileiro naturalizado*. Rio de Janeiro: Civilização Brasileira, 1961.

MACHADO DE ASSIS, Joaquim Maria. *A Semana – I*. São Paulo: Globo, 1997.

MONTEIRO, Lobato. *America*. São Paulo: Brasiliense, 1951.

________________. *A barca de Gleyre*. São Paulo: Brasiliense, 1951.

________________. *Mr. Slang e o Brasil / Problema vital*. São Paulo: Brasiliense, 1951.

________________. *Mundo da lua / Miscelânea*. São Paulo: Brasiliense, 1951.

________________. *Urupês*. São Paulo: Brasiliense, 1951.

MORAES FILHO, Mello. *Factos e memorias*. Rio de Janeiro: H. Garnier, 1904.

PEDERNEIRAS, Raul. *Geringonça carioca: verbetes para um diccionario da gíria*. Rio de Janeiro: Jornal do Brasil, 1922.

PESSOA, Fernando. *Contos*. São Paulo: Epopeia, 1986.

PESSOA, Fernando. *Páginas íntimas e de auto-interpretação*. Lisboa: Ática, 1966.

PIERSON, Donald. *Cruz das Almas*. Rio de Janeiro: José Olympio, 1966.

PIRES, Cornelio. *Selecta caipira*. São Paulo: Liberdade, 1929.

RAMOS, Graciliano. *Memórias do cárcere*. 2vols. Rio de Janeiro: Record, 1982.

REIS, Vicente. *Os ladrões no Rio*. Rio de Janeiro: Companhia Typographica do Brazil, 1903.

SILVEIRA BUENO, Francisco da. *Grande dicionário etimológico-prosódico da língua portuguesa*. São Paulo: Saraiva, 1964.

VIEIRA, Antonio. *Os vigaristas*. São Paulo: Arcadas, 1940.

ZWEIG, Stefan. *Brasil, país do futuro*. Trad. Odilon Galloti. Coleção Obras Completas de Stefan Zweig, tomo XIV. Rio de Janeiro: Delta, s/d.

Bibliografia

ARAÚJO, Vicente de Paula. *Salões, circos e cinemas de São Paulo*. São Paulo: Perspectiva, 1981.

ARIÈS, Philippe. *O homem diante da morte*. Trad. Luiza Ribeiro. Rio de Janeiro: Francisco Alves, 1989.

BARBA, Wagner Tomás & RODRIGUES DA SILVA, Jorge. *Contos do vigário: vacine-se contra eles*. São Paulo: WVC, 1990.

BENJAMIN, Walter. "O narrador". *In Benjamin, Horkheimer, Adorno, Habermas*. Trad. Erwin Theodor Rosental. Coleção Os Pensadores, vol. XLVIII. São Paulo: Abril Cultural, 1975.

BERNARDI, Célia de. *O lendário Meneghetti: imprensa, memória e poder*. São Paulo: Anna Blume/Fundação de Apoio à Pesquisa do Estado de São Paulo, 2000.

BLOCH, Marc. *Apologia da história ou O ofício de historiador*. Trad. André Telles. Rio de Janeiro: Jorge Zahar, 2002.

BOSI, Ecléa. *Memória e sociedade: lembranças de velhos*. São Paulo: T. A. Queiroz/Editora da Universidade de São Paulo, 1987.

BRESCIANI, Stella (org.). *Imagens da cidade: séculos XIX e XX*. São Paulo: Anpuh-São Paulo/Marco Zero/Fundação de Apoio à Pesquisa do Estado de São Paulo, 1993.

BURKE, Peter. *A fabricação do rei: a construção da imagem pública de Luís XIV*. Trad. Maria Luiza X. de A. Borges. Rio de Janeiro: Jorge Zahar, 1994.

BURKE, Peter (org.). *A escrita da história: novas perspectivas*. Trad. Magda Lopes. São Paulo: Editora da Unesp, 1997.

CALLIGARIS, Contardo. *Hello Brasil: notas de um psicanalista europeu viajando ao Brasil*. São Paulo: Escuta, 1991.

CAMARGO, Cândido Procópio Ferreira de *et alii*. *São Paulo 1975: crescimento e pobreza*. São Paulo: Loyola, 1982.

CANDIDO, Antonio. *Os parceiros do rio bonito*. São Paulo: Duas Cidades/ Editora 34, 2001.

CANO, Wilson. *Raízes da concentração industrial em São Paulo*. São Paulo: T. A. Queiroz, 1983.

CAPELATO, Maria Helena. *Os arautos do liberalismo: imprensa paulista, 1920-1945*. São Paulo: Brasiliense, 1989.

CARVALHO, José Murilo de. *A formação das almas: o imaginário da República no Brasil*. São Paulo: Companhia das Letras, 1997.

CHALHOUB, Sidney & PEREIRA, Leonardo Affonso de M. (orgs.). *A história contada: capítulos de história social da literatura brasileira*. Rio de Janeiro: Nova Fronteira, 1998.

CHARTIER, Roger. *A história cultural: entre práticas e representações*. Trad. Maria Manuela Galhardo. Lisboa/Rio de Janeiro: Difel/Bertrand Brasil, 1990.

CISCATI, Márcia Regina. *Malandros da terra do trabalho: malandragem e boemia na cidade de São Paulo (1930-1950)*. São Paulo: Anna Blume/Fundação de Apoio à Pesquisa do Estado de São Paulo, 2001.

CYTRYNOWICZ, Roney. *Guerra sem guerra: a mobilização e o cotidiano em São Paulo durante a Segunda Guerra Mundial*. São Paulo: Geração/ Editora da Universidade de São Paulo, 2000.

DA MATTA, Roberto. *Carnavais, malandros e heróis: para uma sociologia do dilema brasileiro*. Rio de Janeiro: Zahar, 1981.

DELUMEAU, Jean. *História do medo no Ocidente (1300-1800)*. Trad. Maria Lucia Machado. São Paulo: Companhia das Letras, 2001.

ECO, Umberto. *Baudolino*. Trad. Marco Lucchesi. Rio de Janeiro: Record, 2001.

____________. *Seis passeios pelos bosques da ficção*. Trad. Hildegard Feist. São Paulo: Companhia das Letras, 2002.

FAORO, Raymundo. *Os donos do poder: formação do patronato político brasileiro*. 2 vols. São Paulo: Globo/Publifolha, 2000.

FAUSTO, Bóris. *Crime e cotidiano: a criminalidade em São Paulo (1880-1924)*. São Paulo: Editora da Universidade de São Paulo, 2001.

______________. *Negócios e ócios: histórias da imigração*. São Paulo: Companhia das Letras, 1997.

FEBVRE, Lucien. *Combates pela história*. Trad. Leonor Martinho Simões. 2 vols. Lisboa: Presença, 1977.

FINLEY, M. I. *Uso e abuso da história*. Trad. Marylene Pinto Michael. São Paulo: Martins Fontes, 1989.

FREUD, Sigmund. *A interpretação dos sonhos*. Trad. Walderedo Ismael de Oliveira. Rio de Janeiro: Imago, 2001.

GAMA, Lúcia Helena. *Nos bares da vida: produção cultural e sociabilidade em São Paulo (1940-1950)*. São Paulo: Editora Senac, 1998.

GAY, Peter. *Freud para historiadores*. Trad. Osmyr Faria Gabbi Junior. Rio de Janeiro: Paz e Terra, 1989.

GEREMEK, Bronislaw. *Os filhos de Caim: vagabundos e miseráveis na literatura européia (1400-1700)*. Trad. Henryk Siewierski. São Paulo: Companhia das Letras, 1995.

GIANNETI, Eduardo. *Auto-engano*. São Paulo: Companhia das Letras, 1998.

GUMBRECHT, Hans Ulrich. *Em 1926: vivendo no limite do tempo*. Trad. Luciano Trigo. Rio de Janeiro: Record, 1999.

HENDERSON, M. Allen. *How Con Games Work*. Secaucus: Citadel, 1997.

HOBSBAWM, Eric J. *Bandidos*. Trad. Donaldson Magalhães Garschagen. Rio de Janeiro: Forense Universitária, 1976.

HOBSBAWM, Eric J. & RANGER, Terence (orgs.). *A invenção das tradições*. Trad. Celina Cardim Cavalcante. Rio de Janeiro: Paz e Terra, 1997.

HOLANDA, Sérgio Buarque de. *Raízes do Brasil*. Rio de Janeiro: José Olympio, 1977.

KOUDELA, Ingrid Dormien. *Brecht: um jogo de aprendizagem*. São Paulo: Perspectiva/Editora da Universidade de São Paulo, 1991.

KUPER, Adam. *Cultura: a visão dos antropólogos*. Trad. Mirtes Frange de Oliveira Pinheiro. Bauru: Editora da Universidade do Sagrado Coração, 2002.

LE GOFF, Jacques (org.). A *história nova*. Trad. Eduardo Brandão. São Paulo: Martins Fontes, 1993.

MORSE, Richard M. *Formação histórica de São Paulo: de comunidade a metrópole*. São Paulo: Difusão Europeia do Livro, 1970.

MOYA, Álvaro de (org.) *Shazam!* São Paulo: Perspectiva, 1977.

NAXARA, Márcia Regina Capelari. *Estrangeiro em sua própria terra: representações do brasileiro (1870-1920)*. São Paulo: Anna Blume/Fundação de Apoio à Pesquisa do Estado de São Paulo, 2002.

OLIVIER, Laurence. *Ser ator*. Trad. Beth Vieira. Rio de Janeiro: Globo, 1987.

RAGO, Margareth. *Os prazeres da noite: prostituição e códigos da sexualidade feminina em São Paulo (1890-1930)*. Rio de Janeiro: Paz e Terra, 1991.

RAMOS, Fernão (org.). *História do cinema brasileiro*. São Paulo: Art, 1987.

REIS FILHO, Nestor Goulart. *São Paulo e outras cidades: produção social e degradação dos espaços urbanos*. São Paulo: Hucitec, 1994.

RIBEIRO, José Antônio Pereira. *Fraude e estelionato*. São Paulo: Sugestões Literárias, 1973.

RIZZO, Eraldo Pêra. *Ator e estranhamento: Brecht e Stanislavski, segundo Kusnet*. São Paulo, Editora Senac, 2001.

SACHS, Ignacy; WILHEIM, Jorge; PINHEIRO, Paulo Sérgio (orgs.). *Brasil: um século de transformações*. São Paulo: Companhia das Letras, 2001.

SALIBA, Elias Thomé. *Raízes do riso: a representação humorística na história brasileira: da Belle Époque aos primeiros tempos do rádio*. São Paulo: Companhia das Letras, 2002.

SALLA, Fernando. *As prisões em São Paulo (1822-1940)*. São Paulo: Anna Blumme/Fundação de Apoio à Pesquisa do Estado de São Paulo, 1999.

SAMPAIO, Maria Ruth Amaral de (org.). *Habitação e cidade*. São Paulo: Faculdade de Arquitetura e Urbanismo da USP/Fundação de Apoio à Pesquisa do Estado de São Paulo, 1998.

____________________. *São Paulo (1934-1938): os anos da administração Fábio Prado*. São Paulo: Faculdade de Arquitetura e Urbanismo - USP, 1999.

SANTOS, Carlos José Ferreira dos. *Nem tudo era italiano: São Paulo e pobreza (1890-1915)*. São Paulo: Anna Blume/Fundação de Apoio à Pesquisa do Estado de São Paulo, 1998.

SCHWARCZ, Lilia Moritz (org.). *História da vida privada no Brasil: contrastes da intimidade contemporânea*. São Paulo: Companhia das Letras, 1998.

SCHWARZ, Roberto. *Ao vencedor as batatas: forma literária e processo social nos inícios do romance brasileiro*. São Paulo: Duas Cidades, 1992.

SEVCENKO, Nicolau. *Orfeu extático na metrópole: São Paulo, sociedade e cultura nos frementes anos 20*. São Paulo: Companhia das Letras, 2000.

SEVCENKO, Nicolau (org.). *História da vida privada no Brasil: República: da Belle Époque à era do rádio*. São Paulo: Companhia das Letras, 1998.

SIFAKIS, Carl. *Frauds, Deceptions and Swindles*. Nova York: Checkmark, 2001.

SOUZA, Carlos Roberto de. *Nossa aventura na tela*. São Paulo: Cultura, 1998.

STANISLAVSKI, Constantin. *A construção da personagem*. Trad. Pontes de Paula Lima. Rio de Janeiro: Civilização Brasileira, 1986.

STEGNER, Page (org.). *The Portable Nabokov*. Nova York: Penguin, 1982.

STRASBERG, Lee. *A Dream of Passion: the Developmento of the Method*. Boston: Plume, 1988.

TOLEDO, Benedito Lima de. *São Paulo: três cidades em um século*. São Paulo: Duas Cidades, 1981.

TOTA, Antonio Pedro. *O imperialismo sedutor: a americanização do Brasil na época da Segunda Guerra*. São Paulo: Companhia das Letras, 2000.

VEIGA, Joffre Martins (org.). *Antologia caipira: prosa e poesia de Cornélio Pires*. São Paulo: O Livreiro, 1960.

VEYNE, Paul. *Como se escreve a história*. Trad. Alda Baltazar e Maria Auxiliadora Kneipp. Brasília: Editora da Universidade de Brasília, 1995.

VIEIRA, Hermes: *Formação histórica da polícia de São Paulo*. São Paulo: Secretaria de Estado da Segurança Pública, 1965.

______________. & SILVA, Oswaldo. *História da polícia civil de São Paulo.* Coleção Brasiliana, vol. 283. São Paulo: Companhia Editora Nacional, 1955.

VOVELLE, Michel. *Ideologias e mentalidades.* Trad. Maria Julia Cottvasser. São Paulo: Brasiliense, 1991.

WATAGHIN, Lucia (org.). *Romeu e Julieta e outros contos renascentistas italianos.* Trad. Nilson Moulin. Rio de Janeiro: Imago, 1996.

WHITE, Hayden. Trópicos *do discurso: ensaios sobre a crítica da cultura.* Trad. Alípio Correia de Franca Neto. São Paulo: Editora da Universidade de São Paulo, 1994.

WILKER, Josh. *Classic Cons and Swindles.* Filadélfia: Chelsea House, 1997.

ZUCKOFF, Mitchell. *Ponzi's Scheme: the True Story of a Financial Legend.* Nova York: Random House, 2006.

Anuários e obras de referência

CAVALCANTI, Ionaldo A. *O mundo dos quadrinhos.* São Paulo: Símbolo, 1977.

CUNNINGHAM, Antonia (org.). *Guinness World Records: 2002.* Nova York: Bantam, 2002.

CENTRO DE PESQUISA E DOCUMENTAÇÃO DE HISTÓRIA CONTEMPORÂNEA DO BRASIL. *Dicionário histórico-biográfico brasileiro pós-1930.* Cd-rom. Rio de Janeiro: CPDoc/FGV, 2000.

DEPARTAMENTO DE ESTATÍSTICA DO ESTADO. *Anuário: 1959.* São Paulo: Governo do Estado de São Paulo, 1961.

______________. *Anuário: 1961.* São Paulo: Governo do Estado de São Paulo, 1963.

______________. *Anuário: 1962.* São Paulo: Governo do Estado de São Paulo, 1964.

______________. *Resumo anual: 1955.* São Paulo: Governo do Estado de São Paulo, 1957.

FRANCO, Cid. *Dicionário de expressões populares brasileiras*. São Paulo: Editoras Unidas, s/d.

FUNDAÇÃO SISTEMA ESTADUAL DE ANÁLISE DE DADOS. *Ontem, vila de São Vicente, hoje, Estado de São Paulo: 500 anos de divisão territorial e 100 anos de estatísticas demográficas municipais*. Cd-rom. São Paulo: Seade, 2001.

GUÉRIOS, R. F. Mansur. *Dicionário de etimologias da língua portuguesa*. São Paulo: Companhia Editora Nacional/Editora da Universidade Federal do Paraná, 1979.

INSTITUTO BRASILEIRO DE GEOGRAFIA E ESTATÍSTICA. *Anuário estatístico do Brasil: 1958*. Rio de Janeiro: IBGE, 1958.

______. *Anuário estatístico do Brasil: 2000*. Rio de Janeiro: IBGE, 2000.

______. *Estatísticas do século XX*. Cd-rom. Rio de Janeiro: IBGE, 2003.

______. *Séries Estatísticas Retrospectivas – Volume 1: Repertório Estatístico do Brasil*. Rio de Janeiro: IBGE, 1986.

NASCENTES, Antenor. *Tesouro da fraseologia brasileira*. Rio de Janeiro: Freitas Bastos, 1945.

ROCHA, João Cezar de Castro (org.). *Nenhum Brasil existe: pequena enciclopédia*. Rio de Janeiro: UniverCidade / Topbooks, 2003.

SANDRONI, Paulo (org.). *Dicionário de economia*. São Paulo: Best Seller, 1989.

SOCIÉTÉ DES NATIONS. *Annuaire statistique de la Société des Nations*. Genebra: Société des Nations, 1936.

Este livro foi composto em
Electra para a Leya em
setembro de 2010.